JN010192

マカロニえんぴつ 青春と一緒

TALTO代表
プロデューサー／
チーフマネージャー
江森弘和

双葉社

装画　我喜屋位瑳務
装丁　横山　希
構成　灰　雄大
写真　酒井ダイスケ
取材写真　篠田直人
編集　相良洋一

Contents

序章

初めてマカロニえんぴつを見たのは２０１４年。世間が「倍返しだ！」とドラマの真似事で盛り上がっていた頃の話だ。

平日の渋谷Milkyway。お客さんは数人で、バンドマンの人数のほうが多い。ステージを照らす照明の光は、明るいがゆえに逆に寂しさを漂わせていた。スピーカーから流れる音は、誰かの耳にほとんど入ることなく、虚しくライブハウス内に漂っては消えていく。新人インディーズ界隈《かいわい》ではよくある光景だ。

肝心のライブはというと、突出して光るものがあり、「いますぐうちでリリースを!!」と声をかけた……なんて映画や漫画でよくあるドラマティックな展開はなかった。

でもそれが、新人発掘の現場でのリアルであり普通の出来事だ。

そのときの彼らは、それぞれに音を出しているだけでまとまりがなかった。個々人のテクニックは高いのに、まるで壊れた方位磁石みたいに、それぞれがてんでバラバラな方向を向いていた。

ただ、その中でも光るものは感じた。人がいないフロアに向かって「自分の音楽をとにかく伝えたい」と、がむしゃらに歌をぶつけている男。

メガネをかけて、マッシュルームカットで演奏していたボーカル＆ギターの、はっとりだ。

彼の歌い方や佇まいには、思わず見入ってしまう不思議な魅力があった。いま思えば、そのときからすでに惹《ひ》かれていたのかもしれない。

第一章

スタート地点

最初のミッション

本当に自分がかっこいいと思えるバンドを発掘して世の中に広めたい。そんなことを思い続けて数年経過した2011年。東日本大震災で、それまでの価値観が一気に壊れた年。日本全体に、大きな絶望感が蔓延《まんえん》していた年だ。20代後半だった僕は大きな決意を持って音楽業界に転職した。

僕について、少し説明をしておこうと思う。
マカロニえんぴつが所属しているTALTOというレーベルの代表であり、マカロニえんぴつのインディーズデビューからずっと一緒にやってきたチーフマネージャー・プロデューサーでもある。

1990年代に青春時代を迎え、ずっと音楽とともに歩いてきた。幼少期から姉の影響でナゴム系のバンドを聴き、思春期にはスピッツやMr.Childrenに代表されるJ-POP、J-ROCKはもちろん、BLANKEY JET CITYやTHEE MICHELLE GUN ELEPHANT、フリッパーズ・ギターやサニーデイ・サービスを聴き漁った。高校時代はHi-STANDARDを聴きながら登校していた、いわゆるAIR JAM世代でもある。とにかく気になったものはジャンルは関係なく何でも聴いていた。流行《はや》った曲も好きだし、あまり知られていないアーティストを発掘するのも好きだった。いわば音楽マニアな一面があったことは間違いないだろう。

そんな僕でも中学生までは真剣に野球をやっていて、強豪チームに入っていたのだが、高校に入ってしばらくすると野球が面白くなくなってしまい、バンドを始めた。中学の卒業祝いで買ってもらったギターを片手に、学園祭のステージに立ったこともある。当時の僕にとっては、普段からかっこ良い人がかっこ良く音楽をするのではなく、一見、普通のクラスメイトが楽器を持ってかっこ良く弾く、というのが理想の「アーティスト像」だった。僕はそれになろうとしたのだ。

そんな中でも野球経験があったから、クラスではスポーツマンたちのグループと仲が良かった一方で、文化系のクラスメイトとも仲が良く、いつも深夜ラジオやドラマの話をしていた。全方位外交といえば聞こえはいいかもしれないが、どちらかといえば不器用だし、どっちつかずの中途半端な立ち位置だった。声が大きいところにはいたくないタイプだったので、どことも深く関わることはなかったのだ。

いわゆる青春真っただ中であるはずの高校時代は、わりと鬱屈《うっくつ》としていたと記憶している。

その後、大学を卒業して、社会学部で学んだ延長で広告にも興味があったのでセールスプロモーション系の会社に就職した。そこは販促系の広告を扱っていて、それはもうめちゃくちゃハードな3年間だった。毎日憂鬱《ゆううつ》で、いつ辞めようかと考えながら通勤していたものだ。そのとき、満員電車に揺られながら聴いていた音楽が、自分を支えてくれていた。逆にいまそれを聴くと、当時を思い出してちょっと気持ち悪くなってしまうのだが。

その後、広告代理店に転職したのだが、その会社の社長が音楽好きで、アーティストのマネージメントを始めたことが僕の最初の転機だ。そこで、さまざまなアーティストのプロモーションに関わったのである。この頃は、限られた予算の中で何か効果的な企画ができないかを常に考えていた。

マネージメントしてきた中には、自分がいままでに聴いてこなかったタイプのアーティストや、自分自身の感覚でかっこいいと思えないような楽曲もあった。それでも、どうやったら多くの人に届くかを考えてプロモーションしていた。クライアントの意向を汲んで、どうやったら1人でも多くの人に音楽が届くか頭を捻《ひね》らせる毎日。それが仕事というものだ。

大好きな音楽に携われることは嬉しい。でも、本当はもっと違うことがしたい。

毎日、やるせなさを感じるようになっていった。

そうして3年ほど働く中で、だんだんと「本当に自分がかっこいいと思うバンドを発掘したい」という想いが強まり、音楽業界へ転職したのだった。

その後の僕の歩みを考えると、これが人生のターニングポイントになっていることは間違いないだろう。

転職先は、赤坂のプロダクション兼インディーズレーベル。新たな世界の扉《とびら》を開いて胸を躍らせていたところ、後に上司となる人物から、

「入社日に発掘したバンドを連れてくれば、社長もやる気を評価してくれるぞ」

というお達しをいただいた。

自分がやりたいことができるかもしれない！

そう思った僕は、入社前からライブハウスのホームページを見て、目についた音源を聴いたり、スタジオを経営する先輩に情報を聞いたりして、入社日当日に埼玉で活動する新人バンドを会社に呼ぶことに成功したのだ。残念ながらそのバンドとは入社式以降関わることはなかったが、やる気は評価されていたようで、とても嬉しかったのを覚えている。

自分を信じて

最初の仕事は、新人発掘とニューアルバムのリリースが近かった藍坊主《あおぼうず》というバンドのプロモーションのサポートだった。

これまでも音楽業界と近いところで働いていたが、広告代理店とプロダクションでは目的もやり方も、アーティストへの接し方もまるで変わってくる。

広告代理店時代の繋がりをフル動員したこともあり、上手く各媒体にアピールできていた。ベースの藤森真一はのちに当時を振り返って「ラジオやテレビに寄せられたコメントは、いままでリリースした中で一番多かった」と言っていたらしい。自分が少しでもバンドの力になれたと実感できて、嬉しかったことを覚えている。

その結果からか、上司から「藍坊主のマネージャーにならないか？」と打診されたことがある。実績もないくせに自信だけはあった生意気な僕は、きっぱりと上司の申し出を断ってしまった。

「まだ世の中に知られていないバンドを発掘し、イチから育てたい！」

何の根拠もなかったけれど、この夢は自分なら実現できると信じていた。そんな夢に燃える一方で、自分で発掘したアーティストや、好きなバンドのプロモーションにだけ携わるというわけにはいかないことも実感していた。この時期の音楽業界は不景気で、宣伝費も雀《すずめ》の涙ほどしかない。

そういった環境下での仕事を経験していくと、限られた予算の中で、アーティストの楽曲を「どうやって届ければいいのか？」「どうやって広めたらいいのか？」を常に考えるようになってくる。その結果、ＳＮＳやウェブメディアを使ったプロモーションが増えることは必然で、新しいプロモーションのやり方を数多く経験できた。それは逆に恵まれた環境だったといま現在の自分は思っている。

担当を持っていないスタッフは、当然ながら利益を出せない。入社してからまだ大きな結果を残していなかった僕は、社内での立場も弱かった。年内に新人を発掘し、リリースまで至らないとクビになる、くらいのスピード感が求められていたのだ。

だからこそ社内は常にピリピリした雰囲気だったが、そのサバイバルを楽しんでいる自分もいた。

この頃はまだYouTubeに楽曲を投稿するバンドはほとんどなく、MyspaceやAudioleafといった音楽サイトで音源を公開するのが主流だった。そのため、新人発掘といえば、こういうサイトを聴き漁り、週5でライブハウスを回るしかなかった。1日にライブハウスを3軒ハシゴしたこともある。ライブハウスにはシーンがあり、新宿ならココ、下北ならココ、渋谷ならココ、という〝そのときの旬〟な箱があった。そしてそれは移り変わるもので、毎日その変化を追っていた。活きのいいバンドが出てきたとか、ファンが集まってきているとか、ここは女の子のファンが平日から多いとか、そういう情報を自分の足で調べていた。

　ちょうどSNSもTwitter（現X）が活用され始めた時期で、そこでファンや音楽フリークが発信する口コミやライブ情報を漁っていた。お客さんの声が直接わかることはとても便利で、素晴らしい時代になったと感動したものだ。

　だが同時に、あふれかえる情報の中から自分が求めるバンドを探すことは、まるで砂漠の中から1粒の砂を探すように大変なものだった。しかし、そこでくじけて立ち止まることはしない。夢を実現したいという想いが、まだ見ぬ原石を追い求める僕の足を動かしていたのだ。

　そしてついに、自分の人生にとって特別な時間を何年もともに過ごすことになるアーティストの音源に触れることになる。

それが僕の音楽業界での経験で欠かせない2組。

東京カランコロンとSAKANAMONだ。

会社では毎週金曜日にさまざまな部署が集まる全体会議が行われていた。会議の最後には必ず社員みんなで新人アーティストの音源を試聴する時間があった。朝の長い会議なのでみんな寝惚《ねぼ》けまなこで脳も覚醒しておらず、まるで魔女の儀式のように雰囲気はどんよりとしていた。僕は聴かせる音源が少なかったので毎週訪れるその会議が大嫌いだったが、この2組を提出したときは違った。

「このバンドすごくいいね。どこで見つけたの？」

音源を聴いた同僚がそう褒めてくれた。そのほかの社員も表情で良い、と言っているのがわかる。

「SAKANAMONってバンドをMyspaceで発掘したんだ」

会社のみんなが、良い音を聴いて微笑んでいたのを僕はいまだに覚えている。その場にいた全員の寝惚けまなこが覚醒し、スピーカーから出る音に集中していた。「これはアタリだ」と確信した。

一方、同じくMyspaceで発掘した東京カランコロンに対しては、みんなが何か不思議な、理解できないような反応をしていた。しかしそれは逆に言えば、マニアックな音楽好きの人には刺さるということなのだ。

当時、日本のロックバンドの中では、くるりやフジファブリックのように、楽曲の幅の広さやユニークさ、文学的な歌詞に魅力を感じていた僕にとって、東京カランコロンにもSAKANAMONにも、どこか同じ匂いが感じられた。楽曲や歌詞だけでなく、ボーカルにも惹かれるポイントがあった。そしてメンバーのライブでの佇まいや雰囲気も。どちらも楽曲のオリジナリティやクオリティ、まだ未完成ながらもアーティストとしてのパワーに疑いの余地はないと確信し、社内でリリースまでこぎつけた。

2組はすぐにインディーズシーンで話題になり、着々とリスナーやライブ動員を増やしていった。そして後に東京カランコロンはavex、SAKANAMONはVictorのGetting Betterから2012年にメジャーデビューすることになる。

デモ音源の因数分解

2組をメジャーデビューにまで導き、現場のスタッフが増えて時間にも多少余裕が出てき始めたそんなとき、唐突に社長から「まだまだ期待の新人をどんどん連れてきてほしい」と指令が下った。

社長は続けてこう言った。「現状の結果をみても社内で発掘した新人をヒットさせられるのはお前だけだ。それはほかの社員も知っている。肩にのし掛かる重圧はつらいかもしれないが、それだけ期待をしているということだよ」と。

再び忍び寄る焦燥感。常に後ろから肩を叩かれるような感覚を味わう毎日が始まる。

そこから再び新人発掘をスタートした。ライブハウスのブッキング表に載っている名もなきバンドをかたっぱしから調べて、タワレコの未流通コーナーで音源を探してはMyspaceやAudioleafを聴き漁る日々。

何曲も聴いていくデモ音源に、どういった視点で触れていくべきなのだろう？

いまでもそうやって常に自分に語りかけている。

たとえば作り方。弾き語りで作る人もいればＤＴＭで作る人、スタジオに集まってバンドでセッションで作っていく人もいる。

たとえば楽曲の幅。ジャンルを飛び越えて作れるほど広いのか。あるいは一定のジャンルに特化しているのか。

たとえば歌詞の内容。アーティストが何を考え、何を伝えたいのか。

ほかにもさまざまな角度から、収録された曲を因数分解していく。そうすることで、曲を作った人たちの「顔」が浮き彫りになる。名前も知らなかった無名の才能たちが、まるで霧がゆっくり晴れていくように、難しい方程式が少しずつ解けていくように、その姿形を徐々に現すのだ。

２０１４年のある日。手に入れたデモ音源を聴いていたら、驚くほどクオリティが高いものがあった。見てみればそれは『零色（れいしょく）』という曲。不思議な響きだが、目と耳に残る印象的なタイトルだ。

のちにはっとりはインタビューで、『零色』は造語で、《自分の中にもやもやっとした何かが入って来て支配してしまう、それを色に例えたかったんですけど、黒…でもないし白でもないし、説明しがたい何かにしたくて、でも色にしたくて》（２０１５年２月

16日　TOTE）とその意図を話している。形容しがたい感情に、独特の目線で名前をつけることができるアーティストはなかなかいない。そういった言葉遊びの巧さは、昔からあったのだ。

曲の構成にも目を見張るものがあった。イントロからAメロにかけて淡々と、派手さはないのに徐々に胸をたかぶらせる絶妙なアレンジ。言葉の意味を確認したくなる譜割り。何度も聴きたくなるような仕掛けが、ふんだんに散りばめられていた。当時はPerfumeやKANA-BOONに代表される「4つ打ちカルチャー」全盛期。『零色』も4つ打ちではあるものの、安易に流行にのった「踊らせるためのもの」ではなく、サビのイメージとして楽曲にふさわしいから4つ打ちにしていたのだと思う。

この曲を分解していくと、演奏しているメンバーのシルエットがだんだんと浮かんできた。ライブハウスのステージに、スポットライトだけが降り注ぐ。そのなかで『零色』の演奏を続ける彼らのシルエットは、不思議とキラキラ輝いていた。

僕にとって、砂漠の中で見つけた輝く1粒の砂。他の何にも代えがたい、眩《まぶ》しい光だった。

それがマカロニえんぴつの音楽との出会い。

後でわかったことだが、当時の音源はすべて、はっとりがＤＴＭやギターの弾き語りで作っていたという。音大に在籍していたので、習っていたかもしれないし、独学で学んだ部分もあるのかもしれない。どちらにしろ、ハイレベルなことに変わりはなかった。

彼らを生で見たいと思い、コンタクトをとった。バンドに初めて声をかける時、僕はまず所属先があるかどうかを聞く。どこにも所属していなければ、話を進める。幸いにも全員が音大生だったマカロニえんぴつは、まだどこにも所属していなかった。

個性の大渋滞

そして話は冒頭に戻る。

平日の渋谷Milkyway。はっとりは、ガラガラのフロアに向かって「自分の音楽をとにかく伝えたい」と、がむしゃらに歌をぶつけていた。

ライブの後、対バンの音が漏れ出る会場を出て、外の階段にはっとり、よっちゃん（田辺由明）の2人を招いて声をかけると、

「今日どうでした？」

と、感想を聞かれた。とっさに出た言葉は
「東のウルフルズだね」
だった。

2人には東京カランコロン、SAKANAMONを手がけていること、新人バンドの発掘を手がけていることを伝えて、
「もし一緒にやる気持ちがあるなら連絡がほしい」
と名刺を渡し、無駄話はせずライブハウスを後にした。ウルフルズといえば日本では珍しいソウルやファンク色が濃い楽曲でヒットした稀有《けう》なバンド。パフォーマンスも面白くて素晴らしく、皆でシンガロングできる楽曲もあり、そしてどこか、コミックバンド的な要素も感じられる。お笑いが常に身近にある関西出身のバンドということが理由なのかもしれない。

僕が聴いたマカロニえんぴつのデモに『サンキュー・フォー・ザ・ミュージック』の元になる曲が入っていた。ソウルフルな曲調にリフ、コーラスとさまざまなところからウルフルズの匂いを感じられる。20代の若者が作るには渋すぎるが、しっかり作られた素敵な曲だ。ちなみにこの曲は、日比谷野外音楽堂で開催されたファンクラブ限定の10周年ライブで、ファンのリクエスト投票1位に輝いている。

そんなグッドミュージックをいくつも書き、おまけに彼らは音大出身だったので個々のスキルも高かった。にもかかわらず、当時の彼らは見た目がコミックバンドのような出で立ちだった。

いまでこそ笑い話になっているが、当時のメンバーの衣装や髪型はめちゃくちゃだった。「ギブソン・フライングV」しか弾かない革ジャンにぼさぼさ長髪のギター、前髪が長くビジュアル系を意識した髪型で太いピアスをしたベース、見たまんまの音大生なお坊ちゃん風の蝶ネクタイのキーボード、無精髭の野暮ったい風貌で何を考えているか読めない無口なドラム、メガネをかけたマッシュルームヘアーでオーバーオール、明らかに芸人のような風貌のボーカル。

個性が大渋滞を起こしていた。いや、もはや個性の玉突き事故である。

はっきり言えば、絶望的にダサかった。曲は良いのに、ビジュアルが圧倒的にかっこ悪かったのだ。

「音楽的にはとても良い素材だが、このままでは売れないだろう」

これが彼らに対する第一印象だった。

このときはまだマネージメントすると決まっていなかったが、こうしようああしようと頭の中ではすでに改善案をめぐらせていた。

そう、The Beatlesを発掘したブライアン・エプスタインだって、もっと幅広い層の人々が親しめるグループにしようと考えて、デビュー時に彼らの革ジャンを脱がせ、ロッカーズファッションの正反対とも言えるモッズファッションでデビューさせたのだ。

彼らにはたくさんの伸び代がある。その伸び代がどこまで続いているかはっきり見えてはいなかったが、メンバーそれぞれに光るものを感じていた。

「これから一緒にやっていったらこの光はどう輝くのだろう」

彼らの演奏を見ながら、気づいたらそうつぶやいていた。

信頼してくれたら

それからしばらくの間、マカロニえんぴつを見るために、都合がつく限り何度も都内のライブハウスに足を運んだ。個人的に仲良くしているライブハウスにはブッキングをお願いしたり、ライブで気がついたことをアドバイスしたり、個人的に彼らのサポートも始めた。

彼らは彼らでライブハウスに出るたびに良いこと、悪いことを含め、ライブハウスの店長やブッキングマネージャーに批評され続ける日々を過ごしていた。

自分たちの音楽がうまく伝えられない、伝わらない、そのもどかしさ。それを解消するために、悩みながら何かきっかけのようなものを掴もうと模索していた。

僕はその頃、担当している東京カランコロン、SAKANAMONがそれぞれメジャーと組んで活動している真っ最中。毎年アルバムのリリースと全国ツアーをコンスタントに行い、どちらのバンドもライブハウスのキャパシティを上げてステップアップしている状況だった。

どちらもミュージックラバーなバンドで、彼らはアーティストからも好まれるバンドだ。そんな彼らを「発掘から担当している人」だったからなのか、マカロニえんぴつのメンバーたちは、所属している会社や組織ではなく、僕個人で判断してくれている感覚は確かにあった。

なかなか売れない自分たちに、バンドとして成長するためのアドバイスをくれる、ほぼ一回り年上の男を、少しずつ信頼してくれていると感じていた。

身近な先輩である2つのバンドがインディーズシーンを経て、メジャーで切磋琢磨している姿を目の当たりにして、次第に僕に運命を委ねてみようと思ったのかもしれない。「彼についていけば成功の光が見える」と。

大人の思惑

マカロニえんぴつのメンバーは音大に入る実力があるくらいだから、個々でもある程度の技術はあった。しかしバンドとしての目指すべき共通認識がなかった。つまり、「この曲をこういう風に伝えよう」という意思が音として、演奏から感じられなかったのだ。

だからリハーサルも、どういう外音が出ているか（スピーカーからどういう風に聴こえるか）を理解しないまま進めていた。実はスピーカーを通すと、全体の音のバランスが悪くてボーカルの声が埋もれてしまっていたのである。だからせっかくの歌詞も聞き取りづらくなってしまう。会場に来ているお客さんにはどう聴こえているのか。お客さん目線でイメージする。そういったプロ意識がまだまだ足りていない時期だった。

もちろん、まだバンドとして演奏がまとまっていないから、外音を気にするタイミングではないといえばそうかもしれない。しかし、耳に残るメロディー、はっとりのエモーショナルな歌声、壮大な鍵盤のアレンジ。彼らのいいポイントが、お客さんに伝えられていなかったことはもったいなかった。だがこれは、第三者に言われないと意外と気づかないもので、それを調整するのがリハーサルの役目だ。

彼らはまだ20代前半の若者だったのだ。自分自身の演奏だけでいっぱいいっぱいだったのだろう。レーベルも事務所もついていない。ライブを客観的に分析し、意見を言ってくれる大人の存在はライブハウスのスタッフのみ。そのスタッフにしても、毎回特定のバンドだけにしっかり向き合うということはほぼ不可能だ。

だから、当時は僕がこうしたことを伝えるしかなかった。バンドとして基本的なことではあるが、彼らにとって「お客さんを意識する」という視点は、とても新鮮だったようだ。

はっとりは「江森さんに指摘されなかったら、まったく気づかなかったかもしれないですね」と言っていた。

僕は性格上、物事を単刀直入に言ってしまうことが多々ある。ワンクッション置く器用な立ち回りは、ちょっと苦手なのだ。これには理由があって、時間は有限だし、相手になるべく早く理解して成長してほしいと思っているからである。だから、アドバイスをするときはテンションを下げるだけで終わらせず、褒めるポイントをしっかり伝えるよう心がけている。ほぼ一回り年下の子たちにダメ出しだけして終わることはしたくない。

もちろん言いたくないことでも良くなるためには指摘をしないといけないのだが、毎回ダメ出しだけでは相手も一緒に組みたいと思わないだろうし、組んだとしても信頼関係を築けなくなる。何より注意ばかりだとアドバイスが頭に残らないから、なるべく次のライブに即生かせるようなわかりやすい指摘をしながら感想を伝えていた。

あくまで憶測だが、はっとりはいわゆる「大人」からアドバイスされることに抵抗はなかったように思える。込み入った話をしても嫌な顔はしなかった。幼少期から父親とバンドを組んで地元のライブハウスで活動していたから、目上の人からのアドバイスや指摘に免疫があったのだろう。また、東京カランコロン、SAKANAMONを、先にメジャーシーンに導いていた実績が信頼となって、さまざまなアドバイスにも納得してくれていたのだろうか。はっとり本人もとにかく早くこの状況から抜け出したいと思っていたのかもしれない。

ライブ後にアドバイスを手短にまとめて話すと、納得した表情を見せて

「また来てくださいね」
と、返してくれる。毎度、このような感じだった。

そうやって少しずつ、僕たちは距離を縮めていった。

彼らと親交を深めていく中で、メンバーそれぞれの興味の対象がまったく違うことを知った。

はっとりは、奥田民生、ユニコーンへのリスペクトが根っこにありつつも、姉の影響でスキマスイッチやaikoを幼少期に聴き、フジファブリックやくるりなど、90年代後半からゼロ年代前半のポップスやロックをしっかり聴いている。

鍵盤の大ちゃん（長谷川大喜）は、ジャズやフュージョン。

ギターのよっちゃん（田辺由明）は、ハードロック。

ベースの賢也（高野賢也）は、ビジュアル系とアニソン。

ドラムのサティは本人がシンガーソングライターをやっていたこともあり、洋邦を問わずジャンルレスで幅広く聴いていた。

はっとりは洋楽だと、OasisやBlurといった90年代のＵＫバンドにも大学に入って興味を持ったらしい。音大の図書館はＣＤショップ並みの品揃えがあり、何でも無料でレンタルできるという。ものすごく羨ましい環境だ。そこでWeezerやAshなどのパワー・

バンドと出会う前、メンバーだけで撮影した最初のアーティスト写真。

ポップにも遡《さかのぼ》ったりしているが、それはほぼ一回り年上の僕らの世代がリアルタイムで聴いていた音楽だった。はっとりのような若い世代からすると新しく、我々の世代からすると青春の音楽というわけだ。

マカロニえんぴつの楽曲では、はっとりらの世代が感じる真新しい感性と、僕らの世代が懐かしいと感じるノスタルジックな感性が、不思議にも互いにノイズになることなくうまく混ざり合って表現されている。そのことが、結成当初から彼らが言っている「全世代対象のポップスロックバンド」の根幹をなしているのだと思う。

気の合う2人

はっとりとの距離が近くなっていった頃を覚えている。

知り合った当時、大人を斜めに見ているような、20代特有の視線は少しあったものの、ライブ後の反省会という名の飲み会でお酒を飲み交わしただけで、そんなものはなくなってしまった（笑）。飲みに行くのはサラリーマンがひしめき合う安くて美味い大衆居酒屋。大きな声が飛び交う店内で、はっとりはひたすらビールを飲み、僕はハイボールをあおる。

「スピッツもよく聴きますよ」

「Oasis好きなんですか？」

「野球やってたんですか！」

はっとりは、自分より年上の僕と同じ趣味嗜好で、話していくと同じものが好きだったり、同じことをしていたりと共通点が意外と多く、次第に会話も盛り上がる。いろいろなことを話していくうちに、なんだか同い年と話しているみたいな感覚に陥ってしまった。

こう書くとはっとりと普段から飲んでいそうに思われるが、実は2人で飲みに行ったのは、渋谷の「四文屋」に一度行ったきりだ。それだけで仲良くなった。

お互い心を開いてからは、あっという間に距離が近くなった。打ち解けるのも早ければ、なんだかんだお互いけっこう人に気を遣う性格。僕と同じ匂いを持つ奴なんだなとわかったのはこの頃だ。年が離れているから従弟《いとこ》や兄弟みたいな距離感もある。

いま現在でも僕ははっとりにおススメの映画や面白かった本を教えるようにしている。そのなかでも詩人の最果《さいはて》タヒさんの本は気に入ってくれたようで、詞の価値観が変わったと言ってくれた。

現実的な話をすると、レーベルでは、一緒に活動する相手の好きなことをお互いに何も知らない、ましてやバンドの担当を持ったことのない人が現場に行くこともある。そうすると「この人についていって大丈夫か？」となってしまい、信用される可能性は低いと思うし、いい関係性を構築していくのは難しい。好きなものの共通項が同じだったことが、はっとりや大ちゃん、よっちゃん、賢也、サティの信用につながった部分は少なからずあるだろう。

ただ、はっとりはこの頃、つまりバンドの初期段階では、まだメンバーを完全には信用できてはいなかった。大袈裟に言ってしまうと、自分が作った曲を弾いてもらうだけの人たちという認識だった。それが間違いだったと本人が気づくのは、少し先の話だ。

その中で、僕はバンド外で信用できると思ってくれた最初の人間だったんじゃないかと思う。

決意と熱意

ファッションも、好きな音楽の嗜好もみんなバラバラの中で組んだマカロニえんぴつ。彼らの方向性やコンセプトを1つの方向に導くためには、どうしてもキーパーソンが必要だった。

このバンドの中では、はっとりがまさにその存在である。当時はすべての楽曲と歌詞を書いていたし、いまも昔も変わらず、バンマスは彼だ。楽曲の話や、バンドの向かう先の話になれば、自然とはっとりと話す機会が多くなる。リーダー的存在の彼と話すことで話はスムーズに進むし、当時を振り返ったインタビューでもはっとりが語っていたが、良くも悪くも、マカロニえんぴつはまさに「はっとりバンド」そのものだった。

当時、他のメンバーは別の場所でバンドを組んでいたり、個人の活動をしていたものもいたので、本当の意味で音楽でご飯を食べていくという意志は、あまり感じられなかったように思う。大学卒業が間近に迫る年齢になってくると、「音楽だけでご飯は食べられないけど、働きながら音楽をしたい」という意見もあれば、「バンドは大学の間の趣味」なんていう人も出てくる。少なくとも、大ちゃんは「バンド一本でいく」という意志はなかったと思う。卒業したらヤマハのピアノの先生になるようだったから。

音楽一本でやっていくか、仕事をしながら音楽をやっていくか。後者を否定しているわけではないし、いまの時代、両立させる方法ももちろんある。でも僕は音楽一本でやっていく、という意識や自覚が大事だと思っている。

そしてはっとりの本気度はバンドの中で群を抜いていて、人一倍多くの熱量を感じていた。

そのはっとりに、複数のプロダクションが接触したという情報が回ってきた。そしてその内の1つから、「すぐに一緒にやろう」とまでは言われていなかったようだが、声がかかったという。

それをきっかけに、僕たちは腹を割ってしっかりと話した。

そこで聞いたところによると、「はっとりくんはソロになってやってくれ」だの「ソロだったら君は才能があるからやろう」だのと言われたらしい。何回かご飯にも行って話もしていたという。

しかし、もともとはっとりは「バンドがやりたいです」と言っていたし、バンドをどう売っていけばいいかのノウハウを持っている僕自身も、そこで「バンドでしかやる気はないよ」と伝えた。自分を取り巻く界隈がバンドだけだったこともあり、わざわざソロにして売り出すことなんて微塵《みじん》も頭になかった。そんな提案、彼らの魅力をわかっていないことの証拠でしかない。

僕はマカロニえんぴつという5人が奏でる音楽が好きだったし、それを世間に伝えていきたいと思っていた。

ただ、バンドでやるからには、その時点では足りないものが多かった。だから彼らとコミュニケーションをとる中で、会うたびに「こうしたほうがいい」と伝えていた。そうやって一緒に活動できるまでにレベルアップしてほしかったのだ。

まだ大学生だったはっとりも、全国リリースという1つの目標にメンバーと向かっていくにあたり、もっとバンドとして一枚岩にならないといけないのではと思っていた。

「江森さんはバンドとして僕らを見てくれているから嬉しいし、たくさんアドバイスをくれるので本当に助かっています」

「みんなバンドとして、もっともっと良くなれるよ」

僕とはっとりは、2人の目指す方向が同じということを確認できた。

この出来事が、僕たちの始まりだったといまは思う。

スタートライン

マカロニえんぴつのライブに何度も足を運び、彼らと一緒にやっていきたいという気持ちが日に日に強くなってきた頃、改めて、事務所にメンバーを呼んで話すことにした。

もちろん、正式に一緒にやろうという前提で、だ。本人たちから見ると僕は「音楽業界の大人」なので、まだ完全に信用されてはいないと感じていたし、その中でお互いがこれから一緒にやっていくための最後の「確かめ合い」をしたかった。

この時期、彼らはメンバー同士で相談し合ったり、大学にも相談をしていたらしい。大学生である彼らは、僕のような社会人としっかり向き合うのもそんなに慣れていないのだろう。

どちらかといえば、僕が「マカロニえんぴつの音楽がいかに素晴らしいか」を熱弁し、「こういう風に売り出していきたい」と計画の説明をペラペラとまくし立てていた気がする。その合間に、彼らとの間で「どう思う?」「いいと思います」みたいな確認が挟まる。

そのわずかな会話からでも緊張が伝わってくる。が、その中に「覚悟」というものも感じられた。

そうしてメンバーとじっくり話していく中で、はっとりが「ぜひ、江森さんとやっていきたい。お世話になりたい」と言ってくれて、晴れて正式に、全国的にはまだ無名の大学生バンドと僕は組むことになった。

このとき、こう思っていた。

このバンドの音楽を世の中に轟《とどろ》かせたい。そして、彼らがずっと音楽のみでご飯を食べられるようにしたいと。

それを軸に、今後活動していくのだ。リリースの時期を決めたり、ライブの構成を考えたり、ライブ会場の規模を考えたりする。

どんな曲が生まれる？　どんなアルバムができる？　どんなバンドに成長する？

考えることはたくさんあったが、考えるだけでワクワクしていた！

本人たちも、初めてレーベルやマネージメントの面で大人と組むことで、世界が広がるのではないかという希望があったと思う。

「全国流通ということは、タワレコに僕らのＣＤが並ぶんですか？」と目を輝かせて僕を見るはっとり。

「当たり前だよ（笑）」と僕は当然の答えを伝える。

それくらいピュアなのだ。右も左もわかっていなかったが、大学生の彼らにとってはそういったことの１つ１つが新鮮で衝撃的だったはず。

僕たちのスタート地点。それは僕と、はっとりの決意が固まった瞬間でもあった。

Members' Comments

初めて会ったときのこと

はっとり　当時はマネージメントに頼らず、自力で売れることは難しい時代だったと思います。これはいい話が来たな、と思いつつ疑心暗鬼ももちろんありました。変な事務所だったらどうしようって。

田辺　渋谷Milkywayから出た階段で江森さんと話したことはいまでも覚えています。江森さんからは東京カランコロンとSAKANAMONを担当していると言われたのですが、自分が勉強不足でこの2バンドを存じ上げなかったんです。そうしたら「もっといろんなバンド聴いたほうがいいよ！」と言われたんですよね。そこからの江森さんの印象としては「よく喋る人」ですね。

長谷川　「よく喋る人」という印象です。あと、レーベル関係の人に会うのが初めてだったんですよ。僕の中でいわゆる大人の人たちと関わるということの新鮮さと緊張感がありました。

江森さんと組んだワケ

はっとり　この時期、いろいろなところから話は来ていたんですけど、皆さん慎重だったんですよね。大人の人にご飯へ連れていってもらったりしていたのですが、それに対して江森さんはスピードが速かった。「やる、やらない、どっち？」くらいの感じで、そのスピードにのまれたっていう。魅力に惹かれたわけではないです（笑）。あとは肌感ですね。この人についていったら面白そうだなって思えたんですよ。不安のほうが勝っていたら多分いかなかったんだけど「俺が売ってやるから」という自信が感じられた。それで「間違いないな」と思ったんですよ。

SONY

2023年7月22日（土）23日（日）舞洲スポーツアイランド特設会場にて行われた
OSAKA GIGANTIC MUSIC FESTIVAL 2023での1コマ。

第二章

マカロニえんぴつの改革

無意味という意味

マカロニえんぴつというバンド名の由来を僕が考えたことを知っている人は、ほとんどいないのではないだろうか。ドラマーのサティが決めたバンド名なのだが、あるとき、はっとりに由来を聞くと「適当に決めてしまったから特に意味はない」という返事が返ってきた。焦りが生まれる。

「特に意味はない……か」


思わず心の声が漏れてしまった。

打ち合わせをしていた会議室が沈黙に包まれた。

「何かマズかったかな?」という雰囲気が、メンバーから伝わってきた。

マズい。こんなに変わったバンド名に意味がない、というのは圧倒的にマズいのだ。たとえばインタビューで質問されたとしても「意味はないです」で終わってしまい、まったく印象に残らない。というよりほとんどカットされるだろう。

こんな変な名前なのに、何も意味がないなんて。

もちろん必ずしもバンド名に意味がなければいけないわけではない。しかし、まったく繋がりのない「マカロニ」と「えんぴつ」を組み合わせているのに意味がないのはどうなの？　という思いはあったし、バンド名から受ける印象で聴かず嫌いされてしまったらもったいない。実際、あんなに曲が良いのに「ゆるふわ系」のバンドなのかとラベリングされてしまうこともあったし、バンドではなくアイドルなの？とよくSNSに書かれていた。これは早急にどうにかしないといけない。

思わず頭を抱えてしまう。そして折を見て彼らに言葉を投げてみる。

バンド名は本人たちが考えることだから「このネーミングにしたら？」ではなくて「どう思う？」という確認の仕方をしたのだ。タイミング的に変更するならここしかない。「強制ではないんだけど、CDが全国に出る1発目のタイミングが、バンド名を変える一番のチャンスだよ」

そして、彼らからの返答は、

「バンド名はダサいと思う」だった。

うん。正直、僕もダサいと思っていたよ。

普通は、それなら変えればいいじゃないか、という答えにたどり着くのだが「そこに意味さえあればなんとかなる」とも思っていた。

たとえば、Mr.Childrenも「ミスター」と「チルドレン」という相対する概念を組み合わせることによって、彼らの意図が汲み取れる。はっとりが敬愛するユニコーンは、T.Rexの3枚目のアルバム『Unicorn（ユニコーン）』が由来とされ、ギター・ボーカルの手島いさむさんが名づけられたとされているが、「ユニコーン」はそれ単体でも意味をなす単語である。それに対して、単独でも成立する単語を2つくっつけても、特に意味がないというバンド名は、何か腑に落ちない。細かいことを気にするなと言ってしまえばそれまでだが、何か引っかかるものがあった。

今後、はっとりの歌詞や言葉に注目が集まるだろうと想像していたので、「言葉を大切にしているバンド」なのに「意味がない」ではいけないだろうと感じていたが、

「2年間このバンド名でやってきて、愛着もあるしアイデンティティとして残しておきたいから、このままでいきたいです」

というのが彼らの出した結論だった。

「そうか。じゃあ、バンド名はこのままでいこう」

問題が解決した安堵感と少しの不安が入り混じる。そして、この会話がいまも続く不幸の始まりといったら大袈裟《おおげさ》だが、ある種の心残りを持つことにもなっていく。

その後、長いスパンで見て、メジャーへ行っても同じ質問を受けるだろうから、一度話し合って公式設定を共有しようという流れになった。

小難しい哲学的な話を引き合いに出すが「ドーナツの穴」という概念がある。どんなものかと言うと、ドーナツに空いている穴は「無」だけれど、「穴」という存在、つまり「無いという存在がある」という意味がある。マカロニも同じく、空洞で穴の空いた食べ物で、対するえんぴつは何もない状態から書き進めていく「有」の象徴である。有の象徴と、無の象徴を組み合わせてできたバンド名ということに決まった。

それなのに、まだ彼らがインタビューで、ちゃんとこのことを喋っているのを見たことがない。ちょっと真面目すぎて恥ずかしいのか、あえて喋らないようにしているきらいもあるのだが、僕としてはそろそろしっかりと説明してほしいと思っている。後づけの由来なので、むずがゆいところや、自分の口から説明しにくいところもあるのかもしれないが……。

ＳＮＳで言葉を紡ぐ

彼らと一緒に過ごしていく中で僕がとにかく口酸っぱく言っていたことがいくつもある。特に話していたのが、ＳＮＳで言葉を発することの大切さだ。本項の見出しに「ＳＮＳ」と書いたが、活動初期はまだTwitterがメインだった。マカロニえんぴつの公式アカウントに加えて、各メンバーが発信するようにしていた。

たとえば複数のバンドが出演するイベントがあったら、事前に出演時間とステージ名をグッズとともに告知する。イベントごとの自分の想いやストーリーを載せられるとなおいいだろう。イベントが終われば「ありがとうございました。応援よろしくお願いします」とか「次はツアーで来ます！」と、自分の言葉で投稿することで、たまたまマカロニえんぴつを見て「いいな」と思った人は、フォローしてくれるかもしれない。

これは直後にやるのがベストだと思っている。なぜなら、お客さんはイベント終了後に余韻に浸りながら感想などを探すからだ。タイミングがかみ合えば、「ライブが良かったから、もっと長尺で見たいなぁ」「今度ワンマン見てみようか」というお客さんも生まれるのである。リスクはゼロで、リターンの可能性が確実にある。ＳＮＳでの発信は、しない理由がないのだ。

こういう考え方ができるアーティストは、いまでこそたくさんいるけど、当時はあまりいなかったと思う。しかし僕にとっては、客商売として当たり前のことだったから、メンバーにも同じように考えてもらおうと思っていろいろ話し合った。

まだ音楽誌などの媒体が注目する前の時期だから、取材記事が各媒体で次々に上がるわけではない。だから、ライブやイベントの宣伝・告知・アフターフォローなどを自分たちでうまくやっていかなければ世間に広まらなかった。お客さんは自分の時間を使って、お金を払ってライブを見に来て、CDを買ってくれる。それは僕たちのやっていることが「商業音楽」だからだ。だから、自分たちがきちんと告知をするのは最低限の礼儀だと思っている。

だから発信する際には、お客さんやファンのことを常に第一に考えなければならない。僕は「常にそこにファンがいると思って内容を考えろ」と呪文のように言っていた。それから、「リリースした楽曲を紹介するときは、自分なりの目線で投稿をして聴いてもらうようにしよう」
「ライブに来てくれたお客さんに感謝を伝えるときは自分の言葉で。毎回違う言葉にしよう」。

そういうこともよく話していた。こういうことは、実際に本人たちが実践していかなければ血肉にならないし、実践しないとマカロニえんぴつをSNSで見つけてもらえない。

それはつまり、自分たちのバンドがさまざまなイベントやライブを、自分たちの活動の中でどういう位置づけとして捉えるのかという考え方にもつながる。かっこ良く言えば、マカロニえんぴつのプロモーション戦略としてどうSNSを使っていくかということだ。

メンバーたちにとっては、何でも最初のうちは難しいものだ。特に、SNSでのプロモーションはこれまで意識していなかったことなので、何が正解かもわからない。だが、それで諦めて得意なことだけやればいいという考え方になってしまうと、他のメンバー任せになってしまい、バンド内の負担に偏りが出てしまう。だから「みんなでやる」ことにした。全員でさまざまな告知をすれば、ライブのブッキングスタッフはバンド全体でイベントを一緒に作ってくれていると感じて嬉しいだろう。そういった裏方の人たちのことも考え、イベントは自分たちだけでやっているのではないということ、ちゃんとスタッフや関係者は見ているということも知ってほしかった。そして、そういう小さな行動が次に繋がっていくということも。

全国リリースの前に「みんなでバンドを動かす」という意識を全員に植えつけさせた

かったから、こういう話をしておけて良かったと思っている。

とはいえ実際の投稿は誰かがやらなきゃいけないわけで、当時はギターのよっちゃんがＳＮＳの宣伝担当としてTwitterを管理していた。しかし始めのうちは、解禁情報の告知投稿時間を過ぎてしまったり、寝てしまって忘れたりしたこともある。そんなときは逐一注意していったのを覚えている。

よっちゃんもそうだが、大ちゃんと賢也は、いまも昔もあまりＳＮＳが得意なほうではない。昔はあまりプロモーションに関心がなかったというほうが正しいかもしれない。たとえば誰かが投稿したタイミングで、別のメンバーが同じ内容を被せたかのように投稿したことがあった。僕は投稿の際は、同じ内容でも言い方を変えること、あえてタイミングをずらして投稿することなど、それぞれの役割分担に応じてアクションを起こしたほうが効果的だと話した。いわばスヌーズ機能みたいなもので、何度も情報が入ってくる。それだけ記憶に残りやすくなるのだ。

一方で、当時からはっとりは、自分の伝えたいメッセージを言葉にのせることに長《た》けていて、とても上手だった印象がある。ライブに来てほしいという投稿に関してもそうだし、ライブ後の投稿にしても、そしてリリース関連にしても、やはり独自の視点でうまいと思わせてくれることを発信していた。フロントマンでありボーカルであるゆえ、反響は一番良い。だが音楽活動以外でもはっとり頼りになるのは良くないと思い、みんなでやることを徹底させた。はっとりの投稿はいわば最後の一手、ひと押し。たとえばライブ動員を増やしたいとき、MVの再生数がいま一つ伸びないときなど、はっとりの発信で底上げすることはよくあった。

メディアの発信を全員で拡散することも重要だ。メディアや媒体を巻き込んで一緒に盛り上げることで、ファンが「この人たち楽しそうだな」と思ってくれるだろう。SNSだけを見てもマカロニえんぴつがバンドのことを真剣に考えていることが伝わるからだ。SNSの得意不得意があるのは仕方ないことだが、アーティスト本人が自分の活動に無関心なのが一番良くないと思っている。

SNSでの発信は、もちろんいま現在も続いている。メジャーレーベルとの打ち合わせの際、レコード会社の方に褒められたことがあった。
「こんなにもメンバー全員が律儀にTwitterやインスタで告知して、ちゃんと盛り上げるバンドはなかなかいないですよ」

僕は平静を装って「これが普通ですよ」と答える。しかし心の中は誇らしい気持ちでいっぱいだ。彼らと組んで良かったと切に思う。

どのバンドもそうだが、僕は同じことを何度でも説明して、相手が納得するまで話すことを心がけている。もちろん、また同じ話だと思われることもあるだろう。だが、メンバーの間でバンドに本気で向き合う熱量がバラバラな時期は、誰かが先へ引っ張ることが必要だ。音楽面ではそれがはっとりだろうし、そのほかの面に関しては僕が担っていたと思う。

こういう点は、広告代理店時代の経験が活きていると思う。どのメディアがどういう特性を持っていて、どういう使い方をすればお客さんに届くのか。そういったことをずっと考えていたからだ。

しかしそれも日々刻刻と変化していくものだから、ずっと同じことはできない。当時でいえばいわゆる〝バズり〟はTwitterで生まれるものだったが、2023年だとTikTokから生まれることがほとんどだ。長めの動画よりはショート動画が人気になっている。その時代に合った動きを常に考えなければならないのだ。

マカロニえんぴつのファッション事情

どんなアーティストでも、聴いてもらえなければスタート地点に立てない。

ロックバンドは、音楽が良ければ見た目なんて関係ないという考えもある。確かにそうだ。しかし、ビジュアルで手に取ってもらえる可能性があることもまた事実である。僕自身も10代の頃、アー写やジャケットを見て見知らぬバンドの曲をジャケ買いして聴いたこともたくさんあったし、逆にそれを見て自分の好きなタイプではないと聴かず嫌いした経験もあった。

だから僕はビジュアルは大切だと思っている。決してかっこが良ければいいというわけではないが。

仮に楽曲が良かったとしても、単純にパッと見のファーストインプレッションが原因で聴くまでに至らないこともある。マカロニえんぴつが数年間自主制作活動をしていて火がつかなかった理由の1つはここにもあるかもしれないと仮説を立てた。

ド直球に言ってしまえば、彼らはファッションセンスがなかったのだ。

デビュー前に打ち合わせがあって会社へ呼んだときのこと。彼らが帰った後に、僕の同期の社員から「ぶっ飛んだバンド呼んだね〜」と指摘された。もちろんマイナスの意味でだ。第三者から客観的に見るとそういう感じだったのだろう。

だからビジュアルは、真っ先に改善するポイントだと思った。アーティストにとってファッションも重要。アーティストたるもの、オリジナリティのある雰囲気を醸し出してほしい。

マカロニえんぴつは当時大学生だったので、もちろんお金はない。そんな彼らに高価なハイブランドを着るように言うのは、現実的に無理なことで間違っている。だからまず「ステージで人前に立っているんだから、見られているという意識をちゃんと持って、まずは汚い靴で出るのをやめよう」と話した。これは加茂啓太郎さん（SUPER BUTTER DOGやナンバーガールを見出したプロデューサー）の受け売りではあるが、「貧乏なのはいいけど、貧乏くさいのはやめようぜ」という意識だ。いまの時代、１０００円や２０００円あれば新しい靴が買えるわけだから、そこは最低限、改善してもらった。

かつてみんなで一緒に渋谷のPARCOや新宿の伊勢丹へ行ったことがある。はっとり以外のメンバーはファッションというものに興味がなかった様子で、大ちゃんに関してはアパレル店に入った回数もわずかだという。そんな彼らと衣装として使えるかどうか、話しながら洋服を見たのだ。「これいいんじゃない?」という提案に対し本人が嫌と言えば、ステージ衣装に関する価値観がズレていることが分かる。しかし、派手でちょっと衣装っぽい服（普段着るには難しい服）が実はステージ上で映えたりもする。その判断基準が当人たちだけでは難しいから、第三者の目線を入れるという意味でも実際に一緒に見に行ったのだ。

そこでライブ用の衣装を買ったのだが、賢也は1万円以上の服は初めてだと言っていた。よっちゃんも僕のおススメした服を買ったのだが、2万以上という金額に驚きを隠せない様子。当時、お金のなかったメンバーにはインパクトのある金額だったのだ。聞いた話では、よっちゃんも大ちゃんも戒《いまし》めのために、このときの服をいまでも持っているらしい。

バンドというのは日常でも見られている存在なわけだから、自分で服を買って、私生活でも意識変革をしなければいけない。自分たちで決めていかないと私服も変わっていかないと思っている。人の言うことだけを聞いていると、結局与えられたものしか着なくなってしまう。着せ替え人形ではいけないのだ。

はっとりはメンバー内でも唯一ファッションに興味があり、古着が好きだと言っていた。しかし、当時のステージ衣装はツナギを着てメガネをかけたマッシュルームヘアーという超絶個性的なスタイル。「いなたい」(音楽業界の言葉で泥臭い、田舎臭い)と言ってしまったこともあるくらい、バンドをしているというよりも芸人らしさのほうが強かった。なので、バンドマン然としたファッションへ方向転換を行った。そこは本人も分かっていたようで「そうですよね……」という反応。そこまで衣装に固執している わけではなかったから、すぐに直すことができた。奏でる音がいいのに見た目の先入観でどこかしら損をしているのはもったいない。

そういえば僕は、季節ごとに不要になったものや学生時代に着ていた服を、よくはっとりにあげていた。先日も昔のインタビューの写真を見たら、僕があげたものを着ていたはっとりがいた。なんだか懐かしい気分になる。

ファッションのトレンドは日々変わっていくものだから、衣装はいまも一緒に考えて作っている。いまではマカロニえんぴつにはスタイリストがついているけれど、一緒に考えて作ることは昔と変わらずやっていることだ。

過去にはスタイリストが代わるたびに、最初に選んでもらった衣装が似合わないパターンをたくさん経験してきた。長年一緒に活動してきてメンバーの体型も趣味嗜好も知っているから「この人は肩幅がこれだけあるのに、このタイトな服を着てしまうとステージ映えしない」とか「細めのパンツだとあまり似合わない」とかの情報を先に伝えておいたほうが効率がいい。もちろんいろいろ試してもらって新しい発見をすることもあるのだが。

インディーズデビューとなった『アルデンテ』のアーティスト写真と立ち位置を変更する前のライブの様子。
当時は大ちゃんと賢也の位置が違っていた。

演出と立ち位置とＭＣと

ファッションだけではなく、ライブの演出やパフォーマンスも大切だ。

マカロニえんぴつは当初、１００～２５０人が入るキャパシティくらいのライブハウス、いわゆる小箱で演奏していた。もちろんワンマンではなく、３、４バンドがブッキングされるイベントで、与えられた30分の尺の中でパフォーマンスをすることが多かった。短い持ち時間の中でどれだけ印象的なパフォーマンスができるかが勝負の世界だ。

最初はその30分の中にＭＣが入っていた。挨拶したり曲の紹介をしたりする時間だ。僕と出会う前のライブでは変なダンスを踊っていたこともあったという……。いろいろ試行錯誤していたのだろう。はっとりは毎回ＭＣの内容について悩んでいたので、まずはＭＣはやめるよう提案をした。そのぶん、曲ごとのつなぎや曲間を考えて30分の構成をしっかり組んだ。そうして余裕ができたら、ＭＣすればいいと伝えた。伝えたいことがないのにわざわざ喋る必要はないと思ったからだ。

そもそも、バンドが複数出演するようなイベントでは、マカロニえんぴつが目的ではないお客さんも多いと思う。だから1曲でも多く演奏して、楽曲とライブの魅力を伝えなければならない。MCなしで30分、どれだけ楽曲を詰め込むことができるか、良いライブにできるかということに集中しようということだ。マカロニえんぴつのことを知らない人を、ファンにしていかなければならないのだから。

この時期『幸せやそれに似たもの』の最後で、はっとりがギターを掻き鳴らしながらメガネが落ちてエモーショナルに終わるというパフォーマンスを行っていた。

これは、ある日のライブで起きた偶然がきっかけで生まれた。はっとりが、ラストのその曲のアウトロでギターをアグレッシブに掻き鳴らしていた際にメガネを落としたのだ。僕はその時に「これだ！」という、ある種のひらめきを感じた。それ以降、はっとりが演奏に没頭しすぎてメガネが落ちてしまうというパフォーマンスを、ライブのお決まりにしたのだ。

いまになって考えると、それはライブの演出として、少しでも何かのきっかけを作りたいと思っていたから生まれたものだった。淡々とライブをやっているだけでは、見ている人の心に引っかかるものがない。この頃はなかなか動員も増えていかない状況だったので、藁《わら》をもつかむ思いでこういったパフォーマンスを取り入れていた。まだしっかりとMCで喋ることもできていない時期だったので、演奏の一部としてなんとか印象を残そうとしばらく続けていたが、途中でやめてしまった。なぜかははっきりとは思い出せないが、きっとメンバーの演奏力も向上してライブの演奏自体で魅せられるようになったからだろう。そうなれば小手先のパフォーマンスは必要ないのだ。

あとは、メンバーの立ち位置もこの時期に変えている。

キーボードの大ちゃんはもともと下手（舞台に向かって左側）の端っこ、いまはベースの賢也がいる場所で弾いていた。

ステージ上で演奏している彼らにとってはしっくりきているのかもしれないが、俯瞰《ふかん》したときにはバランスが悪い。その頃、キーボードがいるバンドは多くなかったし、音色的にもそこを推していたのにもかかわらず、端っこにいたせいでサポートメンバー感がすごく出ていた。

たとえばフジファブリックは下手のセンター寄りにキーボードの金澤ダイスケさんがいて、印象的だ。こういう風に、目立つべきところが目立っていないということは、改善の余地があるということだ。

大ちゃんは当時、座って弾いていたこともあって、存在感が薄かった。しっかりと魅せることができれば、キーボードの存在があるだけで豪華に見えるのにもったいない。もう少しちゃんと目立って見える位置、センター寄りのはっとりの近くにいたほうが絶対良いと思ったのだ。

そう思ってメンバーにキーボードとベースの立ち位置を変更したいと提案をする。上手にはフライングVを持ったよっちゃんがいるから視覚的にも目立つ。かつてはギターを変えることも提案したのだが、これだけは譲れないと頑なに断られた。こだわりがあるということは、悪いことではない。

ベースの賢也についてはストラップの長さを変えた。腰を落として床につかんばかりの位置で弾く様は、レッド・ホット・チリ・ペッパーズのベーシストであるフリーを意識したものだ。しかし、彼の身長を考えると少し短くしたほうが見栄えも良い。

4人並列だった並びも、メンバーの体型差があったからバランスが良くないと思ったので、一番前にはっとりがいて、周りが下がっているという三角形のスタイルを提案した。当時はステージも大きくなかったので、5人のメンバーがステージ上に立つと、とにかく狭い印象が際立っていた。ちょっと動けば隣の楽器に触れてしまう。だが、よっちゃんがはっとりよりもやや下がれば自分のスペースが確保できるし、ソロで前に出たときの特別感が生まれる。するとギターソロもいままでよりも目立つだろう、と。

しかし、

「うーん……。あまり変えたくないですね」

みんなしっくりこない様子。客席から見るとバランスが悪いと理由を説明して、一度位置を変えて演奏してもらった。新宿LOFTでの平日の対バン企画の時だ。いざ見てみると想像通りで、かなりしっくりきた。みんなもそうだったのか、そのまま現在も同じ立ち位置でいる。狭いステージで、どれだけ印象的にできるかという演出を大きなステージでやれるようになったいま、この三角形の並びの良さがさらに出てきた。このときに直感で変えたことは間違いじゃなかったと思っている。

いまではもう当たり前のことすぎて記憶も薄れていることもたくさんある。しかし、当時もいまもライブ後には必ず反省会をして、ちょっとでも次のライブが良くなるようにしていることに変わりはない。

そうやってバンドは日々、進化している。

「マカロニえんぴつ」という名前

はっとり　あまりにも適当に決めちゃったバンド名でした。でもそれだと、由来を聞くインタビュー取材ができないから、理由を言えるようにしておこうと考えてもらいました。やはり自分で由来を考えていないから聞かれても上手く説明できないです。バンド名を適当につけてしまって良くないことしたな、と思いますね。

ファッション事情

はっとり　当時はステージ衣装という考えがなかったですね。自分で服を買う経験も、山梨ではなかったんです。大学で上京して、自分で買わないといけないから下北沢の古着屋によく通ってたんですよ。そのときの古着屋のラインナップって、ツナギ服（オールインワン）とかオーバーオールが多かったんですよね。安くて種類も多かったからよく買っていました。トレードマークにしようかなみたいな意図も少しありましたね。（ステージ衣装を買うことについて）「好きなもの着てやっちゃ悪いんか」みたいな、少しの反発心はありましたけど、一方で「どうしてもそれしか着たくない！」というわけでもなかったから変えました。

高野　江森さんと会った頃は僕、中学校のときの服を着回していたんですよ。「もう（服が）汚くなってるね」と言われてたのを覚えていますね。あと、当時は左耳にピアスをしていたのですが、００ゲージ（１０．０mm）の大きさまで穴を拡張していたので、牙のアクセサリを入れていました。それこそえんぴつが余裕で入る大きさだったんですよ。髪も長くてメッシュも入れてましたね。で、江森さんからは「怖いからやめよう」って。

田辺　いろいろ言われましたね。僕は8月と9月以外、革ジャンを着てデニムとTシャツにブーツ、ぼさぼさのロングヘアーという出で立ちでした。おしゃれとか考えたこともなかったです。一緒にやるとなったとき、このスタイルを直されました。PARCOに衣装を買いに行ったときに、江森さんが「これいいよ」と言った服が2万何千円で「マジかよ！」となりました（笑）。

Twitter管理のよっちゃん

田辺　ぶっちゃけ最初は面倒でしたね。責任感を養うという意味でもやらせてもらっていました。でも寝てしまって時間通りにやれないことも何度かあって、公式の投稿が10分でも遅れるとめちゃくちゃ怒られる。でも間違ったことは言われていないんですよね。当時はうっかり投稿しないように一度、機内モードにして文章を作って確認していたんです。情報解禁の時間はいつも気がかりでしたね。

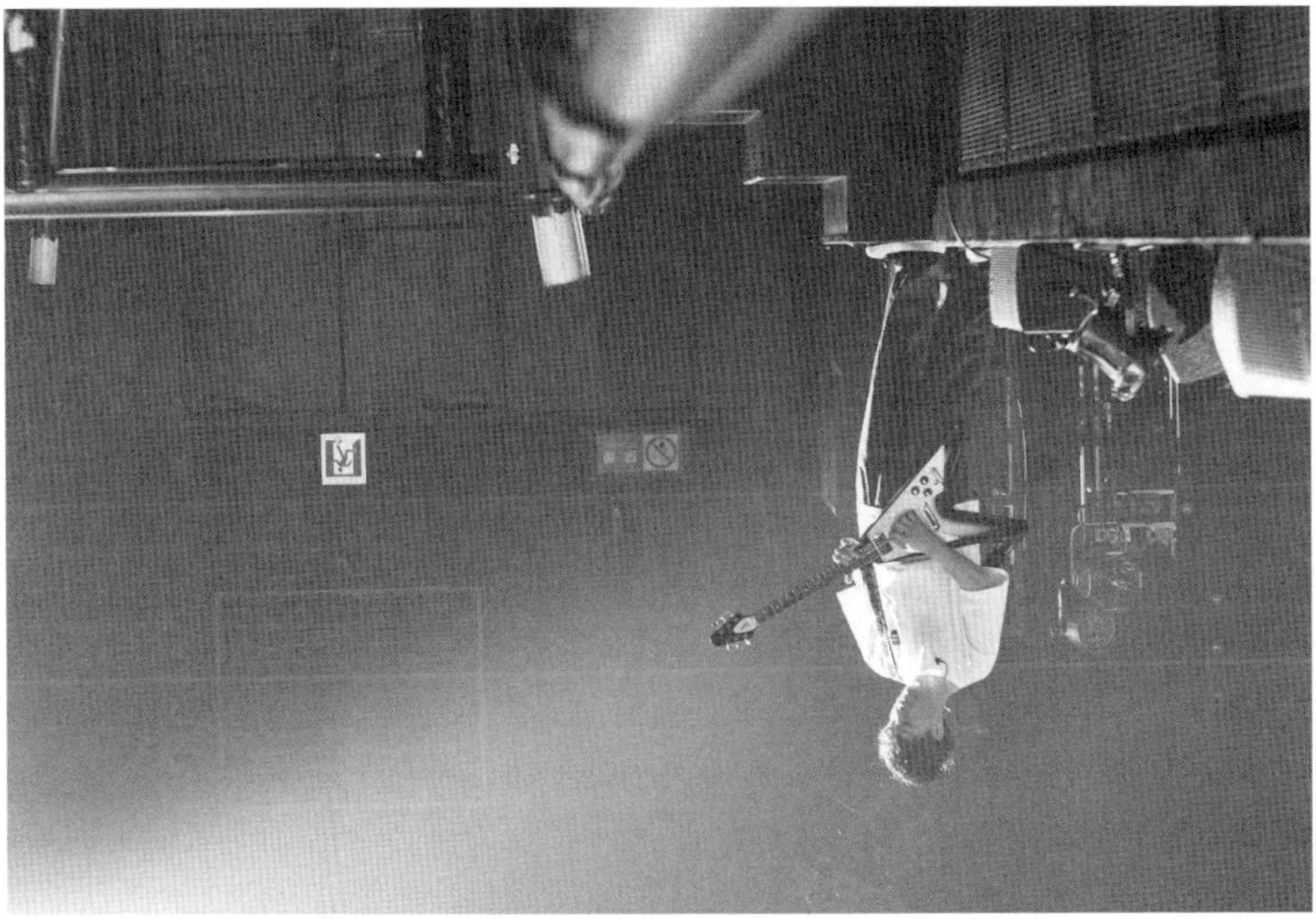

第三章

『アルデンテ』

いまを切り取る1枚

消費税が8％にアップしたことで世間が騒がしくなっていた頃、マカロニえんぴつをあらゆる角度から改革しながら、インディーズデビューとなるリリースをどうするか考えに考えをめぐらせていた。というのも、このときは2014年だったが、すでに世の中はCDがなかなか売れない時代に突入していたからだ。だからこそ、「初めましての名刺」になる作品は、これまで手がけてきた以上に大切に作らなければならないものだった。

そのときまでマカロニえんぴつは、自主制作で会場限定音源を売っていたことはあるが、流通を通してCDを全国リリースしたことはなかった。だから、世の中にボールを投げて反応を見ることは初めてのことになるわけだ。

世間には、リリースまで水面下で鍛えるアーティストもいる。それはそれでいい。でも僕はこう思っている。

アクションを起こさなければ、世界は何も変わらない。いくら水の中で泳ぎが上手くなろうとも、水面に顔を出さないと波は起きないのだ。

「デビュー1枚目」は後にも先にも1回しかない。

1枚目は初期衝動を詰め込んだ、マカロニえんぴつの類《たぐい》まれな音楽的センスを届けられるアルバムを作ろう。

そう心に誓いを立てていた。

そしてどうすればバンドの「名刺代わりの1枚」に足るアルバムになるか。マカロニえんぴつを世の中に広く知らしめるきっかけになるか。

その想いを基本に据えて考えた結果、「全国流通だからといって肩肘を張るのではなく、出し惜しみせず、いまのベストを出そう！」という結論に達した。

たとえ2枚目が出せたとしても、1枚目で出し切る形でないと2枚目も売れない。1枚目にバンドの「いま」を切り取り、すべてを込めようということになった。

当時はアルバムのタイトル決めから作詞作曲まですべてをはっとりが担当していた。収録曲は『鳴らせ』『ワンドリンク別』『零色』『幸せやそれに似たもの』『なんだったっけ』『あこがれ』の6曲だ。全曲新曲というわけではなく、いままでのデモや自主制作盤も含め、自信のある楽曲をすべて出した。

メンバー全員でデビューに向けてしっかりと話し合い、全体的なバランスを考えて構成できたと思う。僕も彼らの音楽の引き出しや伸び代を探りながら、自由度高くやってもらおうと思っていた。

その結果、バリエーションが豊かな1枚が見事に完成した。噛《か》みしめる曲もあれば、柔らかい曲もあり、全体を通して聴くとちょうどいい感触。

タイトルにはそんな意味も込められている。

BUDDY RECORDSからのインディーズデビュー1発目。

初の全国流通盤。

1stミニアルバム『アルデンテ』はこうして生まれた。

初期衝動を込めた『鳴らせ』

アルバムを作るうえで何よりも大切なものは、いわゆるリード曲だ。MVも制作するし、アルバムの顔になる。個人的には、リード曲を新曲で戦えないバンドにはなりたくない。常に新曲をアップデートしていかなければならないと思う。

では何をデビュー作のリード曲にするか。それが問題だった。リード曲は灯台だ。何百何千というアーティストが鎬《しのぎ》を削る、荒れ狂う海の中で自分たちの行く先を示す光。

何よりも強いパワーを発する曲が必要だった。当時ライブシーンではアップテンポの曲が全盛期。そういったものをぶつけていく必要があった。

　収録された曲でいうと『零色』は間違いなく名曲だ。デビュー前からライブで演奏しており、古参ファンからの人気も高い。『零色』をリリースしていないから新曲として出すのもありだと思っていたけれど、会場限定の手売りで音源は売っていた。だからこれを新曲と言ってしまうとそれは嘘になる。「昔からファンに愛されている曲として育てた方がいい」と判断したので、裏リードとして位置づけていた。

　そして正直なところ、『零色』はアルバムの中心の曲になるが、デビュータイミングのリード曲として考えたときに何か足りないなと思っていた。

　その「何か」について、メンバーとじっくり話し合う。はっとり以外のメンバーは、いまのマカロニえんぴつに何が足りないかを客観的に考えたのは初めてだったのかもしれない。会社の会議室で何度も「こうしたい」「ああしたい」と意見を重ねるうちに、それは具体的になっていった。

　これからマカロニえんぴつというバンドの音楽をたくさんの人に知らしめようという決意や願いがこもった、心の底からあふれる初期衝動。このタイミングで自分たちは何を伝えたいか、それを詰め込んだ曲がリード曲にふさわしい。

そして、当時もいまもこれからも、マカロニえんぴつにとっての主戦場は間違いなくライブハウス。そこで鳴らしたい音楽にしようとみんなで考えた結果、「アップテンポでしっかりと言葉が伝わる楽曲」が必要だとなった。当時の彼らの持ち曲は、ミディアムテンポやバラードの楽曲しかなかったからだ。

先にも述べたが、この頃はサーキットやライブハウスで、「短い時間でどう観客を掴むか」というライブをしていた。マカロニえんぴつ目当てではない他のバンドのファンにもこちらを向いてもらいたいと考えた時、その場を楽しませて盛り上げることが最も重要だったのである。

形態としては、当時はまだ日本ではサブスクも浸透していなかったので、CDと配信のリリースとしてのみ考えていた。そうなると、1曲目はCDショップの視聴機で聴かれた時に飛ばされないかどうかも重要になる。最初のインパクトで耳を掴んで離さず、初期衝動を詰め込んだライブハウスでも映えるアップテンポな曲。

それをイチから書き下ろそうということになった。

はっとりの答えは「わかりました、頑張ります！」

季節は秋から冬に移り変わろうとしていた。風は少しずつ冷たさを増していたが、僕たちのデビュー熱はどんどん燃え上がっていった。

さまざまな意味で、リード曲はバンドもスタッフも自信を持って提供できる、いわば勝負曲を出さなければならない。大変な作業ではあるが、過去にも東京カランコロンやSAKANAMONとも同様のことを話し『ラブ・ミー・テンダー』や『ミュージックプランクトン』が生まれた経験があったから、納得いく形でリリースしたかったし、上手くいく自信はあった。

そして、はっとりが、「いま一番何が言いたいか」を込めた1曲を書き上げた。

それが『鳴らせ』である。

初めての挫折

当時、2人で「リード曲」という観点で歌詞の話をたくさんした。

具体的な場面を想起させる情景描写を避けた歌詞は、聴く人の想像力を掻き立てる余白を生むと同時に、抽象的でフワッとした印象も与えてしまう。それが必ずしも悪いというわけではない。ただリード曲に関して、はっとりが書く歌詞はこの傾向が強かったことが課題の1つではあった。どうしても具体的なイメージを描くことができなかったのだ。

『鳴らせ』はとてもストレートな歌詞で、当時大学生だった彼にしか書けない、この時思った初期衝動が詰め込まれている。しかし、はっとり自身は『鳴らせ』について、当時を振り返ったあるインタビューでこう答えている。

《初めて歌詞が書けなくなった。当時自分がせっかく掴み取ったインディーズデビューだったけど、いざ、いま一番言いたいこと、伝えたいことを書こうと思ったときに、言いたいことが何もなかったんだと知ったきっかけの曲。だからああいうシンプルな「鳴らしたい」っていうところに繋がったのだと思う》

はっとりは「曲はできるが、歌詞がなかなか絞り出せない」といつも話していた。「自分が本当に伝えたいことは一体何なのか」と自問自答を繰り返していたのだろう。

なぜはっとりは書けなかったのか。理由はいくつかあると思う。

単純に初の全国流通作品でのプレッシャー。

言いたいことが上手くアウトプットできないもどかしさ。

新人バンドなので予算がなく、厳しいスケジュールで制作していたこともある。

そもそも納期があるという状況で制作をすること自体が初めてだった。

実はアルバム制作は、音楽を仕事として意識してもらう意味もあった。これまで学生バンドとして活動していたから、音楽を「仕事」にするという意識がこの時はまだなかったのだ。

仕事にはスケジュールがあり、いつでも自由に思いついたときに曲を作ってリリースしましょうというわけにはいかない。

この時期はっとりは当日まで歌詞が書けなくて、レコーディングを飛ばしてしまうことが何度かあった。改めて次のレコーディング日を設定しても予定日までに完成しないということもあった。サビ以外の歌詞はとても良くできていると思っていたが、肝心のサビが弱い。本人にフワッとした雰囲気から少し変えるように伝えたが、はっとりは行き詰まっていた。実は最初、サビ部分も『鳴らせ』というワードではなかったのだ。

そんな彼はひたすら「できないです。ごめんなさい」と謝っては落ち込んでいたのを覚えている。

もちろん歌詞が間に合わずにスケジュールを飛ばしてしまったときには本人と向き合い、ケアはしつつも、仕事として納期があることの意識やレコーディングを待っている人がいるということを教えた。こればかりは最初に教えておくのが肝心で、バンドが売れてからでは聞く耳を持たなくなってしまうのがほとんど。そうなってしまってからでは遅いのだ。

そして録り終えたらミックス作業とマスタリング作業があって、その間にジャケットを作って工場でＣＤができる。納期がズレると、リリースもズレる。すると流通や店舗にも迷惑がかかり、待ってくれている人の期待を裏切ってしまう。それが積み重なると、人は離れていく。そういう先のことも含めて想像してほしかったのだ。

だが、僕がレーベルやマネジメントとして携わったバンドのソングライターで、デビュー作でいきなりレコーディングを飛ばした人は初めてだった。正直なところ、当時は心配していた。

「もしかして、自分の勘は当たっていなかったのか？」

でもそんな一時のことで判断するには早すぎると思い直した。なんだって最初は上手くいかないものだ。子どもの頃、転んで起き上がってを繰り返して自転車に乗れるようになったあの感覚。このときまさに、僕たちは初めて転んだのだ。次は起き上がればいい。それだけのことだ。

だからこそ生まれた曲は、1曲1曲に価値がある。

歌う原動力

『鳴らせ』の他に、初期衝動がテーマと言っても過言ではない曲がある。『あこがれ』だ。

はっとりのユニコーン、そして奥田民生さんへの憧れを曲にした壮大なバラード。「歌う」原動力が、そのまま歌になったこの曲は「憧れたその人自身にはなれないけれど、憧れさえあれば夢を追っていけるぞ」という意気込みを表現しており、はっとり個人にとってとてもストーリー性がある曲だった。それがデビュー作『アルデンテ』に収録されているのは、振り返るとアルバム全体としてもバランスが良かったと思っている。

憧れは、マカロニえんぴつの中で大きな原動力になっている。そもそもはっとりが、ユニコーンに憧れて作ったバンドだ。でもそのものになりたいわけではない。当たり前の話だが、マカロニえんぴつはユニコーンにはなれない。自分の中の「ユニコーン」という憧れを求めて、成長していく。漸近線《ぜんきんせん》みたいなもので、近づいてはいくが重なることは決してない。一生追い続けるものなのだ。

ちなみに「はっとり」という名前は、ユニコーンのアルバム名『服部』が由来である。いまではファンにとって当たり前のことかもしれないが、当時はもちろん誰も知らない。ファンはあらゆる情報を求める。マカロニえんぴつを好きになり、ボーカルに興味を持った人がこのことを知れば「へぇ〜」と思える。いわば「はっとり」という名前が伏線で、「あこがれ」で回収したわけだ。

思いもよらないところでファンにワクワクを与える、曲にエンターテインメント性を持たせた1曲と言えるかもしれない。

コロナ禍の2020年、はっとりは初めて奥田民生さんと対談し、昨年はユニコーンとの対バン、今年は『旅をゆけ』を共作した。古くからのファンは、それを見てどう思ったのだろう？　感動しただろうか？　ワクワクしただろうか？

そんな感覚を味わえたのも、はっとりがずっとユニコーンと奥田民生さんへの憧れを歌い続けてきたからだろう。

はっとりの新境地

『ワンドリンク別』も『アルデンテ』のための書き下ろしで、これはライブハウスで映える楽曲だ。

自分たちの引き出しの中にBPMの速い、アッパーな曲を入れたいし、ライブという空間を共有したいという目的があった。譜割りも細かく、勢いに任せて感情的にまくし上げて歌う、当時のマカロニえんぴつにはない楽曲だ。

お客さんに楽しんでもらうため「ワンドリンク別!!」と一緒に叫んでもらう箇所を意図的に入れた。もちろんそれは、リリース後の自分たちのツアーを想像しながら作ったわけで、ライブを盛り上げたいという意志を込めた。期待通り、いまもなおファンに愛され続けている楽曲だ。

歌詞には、はっとりなりのユーモアと皮肉が散りばめられている。

「暗がりでどうかごまかしてよ／いつまでたっても埋まんないフロア／繋がり合って転換で冷めて」

「恋ではない／故意ではない」

ライブハウスで動員が伸びない自分たちの苦い実情と、うまくいかない恋愛模様をリンクさせた歌詞は目から鱗だった。

さらに、女性目線での歌詞は、はっとりにとって初めての挑戦。ある意味では新境地の開拓と言ってもいいかもしれない。

初めてのMV

『鳴らせ』のMVは、川崎龍弥くんに監督をしてもらった。彼には、ライブ映像のシューティングをお願いしていた間柄である。マカロニえんぴつがしっかりとしたMVを作るのは、これが初めてだった。

「誰かに何かを伝えたいし、伝えたいことがあるけど、自分自身でもはっきりと理解できていない。でも誰かに届くまでとにかく鳴らしたい」といった初期衝動を詰め込んだ『鳴らせ』について、川崎くんは「青年特有の、青臭いけど真っ直ぐなピュアさそのものを映像で表現したい」という想いを込めてMVを作ってくれた。

はっとりの目の前に女性が立っている構図は、まだ見ぬリスナー、つまりこれから増えていくであろうマカロッカーやその先の人を思わせる。彼女に伝えたいことを、まさに「鳴らしている」そのものの映像だ。

実は当初は別の女優さんだったが、何かピンとこなかったので改めて別の方を数名提案してもらい、その中で、宣材写真の表情を見て瀬戸かほさんに変更してもらった。

何ともいえない虚ろな目の表情。あまり感情が表に出ていない様子が「目の前で大声で歌っているがまだ届いていない」という状況にぴったりだった。かほさんの、終始無表情で目の前のはっとりに気づいていない演技は素晴らしかったと思う。

このMVをYouTubeで公開したところ、一気に話題に上がった。当時は「バズる」なんて言葉もなかったが、いま思えばこれがマカロニえんぴつ初めての「バズり」だ。良くも悪くも斬新な映像だと注目を浴びることになる。

はっとりも初めてのMVの撮影だったが、彼自身はもともと映画が好きで演技にも興味があったので、身構えることなく取り組めたようだ。最初から自分自身の角度や見せ方を意識していたし、撮影は終始スムーズに進んでいったのを覚えている。

余談だが、はっとりは失礼がないよう、前日にめちゃくちゃ歯を磨いたと言っていた。

さまざまな想いが詰まったCDは彼らがバンドを始めて3年弱経過した2015年

1月、メンバーみんなが恋焦がれたタワーレコードへ陳列されることとなる。嬉しいことに大きなPOP《ポップ》までつけてくれた。デビュー1発目でここまで展開してくれるのは本当にありがたい。これも東京カランコロンやSAKANAMONで培った関係性が活きた部分だ。「ついにここまで来た！」と大喜びするメンバーの姿に、思わず僕も笑みがこぼれてしまった。

新宿LOFTのBARフロアからの下北沢SHELTER即完

一緒に活動を始めた頃、メンバーも僕もライブといえばサーキットイベントで、音楽を楽しむというよりは他のバンドとお客さんを取り合って勝った負けたと思う意識が強かった。「今日は自分たちが一番お客さんを呼べた」とか、逆に「今日は負けたな」とか。「でもグッズはこれぐらい売れたから、新しいファンがついてくれたということかもしれない」とか、少しずつ自分たちの現在の立ち位置やライブに足りないものを分析する意識が芽生えてきたとも言える。

当時は物販の売れ方やお客さんの比率を聞いて、それをメンバーと共有して一喜一憂していたものだ。

そんな中で、2015年頃からよく出るようになったライブハウスが新宿LOFTである。当時マカロニえんぴつがずっとお世話になっており、本拠地にしていたライブハウスは新宿Marble。加えて、下北沢のMOSAiC、下北沢レッグという計3か所を主戦場として彼らは切磋琢磨していた。

僕がついてからは、その場をだんだんとLOFT系列へ移行していった。それには理由がある。

その1つが、LOFTのブッキングマネージャー・樋口寛子さんだ。バンドへの愛もあるし、ちゃんと理路整然とダメ出しをしてくれる素晴らしい人である。そういう愛も客観性も持った人がいて、ちゃんと歴史もあり、全国からいいバンドが集まってくるライブハウスでやらせたい。

当時のバンドシーンで考えても、そんな場所は僕の中では新宿LOFTだった。

樋口さんはフジファブリックのデビューから初期の頃にサポートしていた方だ。はっとりも志村正彦さんと同じ山梨出身だし、鍵盤がいるバンドということで、似た部分も多く親しみを感じてくれていたのかもしれない。

さらに樋口さんはバンドのストーリーを描ける方でもある。数年前から、SAKANAMONと東京カランコロンをブッキングしてもらう中で、一緒にストーリーを作れてきたと思う。そんな関係性だからこそマカロニえんぴつでもイチからストーリーが作れると思った。

ストーリーとは何か。簡単に言えば「レベルアップが目に見えてわかる」ことだ。これもLOFTに移行してきた大きな理由である。

たとえば新宿LOFTの場合、最初からメインステージに上がるなんてことはできない。30人程度でいっぱいになるBARフロア側のステージからスタートする。もちろん環境はお世辞にもいいとは言えない。

ここで頑張って結果を出すとメインステージで演奏できる。

そしてメインステージに上がれるようになってからも、お客さんでフロアを埋めるのはそう簡単にはいかない。新宿LOFTに出ているバンドがよく言うのは「地面の白黒格子が見えなくなったら一人前」。

ガラガラだとフロアの白黒の格子柄が目立っているから、ステージからハッキリ見えるらしい。

そんなステージから始め、先輩バンドや同世代バンドと対バンする中で、ライブのことを学んでいった。その結果、２０１６年からは旬のバンドで構成される3マンライブ「ロフト三つ巴ライブ」、２０１７年には「新宿ロフトの年末大感謝祭」など名物企画に出演することになる。

順調にお客さんが増えていく一方、メンバーは自信がないときもあった。演奏力が追いついていない自覚があったという。

しかし、パフォーマンスでいまいちな日があっても僕はダメ出しはしなかった。演奏で良くなかったことはもちろん指摘する。でも、全体的には良かったと褒めていく。これで、はっとりは、当時へコまずにいたらしい。

そうやってマカロニえんぴつはバンドとして成長し、だんだんとファンも増えていった。

そして『アルデンテ』をリリースし、ドカンと客足が伸びた。

そのときに自主企画として開催したのが、初めてのツアー『マカロックツアーvol.1～鳴らし廻り～』だ。東名阪すべて対バンで実施し、ファイナルは4月8日、場所は下北沢SHELTER。SHELTERはLOFTの系列で、キャパは２５０人。ASIAN KUNG-FU GENERATIONなど有名バンドも出演したこともある有名なライブハウスだ。

そこにwaybee、ココロオークション、雨のパレードをお誘いした。

それがなんと即完売！

メンバーは「いきなり完売だ」と喜んでいた。

その年のラグビーワールドカップで、日本が南アフリカに勝った時より喜んでいたかもしれない。世紀の大逆転に、日本中で狂喜乱舞が巻き起こったあのときより、だ。

それもそうだ。それまで2年間、鳴かず飛ばずのライブを続けてきたのだ。ガラガラのフロアで、バンドメンバーより少ないお客さんに向かって歌っていた。

そんなマカロニえんぴつが、ファッションやパフォーマンスを改革し、SNSで自分たちの情報を伝えるようになった。都内のライブハウスを中心に地道にライブを重ね、じわじわとお客さんを獲得していき、ついにデビューアルバムをリリース。その中でもはっとりが生みの苦しみを経験した曲のMVがバズり、楽曲がひとり歩きしていった。すべてが一点に収束した結果の、ツアーファイナルソールドアウトだった。喜びが爆発しないわけがない。なにせ、新人の登竜門として知られる、由緒ある場所でのソールドアウトだ。メンバーも「音楽で生きていく」という自覚が高まった瞬間だったと思う。

次の一手

と、順風満帆に見えたマカロニえんぴつだったが、実はそうではなかった。

まだまだ地方のサーキットや対バンライブに出てもフロアが埋まっていないことのほうが多かったし、フェスに呼ばれるにはまだ程遠い状態であった。

下北沢SHELTERが即完していることを考えると、広がり方は他のバンドと比べても早いほうだと思う。

『鳴らせ』のＭＶで不特定多数の多くの人に知られたこと。

すでに僕が関係性を築いていた媒体関係者にアプローチできたこと。

彼らにとっては、すべてがとても恵まれた状況であったことは間違いないだろう。

はっとりも「最初のスタートの段階で自分たちを広げてくれる人たちが多かったことはとても恵まれていた。誰も知らないところにＣＤを置かれていたら、マカロニえんぴつはいなくなっていたかもしれない」と話していた。

しかし『アルデンテ』のCDのセールス自体は、新人バンドの中でも突出した結果にはならなかった。

「本当にアルバム全体を聴いてくれているのか？

いまのロックバンドシーンにマカロニえんぴつは求められているのか？」

メンバーは不安になっていたと思う。

だけど僕個人はというと、特に焦りはなかった。『アルデンテ』が、徐々にだが、着実に届き始めていることを実感していたからだ。

この頃はまだ宣伝の予算も少なかったので、自分の足で営業し、自分の手の届く範囲の繋がりが深い媒体を中心にプロモーションを行っていた。

その結果、CDショップの店員やライブハウスのブッキングスタッフ、ラジオ局のDJやディレクター、雑誌のライター、他社のマネージメントのスタッフなど、耳の早いスタッフから反応が返ってきていたのだ。SNSをエゴサしていてもCDデビューの後には、マカロニえんぴつについての投稿数が明らかに増えていたのを覚えている。

砂を洗っていたら、少しずつ砂金が出てきたような気持ちだった。だんだんと、マカロニえんぴつが見つけられていく。

初ツアー後、ライごとにパフォーマンスが良くなっている実感があったので、平日も都内を中心にどんどんブッキングイベントに参加した。

すると、それまでは平日のイベントなら、いても3人、多くて5人来ればいいほうだったのに、ツアー後は30人、多いときには50人来るようになっていた！

流れは着実に来ている。自ら起こした流れをそのまま自然に放置していては、緩やかに止まるだけだ。ましてや、全国的にはまだ無名に近いバンドならなおさらのことだ。流れを止めないための次の一手が必要だと思った。

ツアーが終わってから動き出しているようでは遅い。

そう、実はファーストツアーの最中から考えていたのである。

2作目のミニアルバムを制作することを——。

Members' Comments

新宿LOFTと下北沢SHELTER

はっとり　新宿LOFTという有名なライブハウスに立てたのはいいけど、パフォーマンスの技術が追いついていなかったです。嬉しい半面、自信がまだついてきていない感じでした。その自覚があったから、それもステージに出てたと思います。連れてこられた猫みたいな感じ。納得してステージを降りてきた記憶はないですよ。しばらく新宿LOFTでライブはやっていないですけど、いまでも思い出すとドキドキしちゃうんです。当時は狭い楽屋で待機するだけで心臓がバクバク。幕の向こうで、お客さんの声がすると「いまから戦いに行くのか……」って緊張していました。セッティングしているときに逃げたくなっていましたね。

田辺　下北沢SHELTERは出たいと言って出られるところじゃないんですよね。そこへ江森さんと自分らが企画を持って行って、それがちゃんとソールドアウトしたことで、バンドマンとしてもう1段階上がったという感じでした。俺たちバンドやってるんだっていうのを強く感じた日だったかもしれないですね。気合が入っていたなあ。

LOFTのBARフロアでのライブ。ここからスタートしたマカロニえんぴつは着実にステップアップしていく。そして初企画となったマカロックツアーでは下北沢SHELTERがソールドアウト。メンバーに自信を与えた。

第四章

『エイチビー』と移籍

あふれる衝動を

『アルデンテ』を作った後、すぐに2ndミニアルバムの制作に入った理由は、まだデビュー以前の楽曲のストックがあったということもあったが、はっとりの中に書きたいものがあると感じたことも大きい。それにまだ世に出ているのはたったの6曲だ。時間にして20分そこそこ。曲が溜まっていかないと、1時間を超えるワンマンをやることは難しい。セットリストのバリエーションを増やすためにも曲数は必要だ。1STミニアルバム制作後にはっとりと話していて、彼には構想があり、もっといろいろな曲を書きたいと思っているということもわかった。彼にはソングライターとしての余白がまだまだたくさんあったのだ。

『鳴らせ』のMVがたくさん再生され、バンドに対する注目度が上がったと同時に「本当の自分たちがちゃんと評価されているのか？」という不安がメンバーには生まれていたが、僕には「まだまだマカロニえんぴつを世の中に広げていきたい」という彼らの衝動のほうが強く感じられた。

『アルデンテ』である程度の自信もつき、少しずつではあるがファンが増えてきている状況を作れているから、できるだけ間を空けずに次の作品に取り掛かることになった。

ツアーファイナルもソールドアウトして、ファンは次の動きを期待している。そこで対バンイベントを開催し、新作のリリースを発表することにしてスケジュールを決めていった。まだ少ないとはいえ、コアなファンの口コミが大事だからだ。

タイトルは『エイチビー』。前作の『アルデンテ』が、「マカロニ」にちなんだタイトルなら、今作は「えんぴつ」にちなんでいる。《(はっとり) 心臓に穴が空いているみたいな、心を抉るような、前作よりもグサッと深い所まで刺していけたらなという思いがありましたね。そんな思いがジャケットのイラストにある穴にも表現されています》

(2016年1月15日　Rooftop)

えんぴつにもさまざまな濃さがある中で、なぜ『エイチビー』を選択したか。《マカロニえんぴつはポップで親しみやすいバンドでやってきたし、それを心がけていた。だから一般的に最もよく使われる『エイチビー』にしたのだ。》(Rooftop インタビューより)

制作自体は、『マカロックツアーvol.1』の最中から取り掛かっていたので、ツアーが終わるまでにある程度は録り終えていたと思う。

しかしスケジュール通りにいったかといえば、そうではない。一番の要となる重要なリード曲は前作に引き続き、はっとりが歌詞で苦労していた。当日まで書ききれずにスタジオに来て考えるのだが、それでもスタジオが終わるまでに書けずに家に帰ってまた歌詞に向き合うということが何度もあった。

あのときの状況が再び訪れるのかと思い、少し震えた。

2回目のアルバムレコーディングだったので、時間は無限ではないことは当の本人も十分に理解していた。それでもできないものはできない。本人にしかわからない、本人でしか解決できないことなのだ。スケジュールとの相談であとどのくらい粘れるか、こだわれるか、毎回悩みは違えどアルバム制作は時間との戦いでもあるのだ。

パンチライン

この頃は、客観的なアドバイスができるスタッフは自分1人だったから、曲や歌詞についても僕から積極的に意見を言うようにしていた。収録曲には、andymoriやクリープハイプといった、当時はっとりがリアルタイムで聴いていたバンドの影響が色濃く出ているのがいま聴いても良くわかる。

はっとりはそういったタイプのソングライターなので、「それは寄せすぎじゃないか？」というようなことを客観的な視点からよく話していた。

いまはありがたいことに、タイアップでお題があって曲を書くということも増えた。しかし当時はそういうものが何もなかったから、はっとりは楽曲のテーマ探しにとても苦労していたものだ。逆に言えば、言いたいことがないのに、最終的にあれだけ歌詞が書けることは才能なのだろう。だからこそ、言いたいことを見つけたはっとりは最強になれると信じていた。

僕がメンバーとともに一番最初にデモを聴く立場だったから、曲作りの中で「マカロニえんぴつのアイデンティティとは何か」を一緒に探っていたように思う。『アルデンテ』のときに課題だった、「抽象的になりすぎて具体性が欠けてしまう」ところはその頃も変わらずにはっとりを悩ませていた。抽象的とは、いい意味では聴く人によってさまざまな解釈ができる余地があるということだが、悪く言えば結局何が言いたいのだろう？　と受け取られる可能性もあるということだ。自分自身にしかないオリジナリティのある言葉で考え、マカロニえんぴつとして発表しなければならないから、そこに見合う表現を探し求めていたんだと思う。

「多くの人に届けたい」という目標を掲げるならば、伝えたいことをちゃんと伝えなければならない。ふわふわした言葉では、多くの人には刺さらない。業界用語で言うと「パンチライン」という1行でブッ刺す、人の気持ちを動かすことのできるワードが必要だった。

この時期の楽曲は、いま振り返るとはっとり自身やメンバーを含め、一聴して「これいいね！」と自信満々で世に送り出すような楽曲というわけではなく、ライブを重ねてファンと一緒に楽曲を育てている感じがした。ライブで演奏していくことで、どんどんみんなの耳に馴染んでいくのだ。

楽曲は、そうやってお客さんやリスナーの中で成長していく部分もある。この頃作った曲をいま現在のライブで聴くと、その印象に差がついたりする。

「抽象的な言葉のほうが、いまの時代には響くんだ」なんて思うときもある。

だからこそ音楽は面白い。

2015年9月にウソツキ、the quiet roomを呼んで、下北沢SHELTERで「三色コース(ワンドリンク別)」という3マンのイベントを開催し、そのステージ上で『エイチビー』のリリースを発表した。

自分の中の表現

『エイチビー』ではMVを2本出した。『サウンドオブサイレン』と『愛の手』だ。『サウンドオブサイレン』は、『鳴らせ』と同様にisaiの川崎龍弥くんに監督をお願いしている。

この楽曲は、はっとりが試行錯誤して完成させたリード曲だ。

リード曲以外の収録曲は一晩で作ってくるくらいの余裕があるし、歌詞もはっとりらしい言葉遊びや韻を踏んだりと曲に馴染んでる。しかし、いざリード曲になると気合が入りすぎて構えてしまうのか、最終的にアウトプットする言葉の端々に彼自身の「らしさ」が感じられず、無理やりパズルのピースをはめ込んでいるように思えてしまうのだ。はっとり自身が何を伝えたいのか、何を言ったらいいのか迷っているのが透けて見えてしまう歌詞だったと思う。

このことは、はっとりが受けた過去のインタビューでも語っていたから本人にとっても忘れられないことだったのだろう。

当時はっとりは大学4年生で20代前半の年齢だ。書けないのはスランプということではなく、単純に自分自身のアイデンティティがつかめていないということも理由にあったはず。本人はできる限りのことをしているし、このとき、バンドと曲に真剣に向き合ったからこそいまに繋がっているのだ。

一方の『愛の手』は、『サウンドオブサイレン』とは打って変わって苦しんでいた様子はなく、歌詞もすんなり出てきた印象だ。制作会議1発目で、メンバー全員の賛成を得て録音するような感じだった。もともとはQUEENの『We Will Rock You』のリズムやテンポで作りたいというところからスタートした曲だ。歌詞はおそらく、当時の自分自身の恋愛をそのままアウトプットしているのだと思う。『愛の手』と『合いの手』のダブルミーニングにもなっている。

そんな2曲は、バンドにとっても大事な曲になるだろうと思っていたので、どちらもＭＶを作りたいと考えていた。だが、そう簡単に『鳴らせ』のＭＶに続くバズリみたいなことは難しいだろうとも予想していた。ミュージックビデオがYouTubeで話題になる時代ではあったけど、そう簡単に出す曲出す曲連続で再生回数が伸びることは難しい。それでも何かＭＶを見る人の印象に残ることをしたいと考えて、『愛の手』ははっとりの構想を元に、自身で演出を考えてもらった。彼は映画も好きだし、映像にも興味があったから、「自由に作ってみたら?」と提案したのだ。

その結果、傘をさした女性が雨の中、夜道を車のヘッドライトに照らされて歩いていくというシンプルなMVができあがった。女性の歩くテンポと楽曲のテンポが相まって何か物憂げな、何度も見たくなるMVになったのではないかと思っている。そうやって音楽以外のフィールドでも、彼の中にあるイメージを少しずつ表に出していきたかった。

実売とサブスク

「2枚目は売上が落ちる」という業界の定説がある。

1枚目のインパクトを超えられないという根拠のないイメージが一般化してしまっていることに加え、1枚目の実績に応じて店舗も仕入れる枚数を決めるものなので、爆発的ヒットがないこの時代では、当たり前といえば当たり前の現象だ。

苦労を重ねたにもかかわらず、定説通り『エイチビー』は『アルデンテ』と比べてセールスが伸びなかった。

本人たちはさすがにがっかりしていたが、僕はその結果はある程度予想していた。都内や大阪ではライブにお客さんが入るようになっていたが、大学生だったこともあって地方にはあまり行けず、主要都市以外でのファンを獲得できていなかったのが要因なのだと思う。デビュー当時の盛り上がってきていた人気は、いまにして思うとすごく局地的なものだったのだ。

演奏力の部分でも、レベルアップしていることは確かだが、高みを目指している視点からすればまだまだであったし、影響力がある誰かがメディアで紹介してくれるような状況でもなかった。SNS上も含めて、自力でやって、何かくすぶっているような状態。『ヤングアダルト』の『こんなはずじゃなかった』じゃないけど、はっとりは下北沢の居酒屋で「なんで良い曲を作っているのに素通りされてしまうんだろう」と言っていた。安い酒と、簡単なおつまみが並ぶテーブルはちょっとした振動で揺れていた。周りのテーブルでも、SMAP解散や熊本地震など社会問題の間で、隙あらば人生や社会への不満が語られていた。まるでこの世のすべての負の感情を煮詰めたような空間で、メンバーも苦悩を吐き出す。

そんな時期だった。

もちろん一番近いスタッフである僕自身、作品をリリースするときには毎回自信作だと思っている。だから結果に対して「ああ、そうか」という残念な気持ちはあった。でも同時に「そんなもんだよね」と思う部分もあった。

はっとりは良い曲を書いているし、バンドとしてもそれまでに2枚のミニアルバムも出している。どちらも良作だ。でも世間からはなかなか反応がない。こんなに良いものを作っているのに、まだまだ理解されてないんだな、という実感があった。どういう曲でアルバム構成するか、どんな努力をしていけばいいのか、そんなことをみんなで考えた。

実際に世の中のシーンも、踊れたりノリが良かったりする曲を持っているバンドがライブハウスやフェスでもてはやされる時代。学生や社会人などの若い方に受け入れられるシーンがそうだと言ってしまったらそれまでなのだが。

僕もメンバー自身も、ある日突然急に売れる夢物語などないことはわかっている。でも着実に階段を一歩一歩上がっていくことはできると思っていた。サブスクが浸透していない時代だからこそ、CDセールスには固執していたのだ。結果は結果として受け止めて、次に進まなければならない。立ち止まっている暇はないのだ。

常に動き続けることこそが僕のやり方なのだと思う。

しかしこんな話がある。

リリース当時はなかなか売れなかった『エイチビー』だが、サブスクの時代になってじわじわと人気を得てきたのだ。

Apple Musicのアルバムチャートでもデビュー初期のアルバムが200位以内にランクインしたことは、とても嬉しい。

数年前のミニアルバムがいまも聴かれている。つまりそれは、どんな時代でも通用するバランスのとれたアルバムを作れたということだろう。

当時のギターロックを聴くと、ちょっと懐かしさを感じてしまう曲が多いことは否めない。当時の「いま」を切り取っているのだから。

しかし、はっとりの場合は80年代、90年代の音楽をはじめ、当時の流行とは異なるところから多大な影響を受けており、そこに当時のギターロックのエッセンスを加えてしっかり咀嚼《そしゃく》して曲を作っていた。だからこそ時代をあまり感じない、数年後でも古臭く感じないものになっているのだろう。

良い音楽は、廃れない。

サブスクという時代の流れが、マカロニえんぴつを押し上げてくれた1つの理由でもある。

『エイチビー』をリリースした時期、
バンドはサーキット対バンライブで
切磋琢磨していた。

新たな環境へ

『エイチビー』をリリースした2015年頃は、自分自身も事務所を辞めるつもりでいた。これから新しいチャレンジを始めたいと思い、マカロニえんぴつともこれから心機一転、頑張っていこうと決めていた。

その時は、ほぼ1人で3バンドを同時に動かしていた。メジャーレーベルで活動する東京カランコロンとSAKANAMONのマネージメントを行いながら、インディーズでマカロニえんぴつの育成をする。そんな状況だったので、マカロニえんぴつに対しては「ここから大きくしていくぞ！」という気合はあったが、メジャーで活動しているバンドに比べれば、まだまだ仕込み時期ということもあり、やれることは限られていた。それよりも次にレーベル、マネジメントを移った先でどう計画していこうということに思いをめぐらせていたのだ。

当時はレコード会社がアーティストのマネージメントまで行う「360度ビジネス」というものが少しずつ始まっていた頃で、どのレコード会社もそういうことができる中堅のマネージャーをほしがっていた。そういう人材は当時はあまりいなかったのか、スタッフとして来てほしいというお誘いもいくつかいただいた。それは素直にありがたい。しかし「そのついでにバンドも一緒に」は嫌だった。僕は、自分が担当しているバンドの音楽で評価してほしかった。

そんな想いを胸にいろいろな会社と話をした上で、最終的にエッグマンに決めた。

ここにはSUPER BEAVERやsumikaというリアルタイムで勢いのあるバンドがいた。その2バンドは、すでにホールツアーやアリーナクラスまで行けるレベル。僕らが入った時には、すでに手が届かないところにいた。しかしとんとん拍子で成功したわけではなく、どちらもメジャーに挑戦して一度挫折を経験し、エッグマンに移籍してきたのだ。そこでマイナスをプラスに変えて這い上がり、大きくなっていった。やはりそういうバンドのライブは、生き様が音に出ており、僕ら同業者でも1回見ただけで心が掴まれる何かがあった。

さらに、Amelieとthe quiet roomという、マカロニえんぴつと同世代でガツガツライブをしているバンドがいた。お手本になる先輩がいて、刺激になる同世代バンドがいる環境は素晴らしかった。

そんなバンドを身近で観て、圧倒されるかといったら、そういうことでもない。むしろ焦りだったり、やり方を変えないといけないなと感じたのだ。マカロニえんぴつだって、もちろん数字は気にしないといけないが、グッドミュージックを作って良いライブを継続していければ着実にお客さんはついてくると思っていた。

加えて、会社のバンドに対する評価や方向性も僕の考えとマッチしていた。マカロニえんぴつが出した2枚のミニアルバムを移籍前から聴いてもらっていたこともあり、役員も「同世代のバンドの中でもとてもクオリティが高いし、これからさらに伸び代がある」と言ってくれた。

当時マカロニえんぴつは、まだ全国的には届いておらず、アルバムを制作をしてツアーを回っても収支は赤字になるという「先行投資」の時期だった。にもかかわらず、会社はちゃんと音楽で評価してくれていた。それはつまり、マカロニえんぴつの音楽を聴いて未来を想像し、招き入れる判断をしてくれたということだ。

これからマカロニえんぴつを育てていくにはこの環境しかないと思った。

加えてありがたかったのは「発掘から3バンドを育て上げてきた『江森』というブランドができている。だからどこかのレーベルに所属してという形ではなく、イチから新しいレーベルを立ち上げてレーベルヘッドとして新たにブランドを作ってほしい」というお誘いをいただいたことだった。

２０１６年、エッグマンのmurffin discs内に自分のレーベル「TALTO」を立ち上げた。母体がエッグマンで、そこから作られたレーベルがmuffin discs。卵で出来たマフィンから連想するものがいいと思いタルト（TALTO）にした。

レーベル名を決めてから、顔ともいうべきロゴの制作に取り掛かったのだが、このとき僕が発掘した東京カランコロン、SAKANAMON、そしてマカロニえんぴつが客観的にどう思われているのか少し調べたことがある。ロックだがポップでもある、どのバンドのボーカリストも歌心があって、でも一筋縄ではいかない癖のあるバンド、自分たちの音楽に向き合っている唯一無二なバンド……というイメージらしい。その声を参考にしつつ、各バンドから出ているカルチャーの匂いを感じ取ってもらえるようなロゴにしたいとデザイナーの大原大次郎さんにお願いした。ロゴをよく見てもらうと食べかけの部分が3か所ある。これは一緒に移籍した3バンドと一緒にまたスタートをする、という意味を込めた。一番上の食べかけ部分は僕が歩んできた道に由来しているGを感謝と皮肉を込めて刻んでもらった。

ここなら本当にやりたいことができるし、バンドものびのびと契約年数を気にせず、リリースタイミングも自由に活動できる。骨を埋めるつもりで頑張ろう。そう誓った。

エッグマンに入って以降、マカロニえんぴつは周りのバンドから刺激を受けながら活動を続けている。メンバーもたびたび口にするが、特にSUPER BEAVERのライブでのパフォーマンスやMCのメッセージ性に触れたことは、マカロニえんぴつのライブにも大きな影響を与えている。

僕はこの選択は本当に間違っていなかったと思っているし、選んだ選択が正解だったと思えるように日々努力をしてきた。

「先輩バンドの活躍を見れば、きっと道はあると思う。気持ちは折れずにいこう」

ツアーの打ち上げでメンバーと酒を飲みながらこんなことを話しつつ、この言葉を自分自身にも言い聞かせていた。

メンバーの不安

エッグマンへの移籍について、マカロニえんぴつとは当たり前のように一緒にやっていくつもりだったから、メンバーとこれといって改まった話はしなかった。何かの拍子に、軽く経緯を話したくらいだと思う。

しかし『エイチビー』の結果が思わしくなかったのもあったからだろうか、その時ははっとりに、

「僕らも連れて行ってもらえるんですか？」

と聞かれたことを覚えている。

「当たり前じゃん」

と答えたが、東京カランコロン、SAKANAMONだけを連れて行って、自分たちはこのタイミングで置いていかれるんじゃないかと不安だったらしい。

本人たちの中には焦りもあったのだろう。リリースも動員も順調に進んではいたものの、周りを見ればもっと売れているバンドだらけ。対してマカロニえんぴつは、当時まだ年間のリリース計画すら定まっておらず、とりあえずは目先の目標に向かって1つ1つ挑んでいくだけだった。まだまだ世の中に知られていなかったから、上に駆け上がる以外ない。だからこそ「江森さんが行くところについて行きます」と、シンプルな結論が出せたのだろう。

移籍に向けて3バンドのレーベル業務とマネージャー業務をワンオペでやっていた時期は、地獄のように忙しかった。リリースの調整やプロモーション、ライブのブッキングやグッズの進行、機材の運搬など、何から何までやっていた。まるで自分が10人いる

みたいだ。

各バンドの動きを止めないこと、そしてスムーズに移籍することだけで頭はいっぱいだった。

だから、マカロニえんぴつの1人1人に向き合うことはできていなかった。

見えない亀裂

マカロニえんぴつはある時期まで、はっとりがピラミッドの頂点に立って1人でメンバーを引っ張っているバンドだった。はっとりとメンバーとの間にあったものは、絶対的な温度差。それゆえはっとりはバンドがうまく回せないと悩んでいたし、メンバーに対しても苛立《いらだ》ち、若干疑心暗鬼になっていた。

過去を振り返るインタビューではっとりは「その頃はメンバーを完全には信頼しておらず、1人で突っ走っていた。メンバーに期待をし過ぎて『何でこうしてくれないんだよ！』と求めてばかりいた」とも話している。当時のマカロニえんぴつは、はっとりがすべての曲と歌詞を書いて、メンバーははっとりからのアレンジを指示通りに演奏するやり方。「バンドをみんなでうまく回していこう！」という共通認識がなかったため、はっとりはメンバーに頼りなさを感じていたことだろう。しかし誰かが音頭《と》を取らなければいけないことも事実だ。特に軌道にのる前の初期段階では、誰かが半ば強引にでも引っ張っていかないと動かないときもある。船頭は多すぎたら山に上るが、1人もいなくてはそもそも出航できない。だからはっとりは1人で頑張っていた。

バンド内に大きな亀裂があったというわけではないが、見えないところに小さな亀裂ができてきたのだろう。まるでダムを決壊させるシロアリのように、少しずつ、でも確実に内部を蝕んでいったのだ。

僕も他の2バンドのリリースやマネージメントをしていたこともあって、メンバー全員としっかり向き合えなかったように思う。地方のライブに行くときもつき添えず、メンバーだけで行ってもらうこともあった。

バンド内で何が起きているのかを、すべて把握することは不可能だった。

でも、人間関係でいろいろなことが起きることは、新人バンドの常だ。何か衝突が起きても、僕は「男同士、同じ音大の学生なのだからお酒を飲んで思ってることを話し合えばいい」と、楽観的な気持ちでいた。

進路

2016年にメンバーは音楽大学を卒業したが、それぞれと進路についてしっかり話した記憶はない。

ツアー先の打ち上げで一緒に飲んで話をする機会は多かったのだが、いつも和気藹々《わきあいあい》と盛り上がっては、時間が深くなると当日の反省会が始まって熱く話し合って終わる感じで、「それぞれがバンドを今後どうしていくか」みたいな将来の真面目な話はあまりしなかった。

大学を卒業してもバンドはそのまま続けると思っていたし、メンバーも「卒業しても変わらず、バイトをしながらバンドを頑張ろう」と考えていたようだ。ただ、はっとりだけは「将来は音楽だけでご飯を食べていきたい」と強い覚悟を口にしていた。いまにして思えば、そこでもメンバー間に温度差があったのかもしれない。当時は、そこに気づけなかった。

そのときすでに『洗濯機と君とラヂオ』のデモはできていて、僕はこの曲を絶対にレーベル移籍後の第1弾のリリースとして出そうと目論んでいた。

はっとりには、移籍があってリリース先の調整に時間がかかったとしても、止まらないように曲を作っていこうと話していた。本人もそれに応えて曲作りに没頭していた。

卒業したことで、学業がなくバイトとライブを繰り返す「時間が余っている時期」だったので、曲を作るしかなかったというのもある。なかなか芽が出ない焦燥感に駆られ、もがきながらも何か打破できるわけでもなく、音楽に打ち込むしかない。そういう時期に生まれる曲には、やはり特別な何かが宿るものだ。

移籍がまとまるまでの間、バンドを止めるわけにいかない。メンバーとも打ち合わせを行い、その間、2016年8月に新宿LOFTで自主企画イベント『マカロック納涼祭～ビューティフル・ドリーマー～』を開催した。その企画の会場限定でリリースしたのが、シングルの『メイビーネイビー/enough』だ。あのシングルが自主リリース扱いになっているのは、実質的にはエッグマンに所属しながら、僕が個人でマネージメントしていたからだ。ありがたいことに、シングルは即完売した。

そうして世間にマカロニえんぴつの話題を提供し、「マカロニえんぴつ活動中！」という流れをアピールし続けることが僕の役割だった。それは同時に、メンバーたちに思考を止めさせず、希望を見せるということだ。

メンバーも移籍して活動するにあたり、それぞれに迷いがあった時期だったから、引き続き目先の目標を設定することで、みんなで進んでいく形を作っていた。

Members' Comments

反省会の日は……

はっとり　反省会は暗い顔をしてふさぎ込んでましたね。江森さんは打ち上げでも熱い人です。

もう本当にバンドを良くしたいっていう気持ちがあったんでしょうね。他のバンドと比べて「みんなはこうなのに」という言い方で説教しなくてもいいのにな、とは思っていました。だって僕らは僕らだからね。でもそれは「悔しかったら、もっと頑張れよ」ということだと捉えていました。言葉足らずで不器用だから、お尻を叩く一環だったんじゃないかなと思っています。毎回、悔しい思いをしていましたね。

長谷川　江森さんが「今日のライブのＭＣさ……」みたいな切り口で話してくると反省会のスタートかなと。熱く語る場ができあがってきます。

田辺　江森さんは酔っ払うとずっと同じことを無限ループで言ってくるんです。それで泣かされたことが何回か……。ぼろくそ言われて高円寺の飲み屋で泣かされたのは覚えてますね。でも言われたことは全部正しいんですよ。

ATTORI
23

第五章
別れ

『s.i.n』変化のアルバム

前月にトランプ大統領が誕生し、日本でも不安や期待の声が聞こえた2017年2月。新レーベルTALTOからの初のリリースは、ミニアルバム『s.i.n』だった。

マカロニにも鉛筆にも「芯」があるし、マカロニえんぴつの楽曲にも「芯」がある。移籍をして「心」機一転。

そんな意味が込められている。

リード曲は『洗濯機と君とラヂオ』。当時のシーンを狙い澄まして勝ちにいった曲だった。サビはマカロニえんぴつには珍しいリフレイン。口ずさみやすさを意識している。ビートは4つ打ち。MVでは踊るシーンを入れたり、演奏シーンでは逆光を使ったりした。

その頃流行していた邦楽ロックへのオマージュも込められている。これを軸に勝負作を作ろうとメンバーと話して決めた。

その制作をより良いものにするために、サウンドエンジニアに池内亮さんをお迎えした。池内さんは東京カランコロンでも何度かお世話になっていたフリーランスのエンジニアで、マカロニえんぴつの音楽性に合うと思ったのだ。前の事務所には社内にエンジニアがいて、アウトソーシングできなかったため、バンドにとっては初の外部スタッフである。池内さんはエンジニアの腕はもちろんのこと、人間性も僕たちのチームワークにぴったりはまった。いま現在に至るまで池内さんは大切なチームメイトである。このときの出会いは、その後のバンドの歴史の上でとても重要なものだ。

『s.i.n』には『洗濯機と君とラヂオ』のほかにも『哀しみロック』のようなアッパーな曲が収録されている。これは全国のライブハウスで戦うことを前提として作った。

一方で『スタンド・バイ・ミー』のような、その後のマカロニえんぴつを予感させるような、より自我の強い曲や、『two much pain』『夜と朝とあいだ』のような恋愛を歌った壮大なバラードも収録されている。

この幅の広さは、レーベルを移籍して1発目といういわば「変化の時期」ならではの作品だなと思う。

そして最も大きな変化として、パッケージとして初めてはっとり以外のメンバーが作った曲が収録されている。サティ作詞作曲の『まなざし』だ。癖になるコーラスや、雰囲気が突然変わる展開など、メンバーも好きなQUEENを彷彿とさせるアレンジが施されている。

サティは当時、マカロニえんぴつとは別に自分自身のプロジェクトも並行して行っていて、ソングライティングをしていた。

実際にライブを見に行ったことはなかったが、いい曲を書くというのは知っていた。はっとりもサティのソングライティング能力を認めていたと思う。しかし、まだその頃は「マカロニえんぴつは自分のバンドだ」という意識も強く、アルバムに自分以外の曲を入れることに抵抗があったと思う。だがサティの曲は、はっとりの曲とは対照的で、それがアルバム全体の中でいい隠し味になる。そう判断してアルバムに入れることになった。

サティが作る曲は良い意味で力が抜けていて、音楽的にも予定調和ではない展開をする。他のアーティストに「どの曲が好き?」と聞いたら、サティが作る曲を挙げることがよくあったが、おそらくそういう点が面白いと評価されたのだろう。

このリリースで、マカロニえんぴつは、タワーレコードのスタッフがまだ世間で話題になる前のアーティストとして推し出す「タワレコメン」に、ハルカミライ、そこに鳴るとともに選ばれた。作品がそうやって客観的に評価されたことは初めてだったので、素直に嬉しかった。メンバーも、「いけるぞ!」というムードだったように思う。移籍第1弾、心機一転で作った作品がタワーレコード全店舗で、いままで以上に大展開されるということは「ここから大きくなっていける」という手応えも感じていた。マカロニえんぴつがやりたいことを振り切って作り上げた自信作だっただけに、このミニアルバムにかける意気込みはものすごかった。『s.i.n』を引っさげて初の全国ツアー『マカロックツアーvol.3～芯トンガっていたい篇～』を回ることも決めたのだ。

だが蓋を開けてみると、自分たちが期待していたほどのセールスに繋がらなかった。店舗の展開自体は大きくなったのだが、実際に売れた枚数という意味では『アルデンテ』『エイチビー』とほとんど変わらなかったのだ。社内でも社外でもいい評判を聞いていたので、その結果を見たときはメンバーも僕もちょっと肩透かしを食らった気分がした。

冷静に考えると、移籍して自分たち自身が盛り上がっていただけで、当時はまだ「ニューカマー」にもたどり着いていないような立ち位置だったから、当然といえば当然の結果だ。口はばったいことを言えば、バンドの音楽に世の中がまだ追いついていなかったと言える。もっと受け入れられるものだと思い込んでいたぶん、とても悔しかった。さらにライブでもアルバムの再現度を表現できない事態にも陥り、自分たちの技術と楽曲が見合っていないことがあらわになった。しかし、売れなかった原因は他にもあるはず。僕は『これだけしか売れなかった』なんて絶対思うなよ！」とメンバーには言っていた。

そんな状況の中、楽曲は届くべきところに届き始めてもいた。

この年の年末にaikoさんがラジオで「今年一番聴いた曲」として『洗濯機と君とラヂオ』をピックアップしてくれたのだ。

ラジオで有名人の方が曲をかけただけでかなり広まる。番組を聞いていた人のSNSで「aikoさんおススメのバンドの曲がいい」と言ってくれる人も出てきた。その反響はすごいもので、マカロニえんぴつの名前は一気に広まった。しかしそれが全国に届き、CDが実際に売れることに繋がったのは、もっと後の話になる。

温度差

バンドとは、性格の違う他人同士が、音源の制作やライブを進めるにあたって本気でぶつかり合う集団である。その中で、バンドに対する考えや向き合い方に温度差が生まれてくるのは当たり前。ましてや、当時のマカロニえんぴつのようなワンマンバンドならなおさらだ。

マカロニえんぴつの音楽が世間に届き始めていたとはいえ、『s.i.n』の売上は伸びず、手応えはまだ感じられなかった。

初の全国ツアー『マカロックツアーvol.3』の動員も厳しく、ソールドアウトしない場所もあった。ファイナルは初めて渋谷クラブクアトロでのワンマンだったが、その動員も伸びなかったのだ。

下北沢SHELTERと比べるとキャパは約3倍。ここをソールドアウトさせればバンドから見える世界も変わるはずだが、現実はそう甘くなかった。会場の奥がガラガラだったのだ。チケットがソールドアウトしない景色を見せることになったが、メンバーの大学時代の同級生とかをゲストに呼んでなんとか形になった。しかし、緊張して力みすぎたのか、納得のいく出来ではなかった。もちろん、そのときにできる限りのパフォーマンスを見せて、しっかりお客さんを盛り上げて満足はしてもらえた。しかし、ずっとライブを近くで見ているスタッフ側としては彼らは緊張しており、細かいミスなどが多かったように思えるライブだった。

僕としては、チケットの売れ行きは毎週把握していたので、事前に動員的には残念な結果になることはわかっていた。だがいま振り返ってもあの日のライブは失敗ではないと思っている。デビュー以来、会場のキャパシティは順調に大きくなっていた。なにせ出会った頃は、お客さんは4、5人しかいなかったのだ。このときが少しハードルが高かっただけなのだ。そう考えれば、ここまでのステップアップは奇跡と言ってもいい。

意地を張っているわけでもなければ、結果に対して冷めているわけでもない。メンバーも僕も悔しさをしっかりと感じていた。しかし、レーベルの先輩バンドたちから、たくさん挫折している話を聞いたりしていたから、マカロニえんぴつはまだまだ大丈夫だという雰囲気があった。この悔しさをバネに、またイチから頑張ってステップアップしていけばいい。

実際にいまのマカロニえんぴつの状況を考えても、あのときの挫折は良かったとさえ思える。

しかし、自信作を作ったものの、思うようにいかないという重い雰囲気は、バンド内の人間関係にも影響し始めた。

サティと他のメンバーが揉めることが多くなったのだ。

もともとサティはメンバー内でもわりと「自由人」な側面があって、過去にはスケジュールを相談せずに数日間海外に行ってしまったこともある。そのサティが、バンドのスケジュールよりも個人のプライベートを優先することが多くなった。

事前に一言言っておけばいいのに……と思うが、そういうことができるタイプではなかった。

とはいえ、そういうエキセントリックさはバンド内でもいい刺激になって面白い。何か起きても、同級生なんだからメンバー内で話し合えば大丈夫だろうと楽観的に考えていた。

しかしそのメンバーから、サティについて相談を受けることが増えた。遠征中にちょっと言い争う感じになることもあったらしい。見えない亀裂は繋がって大きくなり、目に見えるようになってきた。

バンドとしては、エッグマンへの移籍をきっかけにマインドが大きく変わり始めていた。

少しずつ格上との対バンイベントに呼ばれたり、いままで出ていなかったようなテレビ局やラジオ局などの媒体が主催するライブイベントにも誘われるようになっていた。

そうして出会った周りのバンドたちから大きな刺激を受けて、メンバーは「まだまだ成長しないといけない」と強く思うようになった。自分たちが作る楽曲には当然自信があったが、ライブにおいてはまったく追いつけていないということを自覚したのだ。

そのためにはメンバー全員がバンドのことを第一に考え、全員で同じ方向を向いて進んでいくことがいままで以上に大事になる。はっとりからは、レーベルメイトのバンドからの刺激を他のメンバーにも伝播させようという意思を感じられるようになったし、実際にメンバー自身の意識や顔つきも変わっていったのはこの頃からだ。

そういう時期だからこそ、サティの奔放でマイペースな部分がより強調されてしまった。

メンバーはみんな悩んでいたが、本人にはっきりと言えなかった。バンドの内部は決して健全と言えるような状況ではなかっただろう。

はっとりもマカロニえんぴつは自分のバンドだという意識が強くあったから、そういう状況だからこそ「自分が頑張って引っ張らなければ」と気負っていた。楽曲制作やライブに向き合うことで、壊れたブレーキを直さずに走り続ける車のように、目の前の問題に蓋をして前だけを向いていた。

別れ際の一言

はっとりとはよく「季節とタイアップしよう」という話をしていた。

マカロニえんぴつの楽曲には歌詞の中に季節感が出てくるものはあったが、それをもっとストレートに押し出て作った曲が、2017年8月にリリースした『夏恋センセイション』だ。

当時すでにシングルは売れない時代になりつつあったが、『s.i.n』が予想に反して話題にならなかったこともあり、間髪入れず早めに次の手を打つ必要があった。

とはいえフルアルバムを作るには時間がかかる。そこでシングルをリリースすることにしたのだ。マカロニえんぴつなら楽曲の質で勝負できるから、シングルでも戦えるはずだと思っていた。

『夏恋センセイション』は季節とタイアップしながら、マカロニえんぴつの戦場であるライブハウスで盛り上がれるアッパーな夏ソングを作ろうというのが狙いだった。『ハートロッカー』や『洗濯機と君とラヂオ』と並ぶ戦力としてこの曲は位置づけていた。

実際にその後開催したリリースツアー『マカロックツアーvol.4～夏恋、君に宣誓篇～』では、いい反応が返ってきていた。ファンも徐々に増えてきていた時期だったので、S

NSやYouTubeのコメント欄でも目に見えてリアクションが多くなってきて、その狙いはちゃんと届いていたと思う。

風が少しずつこちらに向いてきている。マカロニえんぴつはいままさに、引き絞られた弦につがえられた矢だった。いまかいまかと放たれるそのときを待っている。

そんな中、サティから「やめようと思っている」という連絡が来た。弦が千切れる音が耳の奥から聞こえた。

バンド内で話し合いが行われていたこともあり、実際ある程度覚悟はしていた。

だが、このタイミングか……。

サティという人間の性格をよく知っていたから、その時は「絶対にやめないでくれ」というような温度感では話さなかった。本人の人生だから、まずはしっかり話を聞いて彼の考えを尊重しよう。そう考えていた。

そしてサティと話し合い、具体的な内容はここでは語れないが、脱退の意志は曲げられないとわかった。

であれば、どういう締め方をするかが問題だ。いままで応援してくれていたお客さんや周りのスタッフに対して、しっかりと感謝し、そして筋を通そうと話した。

サティのこれからの音楽人生のためにも、発表のタイミングや脱退の仕方を考えて、最後まで誠実にやろう、と。

冷たく聞こえるかもしれないが、マネージャーとしては、やめていくメンバーよりも残ってバンドを続ける４人のことを考えなければいけない。メンバーとも話して、今後はサポートを入れてでも止まらないで進んでいく意志を確認した。

おそらく彼らもサティが抜けることを覚悟していたのだろう。ショックを受けつつも、バンドの先のことを考えているようだった。

『マカロックツアーvol.4』最終日の２０１７年９月24日、サティはマカロニえんぴつを脱退した。

サティが最後に別れるタイミングで言い放った言葉は、その後のはっとりのバンドに対する姿勢に大きな影響を及ぼした。

「はっとりも変わらないと、これから周りがついてこないよ」

何度も書いていることだが、それまでのマカロニえんぴつは良くも悪くもはっとりのワンマンバンドだった。極端に言えば、はっとりの指示通りにメンバーが動くという構造だった。

だからバンド全体としては、個々がどこか全力を発揮できていない雰囲気があったのだと思う。

そういう中でサティからかけられた言葉で、はっとりは雷に打たれたように気づいた。このバンドはいま、不健康なのだと。

ここから少しずつ、はっとりは変わっていくことになる。

去る立場でわざわざそんなことを言う必要はない。

にもかかわらず、サティはバンドのことを想ってあえて言った。

「そんなサティに感謝している」とはっとりは後に語っている。

『夏恋センセイション』のＭＶは、加藤マニさんに監督してもらった。メンバー５人が浴衣で出演し、いろいろなゲームに挑戦する映像は、ちょっとユニークでおちゃらけた部分もありながらもバンドとしてのかっこいい姿も表現している。

ラストで、はっとりがサティにトロフィーを渡している。

ＭＶが公開になった時点ではまだ公表はしていなかったが、このときすでに脱退は決まっていた。マニさんはそれを知っていた。あのシーンは、メンバーからサティへの餞《はなむけ》だ。

Members' Comments

『s.i.n』と『マカロックツアーvol.3』

はっとり　タワレコメンをもらったし業界の評判も良かった。でも売上は低迷しましたね。正直、もっと受けると思っていました。クアトロの前に江森さんが言ってたことで覚えてるのは「みんなの前でこれだけしか売れなかったって絶対言うな。あと思うな」って。ライブに来てくれた人のことを話したほうがいいよと注意されたんです。好きなバンドが目の前でライブをやってくれてるだけで嬉しいんだから、嘆く姿を見せなくてもいい、と。それはすごく納得しましたね。

田辺　『s.i.n』は僕ら的にはやってやったぞ感があったんですよね。はっとりもどこか吹っ切れてプログレなことやったり、いまでもライブでやるバラードを収録したり……。僕らがいまやりたいことをやるというアルバムができたうえに初めてタワレコメンもとれて、これは期待してもいいのではないかという自信もありました。それを引っさげたツアーをやったけど、全然お客さんが集まらない。だから「なんで？」って腑に落ちない気持ちになりました。いいもの出せたのに結果がついてこない。モヤモヤ、葛藤、悔しさみたいなものを感じていた時期ですね。

高野　『マカロックツアーvol.3』でステージから見たクアトロの景色はもうずっと頭に残っていますね。フロアの右側の奥がガラガラだったんです。これを見てチケットがソールドアウトできなかったときの風景っていうのを初めて知りました。新宿LOFT、下北沢SHELTERはステージと客席の高さに差がなかったので、後ろのほうがあまり見えなかったこともあったんですけど、クワトロはステージが高いから、床が良く見えて本当にショックでした。

移籍後のリリースとなった『s.i.n』のアーティスト写真と『夏恋センセイション』のアーティスト写真。5人でのアーティスト写真はこれが最後となっている。

第六章

〝全員〟で作ったフルアルバム

全員で書こう！

ふとしたときに同じエッグマンに所属する同期のバンドや先輩のバンドを見て、マカロニえんぴつに足りないものは何かと考えた。

比較すると、ステージでのパフォーマンスではまだまだ実力が足りなかった。しかし、楽曲のクオリティやアレンジの引き出し、歌詞の世界観。それらは負けていないと思えた。そして後にマカロニえんぴつが評価され、タイアップがいただける機会が増えても、メンバーそれぞれが自分の得意ジャンルで楽曲を作れば、さまざまなテーマに対応できると確信していた。

だからこの先必要なことは、「メンバー全員で曲を書く」ことだ。

浅田真央や堀北真希が引退し、そしてサティが脱退した2017。バンドは大きな打撃を受けたが、すでに次に向かって動き出していた僕らは立ち止まるわけにはいかなかった。12月、初のフルアルバム『CHOSYOKU』をリリースした。このアルバムはバンドにとって大きな意味を持っている。メンバー全員が変わり始めたきっかけの1枚だからだ。

アルバムの制作にあたって、僕もはっとりもメンバーがバンドと向き合っていくことが大切だと考え「メンバー全員で曲を書こう」と提案し続けた。はっとりが作詞作曲したものをみんなが演奏するというスタイルに固執することはないのだ。はっとりが尊敬してやまないユニコーンだって、The Beatlesだって、バンドメンバー全員が曲を書いている。

はっとりはもともとユニコーンみたいなバンドをやりたかったたし、そのほうが面白いバンドになれると僕も思っていた。

曲作りについては、はっとりとともに実はこれまでもずっと言ってきたことではあった。しかし、はっとりが先陣を切って引っ張っていた状況では、他のメンバーはなかなか重い腰を上げられない。その中で、サティは唯一曲を作り、積極的にアレンジの提案などをしていた。サティの力が入っていない、自由かつ予測不可能な展開の曲は、マカロニえんぴつのスタンダードではないが面白い。はっとりもこういったところを評価していたし、ライバル視していたところもあるだろう。しかし他の3人は、傍観していたという印象だ。

そのサティが抜けてぽっかりと空いた穴を埋めるために、「全員が曲を書く」ことは絶対に必要だと僕は感じていた。はっとりに負担がかかっていた部分を、みんなで背負っていかなければいけない。

全員がマカロニえんぴつとしてバンドを支え、動かしていくために変わるタイミングは、サティが抜けたいましかないと思った。

メンバーはみんな音大出身だ。音楽の知識は他のバンドより秀でたものがある。まだそれぞれの個性が表に出ていないから、この機会にチャレンジしていけば今後にも良い影響が及ぶはずだ。いきなり0から100までそれぞれのメンバーが1人で作るということはそう簡単にはできない。まずは各自がデモを制作して他のメンバーやスタッフに客観的な意見を聞くことが大事だと思った。本人がもともと影響を受けていた音楽をどう咀嚼《そしゃく》し、どうオリジナリティを掛け算しアウトプットするのか、本当に楽しみだった。

ここから全員で曲を作って意見を出し合う「デモ会議」が始まったのだ。それぞれの楽曲を1コーラス試聴して、みんなで意見を言い合う場。この会議はいま現在も続いている。

しかし、始めた頃はデモ会議に何週間も何カ月も曲を提出できなかった。まるで何百キロもある重りをつけられたように、腰を上げることができないのだ。それまで詞も曲もはっとりが1人で作っていたから仕方がないのかもしれない。

短期的にはそれでも問題ないだろうが、長期的に考えればはっとりがスランプになってしまえばバンドは止まる。それに、バンドである以上、スタジオでセッションしているうちに生まれるライブ感や勢いなども入れてみたかった。はっとりの頭で想像した範囲内に収まらない楽曲を聴いてみたかった。さまざまな観点から、未来を見据えて建設的な制作の仕方にシフトチェンジしていくタイミングがこのときだったのだ。

ワンマンバンドが良いとか悪いとかではない。マカロニえんぴつは、はっとりがやりたい音楽を作るバンド。その方針に僕も賛成していたし、はっとりが引っ張ってこなければ、ここまでたどり着くことはできなかっただろう。しかし年月が経つにつれ、それだけでは窮屈になってきたこともまた事実だ。先述した通り、バンドには少しずつ亀裂が入っていったのだから。

だからここで、しっかりと修正しなければならないと感じていた。

「ここが正念場だ」

僕は面と向かってメンバーと体当たりで話し合った。

会議のたびに「曲を作っていこう」と彼らのケツを叩いていたものだ。ただ話すだけでは意味がない。それまでのマカロニえんぴつにはなかった、アルバムに収録されるといいエッセンスになりそうな楽曲を、参考のために送ったりした。

そうして何度も何度も話し合っているうちに、だんだんと状況が変わってきた。

健全なバンドへ

「はっとりくんに任せきりだったよね」「頼りすぎちゃってたね」という声とともに、メンバーが少しずつデモ会議に曲を出すようになったのだ。また、はっとりの曲に対してもアイデアを出すようになってきた。

もちろん最初からはっきりと自分の考えを出せたわけではない。大ちゃんなんかは直接意見を言うのではなく「スタジオ練習しているときに、さりげなくいろいろなフレーズを弾いてみては、はっとりくんが食いつくのを待っていました」と言っていた。遠回しではあるが、「自分はこういうの良いと思うけど、はっとりはどう?」とコミュニケーションをとろうとしていたわけだ。

そういうところは可愛いメンバーだと思う。

そうやってメンバーに「みんなでイチから頑張っていこう」という自覚がだんだんと芽生えてきたことを感じて、一方のはっとりも「メンバーをもっと信用しよう」と思い始めた。デモ会議に出した曲について、良い部分はしっかり褒めたり、ときには曲作りについてアドバイスしたりもしていた。


「こうすればいいいんじゃない？」

「いやいや、このアイデアを採用してみたほうが」

「それならこんな進行にしてみる？」


そんな風にアイデアを提案し、話し合い、楽曲を作り上げていった。

きっとこのときが、マカロニえんぴつが本当のバンドになった瞬間。

互いに歩み寄り、バンドとしての距離感が出来上がっていった。

そうして出来た『CHOSYOKU』には、大ちゃん作曲の『クールな女』、そして賢也作曲の『イランイラン』が収録された。

大ちゃんはジャズやフュージョン、ブラックミュージックの影響を受け、幼少期からエレクトーンを習っていた。他のメンバーと音大の学科も違っていたので、異なるジャンルのものが表現できそうなこともあり、僕は個人的にも期待をしていた。結果、大ちゃんのルーツをベースに、はっとりのソウルフルな歌声が融合して見事なコラボレーションの楽曲が完成した。

当時、マカロニえんぴつはライブハウスでのツアーや全国のサーキットを回っていたし、そういったシーンに向けた楽曲が多かったと思う。ターゲットも10代後半からメンバーと同世代、社会人1〜2年目の20代前半に向けた等身大の楽曲をメインにしていた。そんな中で、大ちゃんの作った曲は、仕事に慣れはしてきたが、働くことにちょっと疲れてきたもう少し上の世代にも共感できる「大人のマカロニえんぴつ」といった印象をファンに与えた。このアレンジ、幅の広さは大ちゃんだからこそ出せるものなのだ。

一方、賢也は賢也で必死でDTMを学び、スタジオに何時間も籠ってストイックに楽曲制作をしていたようだ。そのうえで何時間も打ち合わせをして曲を精査していた時期があった。この楽曲はその中の1つ。彼はアニソン好きだからアニメのオープニングやエンディングに使用できそうなイメージのものが多かったが、はっとりの歌えないキーで曲を作ってきてしまうなど、たびたび注意されていた。賢也はしっかりと言われたことを修正して作り上げた。

でも、そういったことを即座に指摘し合える環境はバンドとして風通しがいいと思う。

そんな過程を経たことを理解した上で『イランイラン』を聴くと、感慨もひとしおだ。曲を作り出すと、自分の考えややりたいことがアウトプットできる。大ちゃんもよっちゃんも賢也もその面白さに気づき、どんどん曲を作るようになった。

そうやってより能動的に曲作りに関わっていると思えることにより、ライブ以外でもバンドが自分の居場所と思えてくる。そのムードは当然ライブにも表れる。グルーヴが生まれ、一体感が出てくる。

はっとり以外のメンバーが作曲したものを収録していくと、はっとりにも心境の変化がおとずれる。自分以外の曲だと客観的に考えられるので、アレンジの感覚も変わる。歌詞も力まず書ける。この頃から、曲作りやスタジオワークが楽しくなってきた。はっとりは後日、そう話している。

さまざまな意味で『CHOSYOKU』の制作を通して、マカロニえんぴつはバンドとして健全に生まれ変わっていった。

サポートなくしてマカロニえんぴつなし

リリースに伴うライブも決まっていたので、僕らは早急にサポートドラマーを探す必要があった。ライブハウスで口コミを聴いたり、メンバーの知り合いを紹介してもらったりした。そしてスタジオ合わせを何度か行い、メンバーの大学の後輩でもある高浦〝suzzy〟充孝くん、よっちゃんの弟である田辺弘明くん、奥村大爆発くんら、何人かにサポートドラマーとして参加してもらうことになった。

その中でも、当時一番サポートしてもらったのが久保田潤くんだ。久保田くんはメンバーよりも年上で、バンドを俯瞰することができた。マネージャーである僕以外で初めて、客観的にバンドを見てくれ、ときにおかしなところを指摘してくれる人が現れたのだ。彼と出会ってから、スタジオワークがうまく回るようになっていった。

久保田くんはサポートメンバーだが、ありがたいことにデモ会議にも自主的に参加してくれた。会議ごとに彼らのケツを叩いていた時期から僕を見ていた彼からあるとき、「江森さん、毎回ここまで言わないといけないんですね」と驚かれたことがある。なかなか動き出さないメンバーの姿は、プロミュージシャンの立場からするとあり得ないと感じたのだろう。

メンバーにとっても久保田くんの存在は大きかった。特に、サティが去ったショックで少し弱っていたはっとりにとって、久保田くんは「頼りになる先輩」だったのだろう。いろいろ相談をしてアドバイスを受けていたようだ。《例えば煮詰まったときも、なんで煮詰まってるのか誰もわからないし、俺1人で悩んでるような状態だったんですね。そしたら久保田さんが「イメージの共有をしたほうがいいんじゃない？」ってアドバイスをくださって》（2017年12月6日　音楽ナタリー）その結果、他のメンバーがいろいろなアイデアを提案して、アレンジが進んでいった。

サティに言われた「はっとりも変わらないと」という言葉が、久保田くんのサポートではっとりの中に染み込んでいき、はっとりの固まった心を少しずつ溶かしていったような気がする。マカロニえんぴつの恩人の1人といっても過言ではない。

僕も久保田くんに恩義を感じている。アルバムのリリース後に、「これ、江森さんがいなかったらリリースすら形にできなかったと思いますよ」と言われたことがある。僕は、新人アーティストはスタッフがちゃんと管理して制作を進めていくのが当然だと考えていたが、このとき「それって実は当たり前じゃないのではないか」と気づかされたのだ。管理するのではなく、アーティスト自身が自発的に動ける環境を作ったほうがいいのかもしれない。バンドのマネージメントについて改めて考えるきっかけになった。

そうやって、久保田くんをはじめサポートメンバーの力を借り、その中でメンバーも僕も少しずつ変化や成長をしながら、初めてのフルアルバムを作り上げた。

曲作りでマカロニえんぴつを助けてくれたのが久保田くんなら、レコーディングで助けてくれたのはエンジニアの池内亮さんだ。

当時はミックス作業は池内さんの自宅で、はっとりだけが参加していた。ミックス作業とは、メンバーそれぞれがレコーディングした音源を、文字通りミックス（混ぜ合わせる）する作業だ。はっとりの頭の中にある理想の音源イメージのニュアンスを、いかに理解して近づけるかがカギだ。そのためには、共通言語が大事である。長いお付き合いの中で関係性を構築していけば共通言語も増え、どんどん作業はスムーズになっていく。はっとりは池内さんのご家族とも仲良くなり、「マカロニえんぴつが好きだ」という池内さんのお子さんが、ライブに遊びに来てくれたこともあった。それだけの関係値を築けた効果は『CHOSYOKU』にもよく表れている。

別れの曲

『CHOSYOKU』を語る上では外せないのがリード曲『ミスター・ブルースカイ』だ。これは「サティとの別れ」もテーマに書かれている。

デモ会議の中で、サティの脱退について「バンドに関するこの大きな出来事は、アルバムを作るうえで無視はできないね」という話になった。そういうテーマで曲を書いてみてはとはっとりに話したのだ。初期衝動やフィクションではなく、初めてリアルタイムでバンドに起きている状況を題材にした。

そうしてできた『ミスター・ブルースカイ』は、ミドルテンポでブルージーな曲調、去り行く者への愛がこもった歌詞が心に響くナンバーだ。

これまでのライブシーンを意識したアップテンポでライブでノらせる！というマカロニえんぴつとは一味違う側面を出せた。この曲を1曲目に持ってきたことに、バンドとしての自信が表れていると思う。

サティは、はっとりが初めてバンドに誘ったメンバーだ。《新歓でひとり隅っこでおとなしくしていたから、こいつはオレと同じだと思って「バンドやろう」と誘ったら「まず曲を聴かせてくれ」って言ってきて（笑）。（中略）出会ったときにそいつのために曲を書いて、別れるときもそいつに曲を書いて……不思議な関係です》（『ことばの種　マカロニえんぴつ　はっとり歌詞集』２０２２年　双葉社）。はっとりにとって、サティの存在がいかに大きかったかがわかる言葉だ。

歌詞は、別れを惜しむと同時に感謝を伝えている。悲しむのではなく、笑顔で別れよう。そんな中に、どこか照れ臭さを感じる雰囲気は、かつてのメンバーに向けたことから生まれているのかもしれない。

『ミスター・ブルースカイ』のMVは、大久保拓朗さんに監督してもらった。変に凝った仕掛けをするのではなく、青空の下でメンバーがひたすら演奏している。余計な演出は削ぎ落とし、シンプルがゆえに飽きることなく何度も見たくなるMVになったのは大久保さんの演出のおかげだ。楽曲の世界観もストレートに伝わってくる。逆境から確実に前に進んでいるマカロニえんぴつの姿がそこにあった。

世界観が認められたアルバム

そうやって作り上げた『CHOSYOKU』は、メンバーにとっても僕にとっても自信作だった。まず『ミスター・ブルースカイ』の強さがある。同時に、開き直ったような遊び心が満載な曲もある。ライブハウスで客席を盛り上げるためだけではない、音楽を純粋に楽しみ、楽曲で遊んでいる様子が感じられる1枚だ。

初めてのフルアルバムで、ようやくマカロニえんぴつの振れ幅の広さや、それでも失われないポップなセンスがちゃんと提示できた気がする。

はっとりはよく「フルアルバムで評価されるバンドになりたい」と言っていた。彼らの持っているアレンジ力や遊び心を伝えるには、シングルやミニアルバムの曲数では足りない。フルアルバムの十数曲で世界観を表現する方が合っているのだ。

タイトルには2つの意味がある。1日の始まりに食べる「朝食」。そして絵の具を混ぜ合わせて望みの色を作り出す「調色」。特に後者には、メンバーが1人脱退し、1色カラーを失ったマカロニえんぴつが、改めて色を混ぜ直して新しい色を届けたいという想いが込められている。

しかし、このアルバムもリリースされてすぐに爆発的に売れたわけではない。前作『s.i.n』に収録した『洗濯機と君とラヂオ』は、2017年の年末にaikoさんによって紹介されてマカロニえんぴつの名前とともに楽曲も一気に広まったが、セールスまではつながってはいなかった。しかし年明けに、雑誌の「2017年の1枚」という企画で『CHOSYOKU』がいろいろなところで紹介されて、じわじわと浸透し、売れていった。年月が経ったいまでも、サブスクも含めたくさんの人に聴かれ続けている1枚だ。

Members' Comments

メンバーの作曲と憧れのバンド

はっとり　ユニコーンみたいなバンドをもともとやりたかったから、メンバー全員が作曲するのはすごくいい流れでした。歌詞もみんなが書いてみんなで歌えばユニコーンになれるかといえば、僕らは僕らだからそれは無理な話なんですけどね。曲を作ることには大賛成。楽しいとかじゃなくて、もっと作ってほしいです。そのほうが面白いバンドになれますから。

高野　大学でＤＴＭを始めて、サティに教えてもらいながらなんとかできるようになったんです。それで作ってみたんですけど、自分が作るとどうしてもアニソンっぽくなっちゃうんですよね。それってマカロックではないなって思って、バンドサウンドっぽくアレンジをしようとしたんですけど、なかなか上手くいかなくて……。当時は「バンドの音作り」について、本当に何も見えていなかったんだなって思います。作っては壊しを延々と繰り返してましたからね。『イランイラン』をデモ会議に出す前に作っていた曲も、半年かけてもしっくりこなくて。それで別アイデアで作ってみた『イランイラン』を持ってきたら、良いねってことになったんです。

長谷川　ブラックミュージック畑でインストゥルメンタルの経験しかなかった僕の作曲で、いつもロックしか歌わないはっとりくんが歌ったらどうなるのかな、とずっと思っていました。そうしてできたのが『クールな女』です。制作してみて曲の雰囲気は出来るんだけど、メロディーが作れなくて、はっとりくんに教えてもらいながら作ったんですよ。

第七章

変わっていくマカロニえんぴつ

リベンジのソールドアウト

『CHOSYOKU』をリリースして以降、バンドを取り巻く状況は少しずつ変化し始めた。

徐々にフェスにも呼ばれるようになり、リリース翌年2018年には『ROCK IN JAPAN FESTIVAL』にも初出演を果たしている。とはいえ音楽メディアでガンガンプッシュされているわけではなかったし、各地のフェスを席巻するような状況でもなかった。サブスクもまだ広まっていない時期だったから、あくまでSNSなどの口コミによる自然発生的な盛り上がりだったと言えるだろう。

しかし、メンバーもその頃には、「何枚売れた」といった目先の数字を気にしなくなっていた。『CHOSYOKU』は「みんなでいいアルバムが作れた」という手応えがあったから、いい作品を作れたこと自体が自信になって、しっかりと前を向けていたのだ。

事務所内でも先輩の柳沢亮太（SUPER BEAVER）がアルバムをすごく評価してくれて、「ホールが似合うバンドだと思う」とも言ってくれた。もちろん僕自身もデビュー当時からそういうイメージを持ってはいたが、そうやって第一線で活躍している人物に言われたことは嬉しかった。メンバーにとっても、尊敬するミュージシャンに評価されたことは自信につながっただろう。まだ一般的にブレイクしたわけではなかったが、ちゃんとわかる人にはわかってもらえているということが実感できていた。『CHOSYOKU』の評価がじわじわと広がった結果が、２０１８年4月に渋谷クラブクアトロで行った『マカロックツアーvol.5～朝食抜いたら超SHOCK篇～』ファイナルのソールドアウトにつながった。前年、初めてワンマンを開催したライブハウスだが、そのときは動員が伸びずにメンバーは挫折を味わった。このライブでも2月までチケットの売れ行きは良くなかったのだが、3月に入ってから急にチケットが売れるようになったのだ。

メンバーは急いでTwitterでチケットが残り僅《わず》かだと告知をして、前年の借りを返すように熱心にライブの準備を行った。その結果、見事にチケットをソールドアウトさせて昨年のリベンジを果たしたのだ。

ファイナルだけでなく、ツアーを通しても少しずつではあるが人が集まるようになっていた。いわゆる〝業界の大人〟の激推しでフェスなどで露出が増え、それが呼び水となってお客さんが入っているということではなく、バンドの地力がちゃんと世間に伝わった結果だった。

もちろん同世代にもメディアのパワーで売れていくバンドはいたし、それを見て羨ましいと思うこともあった。しかし、僕らからメディアに擦り寄るようなことはしなかった。フェスはメンバーも楽しいだろうし、出たい気持ちはみんなもちろんあった。でも「出演することがゴールじゃないぞ」という気持ちのほうが強かった。決してそれがすべてではないのだ。

事実、着実に一歩一歩、ゆっくりではあったが、本当にピュアなリスナー、ファンを集めることができたことは、いまのマカロニえんぴつの快進撃の根っこになっているし、そうやってついてきてくれたファンは簡単に離れない人たちだと思っている。

ブルーからレモン

『CHOSYOKU』のツアーを終え、次にリリースしたのが『レモンパイ』だ。だが、そのあたりの記憶は断片的にしか覚えていない。なぜなら、この時期はツアーと制作の繰り返しで特に怒涛《どとう》のように忙しかったからだ。目まぐるしく動きすぎていたので、メンバーも事細かには覚えていないと思う。

覚えているところで言えば、『レモンパイ』の曲自体は、はっとりが「いい曲できました！」とサラッとみんなに共有してきた記憶がある。いつものデモ会議にははっとりが出してきて、満場一致で「いい曲だね」という話になった。

それまではどちらかというとギターロック然としているものがリード曲やシングルになることが多かったので、『レモンパイ』のようなミディアムテンポでイントロから鍵盤をメインに押し出した軽快なポップソングは新鮮だった。この新しいアプローチは、その後のマカロニえんぴつにとっても重要なエッセンスになっていった。

『レモンパイ』の制作では初めてのことがあった。まず曲のアレンジの作り方。はっとりが作ったイントロをネタにみんなでスタジオで合わせていたら、どんどんフレーズが乗っかり盛り上がって出来上がったのだ。まさにバンド的な作りである。

そしてタイトル。はっとりは、ある程度形にできそうな段階まできたら曲に仮タイトルをつける。それが『レモンパイ』。これまでは、本タイトルと仮タイトルは全然違うものになっていたが、今回は仮タイトルの『レモンパイ』がそのまま採用されたのだ。しかも、歌詞も『レモンパイ』という名詞から想起されて書かれた。

曲の中に登場するラップの部分は、実はデモ段階ではもっと短かったことはご存じだろうか？　面白いと思ったので「もう一回し増やしてみたら？」とアドバイスして、最終的にああいう形になった。長くなったことで言葉遊びもふんだんに盛り込まれ、一度聴いたら忘れられないポイントになったのではないかと思う。

一方でサビの「君に触りたい」という歌詞に象徴されるように、いわゆる青春を謳歌していない、うぶな男の子の主人公像という曲の持つ本質的な部分は変わらずそのままで、はっとりらしさ、マカロニえんぴつらしさもしっかり感じられる曲になっている。『CHOSYOKU』はサティの脱退という「別れ」が根底に流れていたが、『レモンパイ』はそこから一歩進んだ「始まり」をテーマにしている。恋が始まる前、始まりそうで始まらない感覚。甘いような、酸っぱいような。そんな雰囲気を丸ごと音楽に乗せられた。

ちなみにはっとりは『ミスター・ブルースカイ』で『ブルー』という言葉を使ったから、次が「レモン」というのも良い流れですね、というようなことを話していた。

『レモンパイ』は2018年10月に枚数限定シングルとしてリリース。『CHOSYOKU』発売から約10カ月後である。当時はすでに、シングルはなかなか売れないということはわかっていたが、アルバムからの良い流れは続けたかったので枚数限定でリリースすることにした。

ところが、蓋を開けてみると店着日だけでほとんど売れてしまい、店頭からCDがなくなってしまった。アルバムから10カ月が経ち、マカロニえんぴつの次の曲への飢餓感を持つファンが少なからず存在すると思っていたが、その目論みを遥かに超える勢いだった。『王様のブランチ』のエンディングテーマに決まったことも要因だろう。

協賛費を払ってレコードショップの「平台」と呼ばれる特別コーナーを確保すると、アルバムなら長くて1カ月、シングルでもだいたい1週間くらいは展開される。それぐらいの期間で売れることをイメージしていたのだが、それが1〜2日でなくなってしまったのだ。

僕らのこれまでの積み重ねが、ファンの「リリース日に買わないとなくなる」という飢餓感に火をつけて、ボッと燃え上がったような感じがした。

SNSにはファンによって空っぽの平台の写真がアップされ、「CDが買えない」という声がたくさん投稿されていた。

僕らにしてみれば、せっかく平台コーナーを確保したにもかかわらず売るものがないというのは機会の損失でもあるが、同時にそれはマカロニえんぴつの音楽がいままさに盛り上がりを見せていることの証拠でもある。

自分たちが好きなバンドが、「CD発売日に即完売するバンド」になった！

ファンの、マカロニえんぴつに対する熱が加速していった。

サブスクの時代

『レモンパイ』は、ライブでも手応えを感じることができた。

それまではフェスやサーキットで「いかに盛り上げるか」という意識が中心だったので、『洗濯機と君とラヂオ』や『ハートロッカー』のような曲が武器だった。そこに『ミスター・ブルースカイ』のような壮大でしっかりと歌詞を聴かせる曲、さらに『レモンパイ』のようにミディアムテンポでもちゃんとお客さんを揺らすことができる曲が生まれたことは大きな意味がある。

このことをきっかけに、ライブの作り方も変わっていった気がする。ライブの構成や照明の演出も、より音楽的になった。バラエティ豊かな楽曲がそろったことで、緩急というか全体の波をいままでより自由に作れるようになった。静かな曲の後にアップテンポの曲を繋げたり、あえて同じテンポの曲を並べたり、関連あるテーマの曲をまとめたり——。つまり、構成のバリエーションが増えたのだ。

『レモンパイ』のミュージックビデオは枝優花さんという方に監督をしてもらった。いまでこそドラマや映画indigo la EndやAwesome City Clubなどいろいろなバンドのミュージックビデオを撮っている人だが、当時はＭＶ監督としてデビューしたてで、まだ数作しか撮影していない「知る人ぞ知る人」だった。楽曲のイメージ的にも、女性の方に作ってもらいたかったし、フレッシュな感じが欲しかったから、若手で映画を撮っている方にお願いしたかった。そういう方をＳＮＳで探しているうちに枝さんと出会い、ダイレクトメッセージで連絡を取った。

そうしてできた『レモンパイ』のミュージックビデオは、ワンシチュエーションで洋楽の雰囲気が漂う、かわいらしくてポップな世界観を表現している。実際、かなりのペースで再生数を重ねていった。

その頃はサブスクにも注力し始めていた頃で、『レモンパイ』はリリース直後に解禁した。当時は社内でもまだまだサブスクに対しては消極的で、どちらかといえばパッケージをしっかり売ろうという方針だった。しかし僕は、これからの時代はサブスクがカギだと思っていた。さらに言えば、マカロニえんぴつというバンドのファン層などの特性を踏まえると、「どうやって多くの方に届けるか」のフィールドは、サブスクに移行していくのではないかと直感していた。

だから当時はなんと言われようと、自分のやり方を貫いたのだ。

その結果、『レモンパイ』は徐々にではあるがサブスクでも聴かれ始めた。ＣＤを買いたくても買えないファンがサブスクに流れたのも理由かもしれない。

実際、サブスクでの再生数やそこから生まれる収益を分析すると、リリースから2カ月、3カ月経っても数字が落ちることなく聴かれ続けていたことがわかった。シングルなので、CDの売上げだけだとどうしても赤字になってしまう。しかし、サブスクが加わることで徐々にだが赤字を賄えるということもわかった。リスナーの母数が大きくなっていることも肌で感じられたし、マカロニえんぴつにいい流れが来ていた。

ここでサブスクについて少し話そうと思う。

2015年にApple Musicが始まり、2016年にSpotifyがサービス開始、2019年にはAmazon Music HDが始まった。4、5年かけて、サブスクという文化は一般的になったのだ。

時代が変われば、方法も変わっていく。

あれだけCDが売れていた90年代に、いまの状況を想像していた人がいただろうか？　音楽専門番組やカラオケボックスなどでしか流れていなかったMVが、YouTubeで自由に見られる日がくると思っていただろうか？

CDショップの試聴機で新作のアルバムを聴くときのあのワクワク感はなくなった

が、いつでもどこでも音楽が聴ける環境が手に入った。自作のカセットやMDを作る昂揚感の代わりに、何度でも編集できるマイリストができた。

テクノロジーは常に発展し続ける。ライフスタイルもそれに合わせて変わっていく。新たな試みに戸惑いながら、だんだんとそれがスタンダードになるのだ。

僕はこのサービスを画期的だと思っていたから、日本でサブスクが浸透する前から「これからはサブスクの時代がくる」と自分が関わっているアーティストたちによく話していた。すると、すぐに興味を持って使い始める人もいれば、何回話しても登録すらしないという人もいた。なかなかアーティストとして、当事者として捉えることができないのは当然で、だからこちらも、何度も何度も話して理解してもらおうとした。

そのときは正しいと思ってもらえなくても、何年か経って「あのときの江森さんは正しかった」と思ってもらえたら、それが信頼につながっていく。答え合わせは先なのだ。

すべてにおいて、やる前から結果がわかる人はいない。皆、日々の選択肢であふれている中でリスクは取りたくはない。だが、やらないとわからないし、臆病になってばかりいては新しい景色は見られないのだ。

成功を体験したり、逆に失敗体験を積み重ねることもある。どちらも未来の成功に繋がっているとイメージできるかは、当人の意識次第だ。逆に言えば、あらゆる経験を自分が前に進むための糧として捉えられるかどうか。その心持ちが大切なのだと思う。

マカロニえんぴつは、成功と失敗、どちらも糧としながら進んでいる。

変わることへの不安

ミディアムテンポの『レモンパイ』に対して、カップリングの『OKKAKE』は、ストレートなギターロックサウンドの楽曲だ。おそらくはっとりも、そのバランスを意識して制作していたと思う。

いまとなっては完全に杞憂な話なのだが、曲調の幅を持たせたり、ミディアムテンポにしてみたり、バンドとしてのアプローチを変えることに対して当時は「はたして受け入れてもらえるかな」「急に変わったと思われないかな」という不安があったことは確かだ。

その不安を少し和らげるためにも、いままでのファンにも安心してもらえるようなギターロックテイストの曲になっている。

その歌詞は、好きなバンドの「大事なお知らせ」にまた大事にされなかったというファン「あるある」をちょっと皮肉っている。この当時は、周りのバンドが解散や活動休止をしていた時期で、「大事なお知らせ」をたくさん目にしていた。そういう中で自分たちのファンに対して「マカロニえんぴつは裏切ることなく、ずっと歌っていくよ」というメッセージを込めている。

はっとり自身は、《仲間が辞めていくのに対しては「悔しい」の思いが一番大きいんです。ただ、歌をずっと歌い続けることができたり、歌ってあげることができたら、そいつらも俺らもまだ忘れられずにいられるんじゃないかなって思うんですよ》（２０１８年10月２日　eggman interview）と当時のインタビューでも話している。『OKKAKE』はファン目線で表現している歌詞だが、ステージに立つ側の１人の人間としての覚悟を歌った歌でもあるのだ。

『OKKAKE』は10周年ツアーでもライブのアンコールで演奏していることからもわかる通り、メンバーにとってもファンにとってもすごく大事な曲になっている。

その後『レモンパイ』を引っさげての２マンツアーをしていくのだが、それと並行してメンバーと次の展開をどうしようかと話し合っていた。その中でマカロニえんぴつが定番としているミニアルバムをリリースしよう、ということになった。そこから作り始めたのが『LiKE』だ。

マカロニえんぴつのメンバーにも特別に当時のことを聞いてみた

Members' Comments

サブスクの印象

田辺　最初「サブスクってなんだ」みたいな感じでした（笑）。まったく知らなかったので江森さんに「知らないようじゃダメだよ」と言われて調べたら、めちゃくちゃすごいシステムだな……と。僕はCD世代で音楽はCDで聴くものだと思っていたので、衝撃的でしたね。サブスクを展開することについてはまったく異論なしという感じでした。

長谷川　「CDを買いに行くワクワクがなくなる時代がくるなんて……」という思いがありました。僕自身、ジャケットや歌詞カードを見て気持ちが上がったので、それがなくなるとどうなるんだろうと気にしていたんです。いまは気にしていないのですが、当時はサブスクが流行らないでほしいという気持ちもありました。

高野　iTunes Storeで音楽をダウンロード購入する動きはあったから、現物を手に取らなくても聴ける音楽の時代がくるのがわかっていました。僕自身は、あまり抵抗感はなかったです。ただ、サブスクリプションで月額払うというのには少し抵抗があったんですよね。「こんなに安くていいのか……」と思っていました。

これまで行ってきた企画、考えてきたアイデアが実を結び、応援してくれるマカロッカーの数もかなり増えてきた。この頃にROCK IN JAPAN FESTIVALへの出演も果たしている。

第八章

ライブツアー

MCにもプロ意識を

この章ではライブのことについて話そうと思う。

何度も書いているが、マカロニえんぴつはライブハウスを主な戦場としている。新人バンドの頃は都内や横浜のライブハウスに出演し、サーキットイベントにも参加した。サーキットのイベントは言ってみればバンドの見本市である。ギャラが出ないことも当たり前と捉えていた。地方なんかは行くだけで赤字だ。それでも行く。イベントにはいろいろなバンドのファンが来るので、フラっと立ち寄る人もいる。その人たちに、30分という短い出番の中で自分たちをどれだけアピールできるか。そこに必死だった。

そのためにセットリストを考え、ステージの構成を練る。初めは1曲でも多く演奏したいからMCを削って、演奏だけに専念していた。そういう経験を積み、少しずつパフォーマンスを進化させてファンを増やしていったのだ。最初は4、5人だった動員も行く回数が増えるごとに増えていき、会場も都度大きくなっていった。

そして2017年、初めて全国のライブハウスを回るツアーを開催した。

新人バンドのツアーといえば、みんなで1台の車に乗ってガタガタ揺られながら日本全国の高速道路を走る……というイメージがあるかもしれないが、まったくその通りだ。

アンプやらエフェクターやらの機材やグッズを詰め込んで、そしてメンバーも詰め込んで全国を回った。初めての全国ツアーということで、車内は緊張感と高揚感が入り混じった独特な匂いがしていた。

まだ見ぬファンに、自分たちの音楽を届けに行くことが楽しく、そして同時に不安だった。

メンバーたちは、全国ツアーができる喜びを噛み締めていた。

会場がマカロニえんぴつが好きな人であふれかえる！

その気持ちがライブに表れていた。「あれもしたい」「これも弾きたい」と詰め込みすぎていたのだ。僕はセットリストは腹八分目が良いと思っている。「もうちょっと聴きたい」というところで終われば、「また次も行きたい」につながると思うからだ。当時はその件についてもメンバーと向き合ったが、「いや、やりたいんです！」とはっとりに押し通された。これもまた経験だ、と思ってそのままやらせてみた。

その結果、ライブ後に現地のイベンターや媒体の方に感想を求めると、決まって一言目に「満腹です」「ちょっと長すぎましたね」と言われることが続いた。ライブの内容より体感で長く感じさせてしまっていたのだ。当時はスタッフは僕1人だったから、そういった客観的な評価は僕に伝えるしかないのだ。もちろん良いときはしっかり評価してもらえる。それらの評価は、メンバーにそのまま伝えるようにしている。外から見た客観的な意見がないと、本人たちはわからないからだ。

メンバーみんなが互いに意見を言い合うようになってからは本人たちも反省会で、

「お客さんが疲れてるように見えたね」

「長すぎたのかもしれない」

「あそこのMCはいらなかったかも」

「MC後の曲でノッてなかったね」

などの意見を交わすことが多くなった。やはりやってみなければわからないこともある。良いところはそのままに、ダメだったところは改善する。そうやってライブのクオリティをどんどん上げていった。

改善といえば1つ覚えているエピソードがある。

この頃には、演奏も歌もライブで常に平均点以上のパフォーマンスが出せるようになっていたこともあり、はっとりのMCを含めた構成にしていた。初期のライブを考えると大幅な進歩だ。

しかし、とある日の高松で行われたサヌキロックコロシアムのライブで、はっとりの喉の調子がいつもと違って芳しくなく、満足する歌が歌えないことがあった。するとはっとりがMCで「今日は調子が良くないです、ごめんなさい」と話した。はっとりは、人前でやってしまった事実に後悔してしまう性格。完璧主義者ではないが自分の理想が叶えられないとモヤモヤしてしまうので、思わず口から出てしまったのだろう。

僕はその日の反省会で、はっとりと向き合い「ライブ中にMCで言いわけや謝罪をするのはやめよう。ライブが台無しになる」と話した。お客さんからすれば、バンドのコンディションなんて関係ない。日常、バイトや仕事で貯めたお金でチケットを買って来てもらっている以上、どんな状況でも楽しませないといけないのだ。練習を見せたって仕方がない。そこで言いわけめいたMCをしてしまうと、その日しか来ていないお客さんに「ハズレの日だったのか……」と思わせてしまうのではないか？

人間、絶好調のときもあれば、思ったより上手くいかないときもある。長距離の車移動は想像以上に体力を奪われるし、冬の時期は乾燥で喉がやられてしまうこともある。しかしどんな状況でも、そのときのベストを出さなければならない。どんな状況だとしても、常にバンドはかっこ良くあってほしい。これもプロ意識だと、はっとりをはじめメンバーにしっかりと伝えた。MC1つとっても、演奏でミスをしたときのリアクション1つとっても、そこからお客さんは冷めてしまい離れていったりする。

こういう指摘は、反省会や打ち上げで即日伝えることにしている。その日に指摘しないと次のライブでも同じミスを繰り返す可能性があるし、次の日に伝えたとしてもバンドマンは次のライブのことを考えて昨日のことを忘れてしまうからだ。鉄は熱いうちに打て。その通りだと思う。

売れる以前から、こういったことをメンバー、スタッフ間でお互いにフラットに話し合えるような環境が築けていたことは良かった。発掘から一緒にやってきたからこそ、しっかりコミュニケーションがとれる下地ができていたのもあるだろう。

よくある話だが、音楽がたくさんの人に広がり、動員も増え、環境が変わってくると、周囲はイエスマンで固まりがちになるものだ。良くも悪くも褒めるだけの肯定的な人であふれかえり、次のライブまでに修正点が改善されることなくツアーが続いていってしまう。本人たちが自ら気がついている点と、客観的にしかわからない点というものが常に存在するから、その擦り合わせが非常に重要になってくるのだ。そういった意見に聞く耳を持たず、改善されぬままファンが離れていったバンドをいくつも見てきた。

マカロニえんぴつに、同じ轍《てつ》を踏んではほしくはなかった。

バンドとしてどういう振る舞いをするべきか、ライブハウスでの所作、インタビューの受け答え、ＳＮＳでの言動、さまざまな点で「こうしてみよう」と話し合ってきた。最初のうちにマネージャーとしてこういうことをやっているかいないかで、その後の結果が大きく変わってくることもある。

　いま現在でも、マカロニえんぴつはライブごとにスタッフと密に意見交換をしている。外部スタッフからの評判も良い。

「あのときに言っておいてよかったな」

　マカロニえんぴつは、それができるバンドなのだ。

マカロッカーとまかぴー君

　マカロニえんぴつのファンの愛称は「マカロッカー」。ＣＤデビューのタイミングではっとりがそう呼んでいて、そのまま浸透し、いまもなおそう呼んでいる。もちろんマカロッカーであろうがなかろうが、マカロニえんぴつが好きな人を差別することはない。とはいえ、どのバンドにも当てはまるだろうが、初期のインディーズ時代のほうが、ファンは熱狂的になりがちだ。まだファンが少ないからこそ、「自分が見つけた感」をより感じられるし、アーティストとも近く感じられるからだろう。そうやって強くマカロニえんぴつを愛してくれる人たちを、マカロッカーと呼ぶようにしている。長く活動していけば、離れてしまう人もいるし、再び戻ってくる人もいるし、ずっと追いかけてくれる人もいる。そうした人たちすべてがマカロッカーだ。個人的な感覚ではあるが、マカロニえんぴつを囲むマカロッカーの雰囲気は、総じて温かい。

入れ替わりはあるにせよ、ファンの数はどんどん増えている。それだけマカロニえんぴつの音楽が全国に届いているということだ。グッドミュージックを作り、それを届けるライブパフォーマンスでファンの期待に応えていく。それに限る。

最近は特にファンの世代がとても広がっていると感じている。いわゆる「Z世代」に人気、とメディアで紹介されることが多い。しかし、バンドやスタッフとしては、「なぜだ?」とピンと来ていないのが実情だ。Z世代だけをターゲットにして曲を作っているわけではないが、TikTokで反響が大きいと、子どもたちや10代前半の若い方たちに届いているんだと実感できた。一方で、はっとりがユニコーンに憧れてバンドを始めたこともあり、本人たちより上の世代の音楽からも多くインスパイアされている。だからこそ、当時青春時代を送っていた上の世代からも懐かしさとして共感されるし、同時にその子ども世代からは新しい音楽として受け入れられている。同じマカロッカーでも、世代ごとにマカロニえんぴつの愛し方が違っていて面白いし、幅広い方々に愛していただけているのは本当にありがたいことだ。

僕もこれまでにマカロッカーに楽しんでもらおうといろいろやってきた。特に結成10周年の2022年は、ここぞとばかりに全国のPARCOなどで開催された『マカロニの穴展』やショートムービーの『あこがれ』の製作、はっとりの歌詞集『ことばの種』に『10 th ANNIVERSARY BOOK ―マカロニくろにくる―』の制作、BSフジでの特番『マカロニえんぴつと言葉の居場所』など、これでもかというくらいイチからさまざまな企画を立てた。音源を制作し、プロモーションし、ツアーを回るだけでもハードなのに、我ながらよく働いたと思う。

そしてここで、マカロッカーにおなじみの企画を1つ紹介しよう。

マカロニえんぴつのマスコット「まかぴー君」である。

僕と一緒に組むことになった当初、このへんてこりんなバンド名で行くことにはなったのだが、まだまだ世の中的には知名度もない状況だったので、何でもいいから取っ掛かりになるものが欲しかった。その頃、バンド界隈ではキュウソネコカミの「ネズミくん」のように、マスコットキャラクターを持ったバンドがいくつかあって話題になって

当時はCDの片隅にいたまかぴー君も次第に人気が出てグッズ化されるようになった。
マカロッカーから愛されるマスコットキャラクターへと立派に成長している。

いたので、自分たちもデビューに向けてファンに愛されるマスコットキャラクターを作ろうと、藁をもつかむ思いで生まれたのがまかぴー君だ。

『アルデンテ』のアルバムジャケットを開くと、はっとりが考えたまかぴー君のプロフィールが載っている。そんな風に、初期から一緒にやってきたもう1人？　1匹？の仲間がまかぴー君だ。まかぴー君で、デビュー当初からいまもなお続く人気企画が、塗り絵である。アルバムの販売促進のために始めたもので、まかぴー君の塗り絵を塗って吹き出しにコメントを書いてTwitterに投稿すると、抽選でサイン入りポスターをプレゼントするというものだった。

塗り絵だけなら普通だったかもしれないが、コメントを入れたことで、ある種の大喜利のようになった。マカロッカーのみなさんは器用な方が多く、予想を超えるイラストを仕上げて遊んでくれた。Twitter上でやったこともよかった。拡散の連鎖が広がりアルバムリリースが盛り上がったのだ。

こうしてどんどん、まかぴー君はマカロッカーにとっておなじみのキャラクターに育っていった。

驚くことに、自主的にグッズを作るようになったマカロッカーも出現した。それだけ愛されているということなのだ。

オフィシャルグッズにも、もちろん登場している。最初はTシャツにちょこんと描かれるレベルだったまかぴー君だが、マカロニえんぴつがどんどん大きくなるにつれ、ぬいぐるみになったり、『クレヨンしんちゃん』とコラボまでするようになった。もしかしたら、まかぴー君が一番の出世頭かもしれない（笑）。

すべてはマカロッカーの皆さんがいてこそ成り立っているものだ。遠く離れた会場に駆けつけてくれ、客席で声を上げて応援してくれ、物販でまかぴー君のグッズを買ってくれ、ＳＮＳで感想を語ってくれる。

全国各地のライブ会場を訪れるたびに、そのことをいつも実感させられる。

マカロニえんぴつは、マカロッカーの想いに音楽で応え続けていかなければいけない。

カプセルホテルの夜

当時は予算がない状況でのツアーなので基本的にはライブが終わったら日帰りで移動していたが、日程によっては宿泊することもあった。

そんなときはいつもカプセルホテルに泊まっていた。カプセルホテルは偉大である。

朝までしっかり眠れるし、遅くまでお風呂やサウナに入れるし、何より安い。疲れも取れて一石二鳥だった。

メンバーたちはもちろん、カプセルホテルに泊まるしかない現状に満足していたわけではない。本音を言えば、もっといい部屋に泊まりたかっただろうし、いいお風呂に入りたかっただろう。

しかしその時の自分たちにとっては、カプセルホテルが限界だった。そのことを理解したうえで、現状を楽しもうとしていたのだ。

目的の都市に着いたら駐車場を探し、カプセルホテルを探すのが当時の僕らのルーティン。そしてカプセルを取り、準備をしてライブハウスへ向かう。

そしてライブを終えると、お待ちかねの打ち上げだ。

打ち上げの場で話すことはいろいろある。くだらない馬鹿話に花を咲かせることもあるし、何度か触れているように反省会をすることもある。僕はメンバーに「みんなで曲を作ろう」とか「もっとバンドに真剣に向き合おう」とか、こういう場で腹を割って話していた気がする。

音楽やライブについての話をするときは、いつもはっとりが口火を切っていた。「これからどうやっていくんだ?」というような、メンバー同士で普段は面と向かってなかなか話すことができない話をしていた。

若かったからということもあるが、はっとりが感じていた焦りや孤独感や不安感がアルコールの力でより浮かび上がっていたのかもしれない。

あるとき、酔いが回ったはっとりが盛大に言い放ったことがあった。

「流行に乗っかって売れているバンドなんていまに抜いてやりますよ！」

酔っぱらってるな〜と思いながらも、僕は心の中ではっとりに強く賛同していた。

当時は4つ打ちビートのいわゆる「踊れるナンバー」が流行で、ライブやフェスでもそんな音楽ばかり。流行ってはいたが、メンバーも僕自身もそのシーンが一過性のものだと思っていたし、次に訪れるシティポップシーン含め、いまに溶け込めていない不甲斐なさも同時に感じていた。

マカロニえんぴつは、本当に自分たちが良いと思う面白いと思う音楽を作る。はっとりのルーツであるユニコーンやOasisのように、5年先、10年先でも古くならず聴いてもらえるような音楽を作る。そう決めていたし、マカロニえんぴつならそれができると僕は確信していた。そして例えば、はっとりがユニコーンを聴いてバンドを始めたように、十数年後にマカロニえんぴつを聞いてバンドを始める誰かが現れたら素敵なことだと思っている。

流行の先端を走るバンドたちとは違うということは理解していた。

しかし、評価されるのは流行を追っているバンドばかりで、自分たちの音楽はなかなか届かないという現実を毎度突きつけられていた。

新譜の発表のたびにグッドミュージックを作り上げた自信はあっただけに、結果は残酷であり、それはやはり大きなプレッシャーとなりジレンマとなった。特にYouTubeの再生回数やTwitterのリアクションなどは、差が数字として如実に現れる。『鳴らせ』のように偶発的にバズるものもあるが、全体として伸びているかと言われたらそうではなかった。逆に周りのバンドの数字が伸びていることもすぐに分かる。そういう時代になったのだ。その鬱憤《うっぷん》が、あのとき爆発したのだろう。

でも振り返ってみれば、あの頃はある意味では充実していたのかもしれない。もちろん売れていなかったからお金がなかったし、周りのバンドに置いていかれる感覚もきつかった。バイトもあったたし、毎週ライブもあったし、練習もレコーディングもあったから体力的にもしんどい時期だった。「報われない」という状況がずっと続いていて、そのヒリついた中だからこそ生まれる曲を作り、みんなで少しずつ現状を打破していったのだ。

カプセルホテルより上のホテルへ。

なんて合言葉はなかったけど、そういう気持ちを持って頑張ってきた一面もある。

いまではあの時、信念を曲げず、考え方を変えずに良かったと思っている。

なかなか評価されないで素通りされる状況でも、そこで腐ることなく、彼らが進んできた結果である。誇るべきことだし、実際に僕は誇りに思っている。

余談だがメンバーの中でもよっちゃんと大ちゃん、そして僕はカプセルホテルがきっかけでサウナが大好きになり、当たり前のようにホテルが用意されるようになったいまでも、カプセルホテルにわざわざサウナに入りに行くこともあるくらいだ。

そんなときには思い出す。

機材と人間が詰まったハイエース車内の汗の匂い。真夜中の高速道路を走り抜けるときの無敵感。ライブハウスに着いたときの高揚と不安。ライブの出来不出来。反省会。

その土地で食べたもの。売れないことへの焦燥感。フラストレーション。新たなファンとの出会い、喜び。

マカロニえんぴつの成長の軌跡が、そこに詰まっている。

マカロニえんぴつのメンバーにも特別に当時のことを聞いてみた

Members' Comments

遠征の思い出

はっとり　高松で声が出なくなった謎の現象ですね。サヌキロックコロシアムに出演したときに声がすごいガラガラだったからMCで言いわけじみたこと言っちゃったことがあったんです。その後、珍しく「ステージで謝るな、あれは本当にダメだぞ」と言われたのを覚えていますね。歌いきれ、謝るな、ライブが台無しだ、って。そのときは、「本当に声が出なかったんだって、わかってないな……」と思ったんだけど、すごく優しさを感じました。かっこいいんだから、あんなことを話さなくていいんだという解釈をしていました。それだけ僕の歌を買ってくれてるんだなと思うんです。これでガラガラ声が良くないという考え方が変わったんですよね。ダメな歌はないんです。ここから歌に自信がつきました。

サウナとカプセルホテル

はっとり　僕はあまりハマってない側の人間です。カプセルホテルは体が休まらないんですよね。あれはあれでいい時期でしたけど、ホテルに行って1部屋もらえたときの感動がすごかった。そういう意味で、あの経験は通過儀礼なんでしょうね。サウナの曲も作ってるけど、彼ら（江森さん、よっちゃん、大ちゃん）ほどサウナ好きではないですよ。

高野　カプセルホテルは暑かったり寒かったり……しかも、隣のおじさんがアラームを止めないで風呂に行ってしまって、ずっとうるさかったことがあって、それはキツかったです。

長谷川　カプセルホテルで江森さんはイタズラするんですよ。1人だけ出かけてたりすると、そのメンバーの部屋にイタズラをするんです。僕じゃないのに店員さんに注意されてテンション下がったことがありましたね……。

田辺　カプセルホテルがきっかけでいまはサウナが大好きになりました。カプセルホテルはキツかったですけど、サウナと出会えたって意味では良かったですね。

第九章

〜のような

揺れたリード曲

米津玄師の『Lemon』やDA PUMPの『U.S.A.』がヒットした2018年。その10月から12月にかけて、『レモンパイ』を引っさげて決行したツアー『マカロックツアーvol.6～甘すぎた青春の忘レモン篇～』と並行して制作したミニアルバム『LiKE』。そのリード曲であり、バンドの新たな代表曲となったのが『ブルーベリー・ナイツ』だ。

実はこの曲は、当初はリード曲ではなかったことはご存じだろうか？『ワンルームデイト』と『STAY with ME』と最後の最後まで悩んで、『ブルーベリー・ナイツ』に決めたのだ。

選定には紆余曲折があった『ワンルームデイト』は、マカロニえんぴつの得意とする、ミディアムテンポの歌始まりの楽曲で派手さはないが何度も聴きたくなる、僕らの世代からするとちょっとホフディランっぽいテイストも感じる良い曲（仮タイトルは、その名も『ボクディラン』）だった。

付き合う前の甘酸っぱさを表したのが『レモンパイ』なら、その後同棲して幸せな暮らしを描いたのが『ワンルームデイト』だ。『レモンパイ』のアンサーソングとも言える。ノスタルジックな雰囲気を纏《まと》うこの曲は、後半に転調が2回入っている。マカロニえんぴつとしては初の試みだ。はっとりが、某バンドの曲に感銘を受けて半音上がっていく転調をイメージしたそうだ。

メンバーとの話し合いの中で最初はこの曲をリードにしようということになっていた。しかし聴き直しているうちに、『レモンパイ』の後に来るリード曲としてはちょっと印象が薄いのではないかと思うようになったのだ。

個人的には、このタイミングでイントロがない歌始まりの軽い感じもリード曲としてはちょっとふさわしくないのかもしれないと感じた。

それではっとりに「『ワンルームデイト』もいいけど、もう1曲粘って作ってみない?」と話をした。メンバーはツアーのリハなどで忙しい中、追い詰められた状況で『ブルーベリー・ナイツ』を作り上げた。時間がなかったからこそ、決められた時間の中でシンプルな解釈でシンプルに完成形をイメージできた。はっとりも純粋に「いい曲」というものを作れるきっかけになったと話していた。ミニアルバムとしても遊び心が入った他の曲とのバランスが取れている気がした。

タイトルは映画の『マイ・ブルーベリー・ナイツ』が由来だ。特に内容とリンクしているわけではないが、映画好きのはっとりは、タイトルから言葉を引用することがある。ちなみに、この映画は昔はっとりが付き合っていた女の子が好きだった作品らしい。

ではどちらをリード曲にするのか？

はっとりは当時、あいみょんとよく飲みに行く仲だったので、そこでお互いのデモを聴かせあったりしていたから、楽曲についてアドバイスをもらったり、僕もメンバーも悩みに悩み、結論は揺れに揺れた。

最後には僕が「持ち帰らせてくれ」とメンバーに話し、最終的な決断を下すことにした。「ここは勝負のタイミングだし、どちらの曲も聴きすぎてフラットな判断ができないと思ったから、一度冷静になって社内の客観的な意見も聞いて総合的に判断したい」と思ったのだ。メンバーからしてみれば、もう1曲書かせておいて持ち帰るとはどういうことだ、と内心ムカついていたと思うし、のちにそんなことも話していたが、それはそうだろう。

最後の最後まで悩んで、僕たちは『ブルーベリー・ナイツ』を選んだ。

イントロの鍵盤の印象的なフレーズやサビの強さ、「わたしを掬って食べて」というあくの強い歌詞など、印象に残るフックが随所に散りばめられていたことが主な理由である。しかし何よりも決め手となったのは、僕個人としてはMVのイメージだった。『ワンルームデイト』ではどうしてもワンルームの部屋の中で巻き起こる演出やシチュエーションしか浮かばず、想像以上の広がりがイメージできない。だが『ブルーベリー・ナイツ』なら、もっと映画的で、印象に残る映像が作れると思ったのだ。その背景には『レモンパイ』のＭＶのYouTube再生回数が伸びている事実があった。いまでもそうだが、YouTubeでどれだけＭＶが見られるかというのは重要だし、常に意識している。『レモンパイ』もワンシチュエーションで洋楽の雰囲気があり、かわいらしくてポップな世界観が受けたという手応えがあった。続く『ブルーベリー・ナイツ』でも見る人の印象に残るＭＶを出して拡散させたかった。

『ブルーベリー・ナイツ』のＭＶの監督は、井樫彩さんにお願いした。彼女もＳＮＳで探して出会ったのだが、『レモンパイ』などの監督をした枝さんと同じように、井樫さんも当時はＭＶは撮っていなかった。

友達以上恋人未満の友達同士の三角関係の男女が終電をなくしてしまい、深夜のラブホテルに１泊するという一見ベタな設定ではあるが、お互いに友達関係を壊したくないからなのか、意識し合っている３人の関係性。

そうしたストーリーが大きな反響を呼んだ。深夜の花火と煙、そして全体的に漂うダークなイメージが『ブルーベリー・ナイツ』にとてもマッチした、切ないＭＶになったと思う。

また、このＭＶにはは っとりが初めて役者として出演している。本人がＭＶに登場することで演奏シーンだけではない世界観を作り出せると、井樫監督と話して決めた。どうしてもキスシーンだけが話題になってしまいがちだが、この出演が、のちの『恋人ごっこ』のＭＶやテレビドラマ、映画の演技にも繋がっている。

はっとりは映画好きで演技にも興味があった。いきなりセリフを喋るのは難しいが、ＭＶのようにカット割りが細かいものであれば挑戦できるのでは？　ということで、本人と話して出演することにした。

映像は、アーティストを売り出すためには重要な要素だ。楽曲をより印象づけたり、あえてバンドが持っているイメージを裏切ったりする映像を出すことで、音楽と紐づいた複層的なプロモーションになる。

決められた予算の中で、楽曲からそうした広がりをイメージできるか、楽曲が１人歩きして成長していく可能性はあるか。これが重要な判断基準になる。

結果を見れば、『ブルーベリー・ナイツ』をリード曲にした決断は間違っていなかったと言えるだろう。

良い風が吹いた1枚

『LiKE』は音楽的なチャレンジを詰め込んだ作品になった。『CHOSYOKU』のリリース後、はっとり以外のメンバーも積極的に楽曲に遊び心を入れるようになり、さまざまなアイデアを曲に入れ込んでいけるようになった証《あかし》だ。

例えば『STAY with ME』は、よく言われるようにMGMTの『Kids』という曲をオマージュしている。こういうデジタルな音色を入れるというのもそれまでのマカロニえんぴつにはないことだった。ちょうど曲作りでも鍵盤が前に出てきたタイミングだったので、「マカロニにはないデジタル音色の楽曲として、こういうアプローチはどうだろう？」とはっとりに提案してみたところ、「いいですね」となって取り組んだ。

『STAY with ME』の歌詞には、マカロニえんぴつの芯が込められている。

《ツアーに回らせてもらって過去最多のソールドアウトの会場数を出すことができて、いろんな人たちから高い評価をいただくことも増えて、マカロニを知ってくれるお客さんもきっと増えたんでしょうけど、やっぱりいつかは忘れられていくかもしれないなって。でもずっと愛してもらえるような存在になって行きたいし、曲の中ではせめて強がっていたいなって思うそんな曲になっていきます》（2019年2月3日　eggman interview）とはっとりも話していた。

また、アウトロのフェードアウトにも意味があった。アルバムの最後の曲をフェードアウトで終わらせることで次に繋がっていくような期待感を表現するためだ。次の作品への架け橋としてそういう演出にした。

流行に乗っかった音楽を作るんじゃなくて、5年先10年先にも聴いてもらえるような本質的に良い曲を作りたい。

まだ売れていない時期に、打ち上げの居酒屋で語り合っていたことだ。その想いを理解したうえで聴くと、また印象が変わるだろう。

大ちゃんがはっとりとの連名で作った『働く女』は、彼のルーツでもあるジャズのニュアンスをマカロニえんぴつ流に表現している。大ちゃんも元々、ジャズやフュージョンを好んで聴いており、バンド結成当初は「ロックさ」「ポップさ」に疎かったのだが、この頃には素晴らしい曲を生み出せるようになっていた。このときも「お客さんと一緒に歌ってもらいたい」という想いを元に曲を作ってきたのだ。

歌詞は、はっとりが過去に付き合っていた彼女の働く姿に感銘を受けて書かれているらしい。もちろんタイトルは、ユニコーンの『働く男』へのオマージュだ。

マカロニえんぴつの名刺ともなる自己紹介的な楽曲『トリコになれ』ではファンク要

素を取り入れた。「バンド名のダサさ」を自虐的に皮肉ったり、「自分たちよりダサい？親玉」としてレッド・ホット・チリ・ペッパーズの名前を出してみたり、言葉でもアレンジでも遊び心が詰まった曲だ。

アレンジはスタジオでみんなでセッションしながら作った。スタジオでのノリでできたイントロは大ちゃん作。『CHOSYOKU』で「みんなで作る」に変わったバンドスタイルが、しっかりと根づいている。

「聴いたら必ずトリコになってもらえる」という自信は、彼らがこれまで積み重ねてきた経験があってこそ言えることだろう。おそらく順風満帆に進んでいたら、書けなかったのではないか。苦しみを乗り越えてきたから生まれる説得力のようなものがそこにはある。『マカロックツアーvol.6～甘すぎた青春の忘レモン篇～』が、16公演中13公演ソールドアウトしたことも自信に繋がっているだろう。

このように、5曲という数少ない楽曲の中でもかなりの振れ幅を出している。だからといってチグハグな印象を受けるわけではなく、まるで完璧に計算された無国籍料理のコースのように、さまざまなジャンルのテイストを取り入れながらも、根底にはマカロニえんぴつらしさをしっかりと漂わせ統一感が保たれているのだ。ギターロック然としたそれまでのマカロニえんぴつとはまた違う姿を、世間に見せつけたアルバムといえるだろう。

この『LiKE』を引っさげて開催した2019年の初の全国ワンマンツアー『マカロックツアーvol.7～ライクからラヴへ、恋の直球ド真ん中ストライク初全国ワンマン篇～』のファイナル終了後に、「トリコになれ」のMVを公開した。これも大きな反響を呼んだ。鹿島昂揮（かしま・モンティライミ）くんという映像作家に作ってもらったアニメーションなのだが、実は鹿島くんが飛び込みで営業してきたのがきっかけだった。彼もまだ何も実績がないような頃だったので「完成しても良くなかったら出さないよ」などと冗談を交えて話していたのだが、ビデオの内容もリスナーの気持ちを良く捉えていて、公開のタイミングも上手くハマって、良い形で公開することができた。

鹿島くんとの出会いもそうだが、良い風が吹いているときはいろいろなものが、まるで答えを知っているパズルのようにタイミングよくポンポンとハマっていく感覚がある。

この時期はまさにそうで、メンバーも僕も新しいものを世の中に提示していくのがとても楽しく、リスナーの反応を楽しんでいた。

『LiKE』を引っさげた全国ワンマンツアー。LIQUIDROOMでのライブ終了後にマカロッカーと集合写真を撮影。

決して大人になれない自分

ミニアルバムの『LiKE』というタイトルは、実は僕がアイデアを出した。リリースした頃は、マカロニえんぴつの名前は音楽好きには届いていて、世の中の彼らの印象としては「知る人ぞ知る売れかけているバンド」だった。

そういう状況で必ず耳に入ってくるのが「マカロニえんぴつって〇〇っぽいよね」という感想だ。それってどうなんだろう？ と少し否定的に思っていたのだが、はっとりはインタビューで《「〜っぽい」で入るのは逆にありがたいというか、そのきっかけになっているわけですからね》（２０１９年3月5日　ガクシン Find）と答えていて驚いたことを覚えている。

そして、「人間は自分の知らない新しいものに怯える生き物で、新しいものに出会ったときに自分の知っている『〇〇っぽい』と捉えることで自分を安心させている。だからそれに対して僕はどうも思わない」と。

その言葉が印象に残っていて、「〇〇っぽい、〇〇のようだ」という意味のライク（like）をタイトルにしよう。さらにマカロニえんぴつのことを好きな人が増えているとはいえ、まだその「好き」はラブよりもライクのほうが多いはず。その人たちにこのアルバムを聴いて「〇〇っぽいけど、あれとは違う確かなものがこのバンドにはあるな」と思ってもらい、「好き」になってほしいという意味も重ねて『LiKE』というタイトルを考えた。ちなみにタイトルの「i」だけが小文字なのははっとりのアイデアだ。「常に愛をテーマにした歌を歌っているけど、〝i〟（愛）だけは決して大人になれない」という意味が込められている。

『LiKE』のアーティスト写真。マカロニの穴をイメージして撮影された1枚だ。

第十章

『青春と一瞬』

1本の電話

2018年12月、マカロニえんぴつは『COUNTDOWN JAPAN』に初出演を果たした。ステージは、この日にベテランのthe band apartや同世代の緑黄色社会、いまや大人気アーティストになったインフルエンサー・新しい学校のリーダーズも出演したASTRO ARENA。

意気込んで出ていったが、12月31日の22時20分からという時間帯の兼ね合いもあって、実はお客さんの入りはまばらだった。ライブを見てくれた関係者からは「この時間に、これだけ集まれば十分ですよ」と声をかけてもらったが、僕は満足できなかったし、メンバーも悔しい思いをしていた。

「まだまだだな」と思い知らされた感じ。そうして2018年も終わりを迎える頃に、知らない電話番号が僕の携帯を揺らした。

「AOI Pro. の守谷（拓真）です」

CMや映画などの映像を制作している会社だ。『洗濯機と君とラヂオ』のMVを撮ってくれた田村啓介さんから連絡先を聞いて僕に電話をかけてくれたという。

守谷さんはなんと『COUNTDOWN JAPAN』のステージを見てくれた1人だった。

彼は「感動しました」と言ってくれた後、続けてこう伝えてきた。

「急なお話なんですが、マクドナルドのＣＭに曲を作ってもらえませんか？」

聞けばワンコインメニューのＴＶＣＭで「青春をテーマに描く」という企画。マカロニえんぴつなら絶対にいいものが出来る。

僕は即答した。

「何がなんでもやります」

青春とは？

12月に依頼を受けたが、マクドナルドのＣＭは翌年の2月からオンエアされるという。だから制作は本当に急ピッチだった。年明けすぐに打ち合わせをして、まずは1週間で候補曲を上げようということになった。

マカロニえんぴつにとって初めての大型タイアップで、そうしたスピード感で制作をすることも初めてだった。

タイアップで曲を書き下ろす場合、クライアントや広告代理店からの提案をアーティスト自身がどう解釈するかがとても重要になる。そのためには「何を求めているか」を理解する能力が必要で、どういった部分を受け入れてどこの部分で自分を貫くのか、そのバランスを決める判断力も必要だ。

この『青春と一瞬』という曲に関して言えば、ポイントとなるキーワードは青春だった。青春と聞いて一番最初に浮かぶイメージは、誰もが経験したことのある10代の甘酸っぱい青春だろう。しかしよくよく考えてみれば、それは大人が思い描くステレオタイプの青春かもしれない。

自分の10代を思い出してみればわかるが、実際にいま10代の少年少女は「いまが俺たち（私たち）の青春だ」とは思って生きていない。

つまり一般的な青春とは、大人が過ぎ去りし日々を思い出し「あのとき、青春だったなあ」と思うものなのだ。

だから『青春と一瞬』を作る時も、「すでに青春を経験した先輩的な視点の歌詞がいいのでは？」というコンセプトにまとまった。

以上を踏まえて歌詞を見てみると、歌詞の語尾の「〜だぜ」の意味も良くわかるだろう。この言葉尻は奥田民生さん節でもあり、10代は終わったが20代の青春はまだ終わっていない「ちょっとだけ先輩」のマカロニえんぴつが、少し照れくさそうに先輩風を吹かしているのだ。

いまは気がつかないかもしれないけど、10代の青春は一瞬で終わってしまう。つまらない、くだらない日常でも愛し抜いてみようぜ、と。

そうした切り口は、「青春まっただ中！」という元々のお題とは若干違っていたのだが、こちらの意図を説明すると先方も納得してくれた。

ツアーが始まるタイミングだったのでとにかく時間がなかったが、打ち合わせを終えたはっとりは、翌日の朝までに3曲のデモを仕上げてきた。どれもとても良い曲で、メンバーも僕も絶賛した。その中で満場一致で「これにしよう！」となったのが『青春と一瞬』だ。

素晴らしいことに、クライアントもほぼ一発ＯＫだった。

2週間の大作

タイトルについてはちょっと困った記憶がある。

当初、はっとりからは「バリューセットみたいな感じはどうですかね？」と言われた。

はっとりはタイトルにあまりこだわらない。歌詞は徹底的に考え抜くが、当時は特に「タイトルは後からついてくる」くらいにしか思っていなかったのだ。そうでなければ、誰が「マカロニえんぴつ」なんてバンド名をつけるのだろうか？

話を戻して、「バリューセット（仮）」は少しクライアントに擦り寄りすぎで歌詞にも合っていないと思ったので、「それはやめよう（笑）」と却下した。こういったユーモア要素は今回の案件では不要だとして、タイトル候補に挙がっていた『青春と一瞬』でいこうと決めた。

あまりにも時間がなかったからアレンジもメンバーみんなで行った。この曲には、初期では考えられないほど、バンドの一致団結感が詰まっている。

ベースに「フライドポテトが揚がるときのあのメロディ」を取り入れるという画期的なアイデアは、賢也が持ってきた。「遊び心を入れたい」と言っていたが、楽曲の中で印象的に輝いている素晴らしいアイデアだ。

イントロのハモりながら上昇していくギターフレーズは、よっちゃんが考えた。《「QUEENみたいな感じでやろう」》（2019年9月1日BARKS）と言っていた。

しかしギターについては収録が間に合わず、スタジオの帰りに、よっちゃんがはっとりを連れて自宅でギターパートを録音したという経緯がある。しかも、次の日は名古屋遠征。よっちゃんは徹夜で制作して、朝はっとりを家に送った後、1人でギターソロを収録するという綱渡りのスケジュールで作られたのだった。

アウトロのキーボードは《(大ちゃん)あそこは宇宙を意識したパートで、ピアノのいろんなフレーズで無限感を出そうと。（はっとり）僕の要望でもあったんですよ。〝無限の宇宙を自転車で駆け抜ける〟という歌詞があるから。〝壮大な宇宙みたいな感じにしたい〟って》（2019年9月1日　BARKS）

追い込まれたときにこそチーム力が試され、本領が発揮される。このタイトなスケジュールの中で面白いアイデアがいろいろ出てくるのは、バンドとして成長している証だ。

結果として、レコーディング、ミックス作業を含めて『青春と一瞬』は2週間で制作できた。

そして2月からオンエアが始まったCMで楽曲が流れて、大きな反響をいただいた。

3月にリリースしたのだが、CMと曲のコンビネーションが非常に良かったので、配信シングルのジャケットにCMの一場面を切り取って使わせてもらった。

実は当初は『青春と一瞬』も『LiKE』に入れたいと考えていた。まだ新人だし、ミニアルバムから間を空けずにすぐ配信シングルを出すというのは、間隔が狭すぎてどうなんだろうと思っていたのだ。だがタイミングがうまくハマらず、配信のみでの単曲リリースとなったのだ。

だが結果的には『LiKE』の評判が配信シングルとしてリリースした『青春と一瞬』の追い風にもなり、大型タイアップにも名前負けしない壮大な力強いバラードとしてファンや10代を中心に浸透していった。

新人バンドにテレビCMの書き下ろしの依頼が来ることなんて、ほぼないだろう。マカロニえんぴつ初の大型タイアップは、はっとりのソングライティングが世の中に知られるきっかけにもなり、また、チーム力が試される意味でもとてもいい経験になった。

実際にテレビから流れる『青春と一瞬』を聴いて、メンバーはとても喜んでいたし、僕も達成感を味わっていた。

次に向かって

『青春と一瞬』が盛り上がる頃には、すでに水面下ではメジャーレーベルとの交渉がスタートしていた。複数のレコード会社の方にライブを見てもらったり、プランの提案をしてもらったりしていた。全国のライブハウスのキャパシティが1つずつ大きくなってきて、インディーズながらもCDのセールスもヒットチャートを賑わすようになり、サブスクでスマッシュヒットを出し始めたときぐらいから、僕らと組みたいと声を上げてくれたメジャーレーベルが6～7社くらいはあったと思う。マイナビBLITZ赤坂（当時）などでもライブを行っていたし、先を見据えて飛び級で1年先には横浜アリーナも押さえていた。

当時はインディーズでも着実に、一歩ずつではあるがうまくいっていたから、なぜわざわざメジャーと契約をする必要があるのか、と言っているメンバーもいた。音楽業界もメジャーに行かなくともいい時代。自給自足で売れている人がいるのもメンバーは知っていた。しかし、タイアップやプロモーションとなると話は別もの。特にアニメなどのタイアップはメジャーと契約したほうが有利に働く。

しかしバンドマンというのは周囲から悪い噂がよく耳に入ってくる。一度メジャーを経験し、当時は成功できず、再度インディーズに戻り活動しているバンドや、メジャーに移籍し1～2年経っても特にインディーズ時代と変わらず大きな動きがなかったバンドも多く見ているから、それを自分に置き換えてみたのだろう。

特にネガティブな情報は1人歩きしやすく、一方で成功した情報は新人バンドには届きにくいものだ。僕は東京カランコロンとSAKANAMONの2バンドでそれぞれ4年間メジャー契約を経験しているから、ネガティブなところもポジティブなところも知っていた。だから僕というフィルターを通して、間違っていることや実際に良かったこと、悪かったことなど、分かることはすべて包み隠さず話をしたのだ。

あとは、メジャー移籍といっても、毎年毎年、メジャーデビューするバンドやアーティストは現れる。だからその会社のなかで、どれだけ優先順位を高く扱ってくれるかが大事なのだが、それにはインディーズ時代よりもより明確に数字や結果が求められる。そして最も重要なのは組む相手。どこと組むかより、誰と組むかということだと思っている。メジャー移籍後にどれだけ結果が出たとしても、担当者との意思疎通ができないと結局は関係性が破綻してしまうからだ。手を挙げてくれたレーベルの担当者のほとんどは元々僕の知り合いだったから、ある程度、性格も人間性もわかっていた。

メジャーとの交渉を数社に絞っていったタイミングで、僕とメンバー2名ずつでメジャーの方と会食を行った。メンバーも直々にお話を聞けたほうが具体的に担当の方のイメージがしやすいと思ったからだ。その場では今後の展望や戦略について話をするつもりだった。が、最初にとあるメーカーさんとの会食の際、はっとりはくだを巻きながら「メジャーがロックバンドをどう売っていくのか」という質問をし、同時に酔った勢いでいろいろと失礼な発言をしてしまったのだ。隣にいた大ちゃんに「はっとりくん飲みすぎだから」と怒られていた。

会食をした方が実際にロックバンドを担当し、実績を出しているほうではなかったこともあるし、何を質問していいか分からなかったのもあったと思う。だが、これから一緒にやっていきたいと思ってくれている相手に失礼になってしまうし、メーカーとの付き合いはマカロニえんぴつだけではない。今後も後輩バンドたちがメジャーと組む可能性だってあるのだ。残った僕らで終わってから反省会をし、これを機に次は冷静に話を聞くことになった。はっとり自身もメジャーからたくさんのお誘いがきていることに関しては嬉しいが、メーカーに何ができるのか疑心暗鬼な状態だったのだと思う。彼もまた必死で積み上げてきたものを、メジャーと組むことで壊されてしまうのではないかという先が見えないことへの不安があったのだろう。

そんな交渉を時間をかけて続けていくなか、最終的にメンバーも僕も納得のいくトイズファクトリーを選んだのだ。

インディーズとしてはストリーミングの再生数やライブの動員も右肩上がりで、さらにいろんなタイアップが決まっているマカロニえんぴつをよりステップアップさせ、今後どう全世代対象ロック・ポップスバンドへ育てていくか、それにはメディアへの戦略をどうするか……。そのなかでも、やはりタイアップ戦略の部分はとても大事だ。

トイズファクトリーで長年活動しているMr.ChildrenやBUMP OF CHICKENもそうだが、彼らはバンドのカラーに合ったスケールの大きいタイアップをしている。マカロニえんぴつも、次のステップではそれまでの何でもやっていくというスタンスから、よりスケールアップし、効果的なものを選択してシフトチェンジするタイミングだった。だからこそ僕は映像クリエイターや監督、プロデューサーといったクリエイティブに意識が高い人たちに愛してもらえるようなバンドを作っていけるチームとやりたいと思っていた。

トイズファクトリーのチームとはインディーズ時代と変わらずスピード感を持って物事を進められるか、仮にそれが売れることに効果的であってもやりたくないことやかっこ悪いと思ったことはやらないと前もって話をできたし、トイズファクトリーのチームにもそれに納得していただけた。何よりインディーズから長年積み上げてきた実績やブランディングを評価してくれていたし、今後もそれを活かしてより洗練させていこうという目的が一致したのだ。

立て続けのタイアップ

そうやって次のフェーズに向かうための準備を進める一方で、『Supernova』や『遠心』などの配信シングルを制作してはリリースしていった。『LiKE』でそれまでのストック曲を棚卸ししていたというのもあって、まとまったボリュームのパッケージを出すのは難しい。しかし、このいい流れを継続したかったので、配信シングルのリリースを続けたのだ。

『Supernova』はテレビ東京の『びしょ濡れ探偵 水野羽衣《はごろも》』のオープニング・テーマとして書き下ろした、マカロニえんぴつ初のドラマタイアップ。それまで洋楽的な要素の強い曲が続いてきた中で、久々のストレートなギターロックチューンだ。古くからのファンにとっては「これこれ」と感じられるような楽曲かもしれない。

MVはドラマ監督を務めた草野翔吾さんに依頼した。ドラマの内容にちなんで、水をかけると歌詞が浮き出てくる演出を入れたり、メンバー自身も水をかぶり、まさにびしょ濡れの姿で演奏した。同時に、『鳴らせ』のMVのセルフオマージュも取り入れ、過去の自分に水をかける演出という全体的にとても面白い映像に仕上がった。

一方の『遠心』は、漫画『君は放課後インソムニア』とサントリーC.C.レモンとコラボした楽曲だ。不眠症に悩む少年少女の淡い恋を描いた物語をイメージして、はっとりが書き下ろした。漫画本編を使った「MMV（マンガミュージックビデオ）」として公開されている。

この頃はインディーズで活動していたにもかかわらず、立て続けにタイアップが決まっていた。実際に曲を書くはっとりはというと、前向きにタイアップの依頼に挑み、楽しんで制作していた。特にこの曲に関しては漫画もあるから、しっかりと内容を読み込んで歌詞も忠実に寄り添っているものができたと思う。

いま現在もたくさんのタイアップのご依頼に応えているが、タイアップの曲作りのときはマカロニえんぴつらしさが薄れてしまわないように、あえて原作や脚本を読み込みすぎないように気をつけている。

この時期はストイックに売れたい一心で何でもやりたかったたし、依頼があったテーマにもマカロニえんぴつにマッチした書きやすいものだった。今後は同じようなテーマが続いたらどう変化をつけていくべきか、表現者特有の悩みが生まれるだろう。

曲を聴いて原作のファンが喜んでくれるのはとてもありがたいことだ。だが、10年後20年後にタイアップ曲だと知らない人が、楽曲だけを聴くことを考えたときに、作品のイメージに寄り添いすぎてしまうことも、最適とはいえないかもしれない。離れるか、近づくか……どちらが正しいのか、いまはわからないからトライアンドエラーを繰り返していくしかないのだ。

そうやってコンスタントに新曲をリリースしていく裏側で、曲を作り溜めていってできたのが次のミニアルバム『season』である。

Members' Comments

青春と一瞬

はっとり　こういうことを生業《なりわい》にして音楽家を続けていきたいなと思えました。物作りをする脳を使うのが好きなんだってことにも気がつきましたしね。30秒尺で起承転結を作るのが好きなんですよ。この曲をきっかけにCMが割と得意なほうだなと思うようになりました。

第十一章

『season』

降りてきたヤングアダルト

『season』のリード曲は、その後マカロニえんぴつの代表曲のひとつとなる『ヤングアダルト』だ。

『ヤングアダルト』は、それまでにない珍しい生まれ方をした曲である。当時、はっとりは曲を先に作り歌詞を後から書くというスタイルが主だった。しかし『ヤングアダルト』は、曲と詞が同時にできたのだ。

シャワーを浴びているときや食器洗いをしている最中、不意にメロディが降ってきたとか、曲と歌詞が同時に降りてきたなどとインタビューで答えているのを読んだことがあるだろうか？

そんなことは、なかなか現実では起きないと思っていた。

だが起きた。

はっとりが自宅でアコースティックギターを弾きながら作曲している最中に、自然と歌詞と曲が同時に降りてきたというのだ。

はっとり自身は《〝来たな〟と本当に思いました》《自分の曲では絶対に泣けないんですよ。でも感動に近い瞬間はたまにあって、それがこの曲のAメロで、メロディと言葉の相性がすごく良くて、嘘がなくて、サビ前の〝♪愛情なんだけどな〟までは一気に作りました》（2019年9月1日　BARKS）と話している。

実はそのきっかけは、あいみょんがそうやって曲を書いているという話を聞いたことだったようだ。そのため『ヤングアダルト』は、弾き語りで目の前の人に語りかけるようなシンプルな構成とアレンジになっているし、アコースティックギターで作った感じがそのまま残っている。いままでのマカロニえんぴつにはない、歌詞をしっかり聴かせるための引き算のアレンジでできている。歌詞に自信があったので、しっかりとお客さんが聞き取れるようなアレンジだ。歌い出しはほとんど話しかける感じなので、楽器の音が大きすぎると聞こえない。そこを上手く調整している。よっちゃんに関しては、ライブ中あまりやることがなくて「暇だ」と話していたくらいだ。

特にこの楽曲のポイントとなるのはもちろん歌詞だろう。「ハロー、絶望」というワードは、かつて課題でもあった一言でブッ刺す〝パンチライン〟だ。はっとりの成長がこの一言で見て取れる。聴く人の心に突き刺さるストレートな曲が完成し、《（はっとり）僕は久しぶりにリード曲にしたいって思って、何が何でもリード曲にすることを熱弁したら満場一致でいいねってなったんです》（2019年8月1日　eggman interview）

この曲はスペースシャワーTVの2019年9月度POWER PUSH!に選ばれるなど、

リリース前から注目を受けた。

だが正直なところ、少し不安もあった。とても良い曲であることは間違いないし、この曲は今後のマカロニえんぴつを代表する曲になると確信していた。しかし、『レモンパイ』『ブルーベリー・ナイツ』と鍵盤を押し出したイントロが印象的な楽曲で「マカロニえんぴつ」という名前が広まった流れの中で、この曲は地味に感じる人もいるのではないかと思ったのだ。

ただ、そんな不安を超えるくらいの楽曲の強さがこの曲にはあった。派手さはないがじんわりと胸に残り、何度でも聴きたくなるような魅力がある。また、いままで続いた恋愛詞ではなく、若者の等身大の価値観を提示し、背中をそっと押してくれるような楽曲をこのタイミングでリリースする意外性も含め、いい意味でリスナーを裏切ることができたと思っている。

この曲は、はっとりがいまこのときにしか作れない生々しさがパッケージングされている。間を開けてリリースしても、想いが薄れてしまう。だから「いますぐ出さないと意味がない」となったのだ。

はっとりはこの曲に込めたものについて、「同世代のバンドマンが音楽をやめたりバンドを解散したりしていくことが増えて、そこで感じた切なさややるせなさを書いた」

と語っていた。

そして《生々しい葛藤や愛に飢えた気持ちや何ともいえない孤独感やさまざまな感情を持つ人たちに、〝俺たちも一緒だよ〞似たもの同士だから、辛いことがあっても絶対死ぬなよって言いたかった。それで悩む人の気持ちをちょっと楽にさせてあげられる歌になればいい》（２０１９年9月1日　BARKS）とも。

はっとり自身、当時よくバンド仲間と下北沢で飲んでは夢を語り、お酒でいろんなものをごまかしてなんとかバンドを続けてきた1人で、その実体験があるからこそ、歌詞の内容がよりリアルに感じられるだろう。ちなみに、歌詞に出ている『晩杯屋』は、実際にある下北沢の居酒屋である。

実際に聴いた人の反応はというと、ライブの感想でも、YouTubeのコメントでも「歌詞が刺さった」という意見がとても多かった。じわじわだがはっとりの言葉が、しっかりと届いていた。

『ヤングアダルト』のMVは、横田光亮監督に撮ってもらった。この横田監督もまた、SNSで発掘してきた映像作家だ。当時は新作の映画を撮っていて、それまで本格的にMVは撮ったことがなかった。レコーディング真っ只中に、雨が降る下北沢の喫茶店の隅の席で、彼と打ち合わせをしたことをいまも鮮明に覚えている。

横田監督は楽曲を聴いて、人が与える「無償の愛」をテーマにビデオを撮りたいと言ってくれた。主人公が、周囲にいる挫折を経験した人間に愛を振りまくことで、そのせいで自分自身の体がどんどん失われていく。その行く末がどうなるかということを描きたいと。

その内容は『ヤングアダルト』の歌詞と直接的に関連しているわけではなかったが、僕もはっとりも、下北沢で夢を追う若者が居酒屋で飲んでいるシーンなどの光景を見せる安直な内容にしたいとは思っていなかった。それでは映像として面白みがないし、この曲は実はもっと深いところを歌っている歌詞だと思っていたので、第三者から違うベクトルで楽曲を捉えてほしいと考えていたのだ。そうしたこちらの意図も汲んで横田くんが撮ってくれたビデオは、いままでのマカロニえんぴつにはなかった、無骨な短編映画のような映像になった。

そんな『ヤングアダルト』をリード曲にした『season』は、メンバー全員が作った楽曲が収録された初の作品だ。中でもギターのよっちゃんは、『恋のマジカルミステリー』がマカロニえんぴつでリリースされる初の自作曲。他のメンバーよりもちょっと年齢が上の彼らしい、90年代の日本のロックのテイストも感じさせると同時に、彼のルーツである70～80年代のハードロック色も出た、1曲になった。

元々そういった楽曲の特徴がはっとりの作る曲と若干重なったりすることもあってそれまでなかなかアルバム内で同居できずにいたのだが、このときはメンバーとも「絶対によっちゃんの曲を入れよう」という話をして制作していった。

また、賢也が作った『二人ぼっちの夜』は、壮大なバラード。得意な泣きのコード進行で切ないメロディが響く曲だ。本人は水槽の熱帯魚をイメージし、限定された空間での人間関係を描いたそうだ。しかしメロディからはっとりが想起したのは恋愛。終わりに向かう2人を「二人ぼっち」というワードで表現している。

『TREND』は大ちゃんなりのロックを追求した楽曲だ。ジャズ畑の人間が、長年ロックバンドで活動する中でロックを解釈した1曲。しかしシンプルなものではなく、複雑なコード進行で「歌いづらさ」がある。ベースだけ3小節周期という信頼感すら感じられる。2番には、ペットボトルの水をこぼす音や英会話レッスン番組の音声を入れるなど、さまざまな遊び心も加えられている。

アルバムタイトルの『season』は、ツアー先のフェリーの上で打ち合わせをしている

6211
6213
6210
6212

メンバー&著者が当時お世話になったカプセルホテル。
これを使い『season』のアーティスト写真を撮影した。

際に僕がメンバーに提案した。初めて4人の楽曲が入るということで、それぞれの4人のカラーが色濃く出た1枚を、日本特有の四季になぞらえ、さらに「旬」という意味も重ねた。

この当時マカロニえんぴつは、いろいろな方面で「いまが旬」だと言われていた。「旬」はいつか過ぎ去り、モノは腐ってしまう。でも、僕らが考えるマカロニえんぴつの音楽は、あなたが聴いてくれるその時がいつだって「旬」だ。音楽は腐らないものなんだ、という皮肉を込めたのだ。

2019年9月11日にリリースされた『season』は、初めてオリコンウィークリーチャートのトップ10に入った。竹内まりやや矢沢永吉、嵐といった面々と肩を並べたのだ。『青春と一瞬』が引っ張ってくれたというのもあって、初めて世の中的にも「売れた」と言える成績を収めることができたのがこの作品だ。

この頃から、マカロニえんぴつは「知る人ぞ知る」という存在から「まだ知らないの?」と言われるような存在に変わっていった。

青春の定義と楽曲提供で気づいたこと

『青春と一瞬』や『ヤングアダルト』、『Supernova』、といった楽曲のリリースで、マカロニえんぴつには「青春を歌うバンド」というイメージが定着していった。

その後のいろいろなタイアップに繋がっていったという意味では、そのイメージはすごくありがたいことだが、はっとりは特定のイメージがついてしまうことに対して心配もしていた。楽曲のテーマがそれだけになってしまわないか、青春のバリエーションがそんなにあるのか……。

でも考えてみれば「青春」と一口にいっても、さまざまな切り取り方ができることに気づき、その不安は消えたように思う。

『青春と一瞬』で、初めて10代に向けた青春を描いた。誰もが経験する「10代の青春」を振り返ったもので、共感しやすい。その後、さまざまな青春をテーマにした曲を書いていく中で、はっとりの青春に対する価値観も変わっていったように思える。

10代の親友と分かち合う甘酸っぱい青春もあれば、報われなかった悔しい青春もあるし、『ヤングアダルト』に描かれているような大人になってから夢を打ち破られ、もがき続けている青春もある。

青春とは、若者だけのものではない。学生時代が終わり、就職をしたからといってそこで青春がリセットされることはない。社会人になってからの青春もある。20代、30代、40代のそれぞれの年齢だからこそ持てる夢があり、何か報われなかったり悔しい思いをしたりしながらも夢に向かう、そのこと自体が青春なのだ。誰もがずっと、青春的な気持ちを抱えながら生きている。

この時期はっとりは、そうやって歌う意味を捉え直すのと並行して、他のアーティストへの楽曲提供も経験していた。このことも、マカロニえんぴつというバンドのあり方を客観的に捉え直すという部分では大きい意味を持つ。

お声がかかるようになったのは、マカロニえんぴつというバンドがとても上質な音楽を奏でている、という認識が世の中に広まったという証だろう。はっとりのソングライティングのセンスが、バンド以外のアーティストやアイドルを担当しているレコード会社の方や広告関係のクリエーターたちの間でも話題になっているということだ。はっとりの楽曲は、ギターロック界隈から飛び出し、広い世界で存在感を発揮し始めた。

最初に書き下ろした楽曲は私立恵比寿中学（エビ中）に提供した『愛のレンタル』だ。

何をテーマに書くのか、パフォーマンスも含めて歌い分け等、どう聴かせるかといったところも含めて悩みながら書いていたが、バンドで曲を書くときとは違う楽しさを感じることができたらしい。自分が歌わないぶん、どこか解放された状態で、ある意味別人格として作詞作曲に向かうことができる。それが自分の性に合っている。そんなことを話していた。

その後DISH//に提供した『僕らが強く。』『北村匠海さんとの連名で作り上げた『沈丁花』2曲も含めて、はっとりはとても前向きに楽しんで制作していたのが印象に残っている。女性のエビ中では苦労したことも多かったようだが、DISH//は男性バンドだからイメージがつきやすかったという。

ありがたいことに『愛のレンタル』は、エビ中のファンの中でも人気曲になっていると聞く。歌詞に関しても哲学的な要素もあり、アイドルが歌うことでより伝わりやすくなるようなものになっていて、個人的にもとても気に入っている1曲だ。後にアルバム『hope』でセルフカバーも行ったが、マカロニえんぴつのファンの間でも人気の曲になっているのが嬉しい。

マカロニえんぴつのバランス感覚

「マカロニえんぴつがコンセプトアルバムを作ったら面白そう」

よく言われることだ。

コンセプトアルバムとは、テーマや物語に沿った楽曲で構成されるアルバムのことだ。確かに明確なコンセプトアルバムというものは、まだ出したことはなかった。

はっとり自身は、80年代や90年代の洋邦の名盤にたくさん触れてきているので、そういうコンセプチュアルなアルバムを作ってみたいという気持ちもあった。しかしそう簡単に思い通りにはいかないのが現実だ。

アルバムが１００万枚以上売れたかつての時代といまとでは、リスナーに求められているものが違うことは明白である。特に昨今の若いリスナーは、「アルバム単位で聴く」という意識が薄い。「バンドが好き」というよりは、「バンドのその特定の楽曲が好き」というような傾向にあるとも言われている。いまの時代にアルバムを1つの物語として聴くコンセプトアルバムが受け入れられるかは、正直わからないのだ。

おまけにフルアルバムレベルにボリューム感がある作品を作るには1年近くの時間が必要で、その間は何もリリースせずに制作をし続けるということは、マカロニえんぴつの現状だと難しいだろう。

ずっと活動しているベテランのミュージシャンであれば、2、3年ごとに新作を1枚というような動き方に次第に移行できるのかもしれない。しかし、マカロニえんぴつのようにまだ新人で、ライブバンドとしてもガンガン最前線で戦っているようなバンドは、ライブと同時進行で制作をして、動きを止めないままリリースをしていくのが常だ。仮にライブと並行でやっていくことになると、何をいつ、どのように進めるか、など制作の進行管理をしっかりしなければならないし、スケジュールも相当厳しいものになる。

だから、現状は配信シングルのリリースを重ね、楽曲がある程度溜まってきた段階で次のアルバムの構成を考える、という流れが最適だ。

だが、そうやって目の前の制作に常に全力で取り組んでいくからこそ楽曲のバリエーションが広がるとも言える。しかもマカロニえんぴつの場合は、メンバー4人全員が曲を書けることも、この流れを支えている。

既発の曲を並べただけでも、幕の内弁当のように色とりどりの楽曲が並ぶ。ある程度の完成度がそこで生まれるのは、趣味嗜好が違った4人がいるからこそだ。

そして実際にアルバムにまとめるタイミングでは、全体を見たときにどういうものが足りないのか、どんな遊びが必要なのかという話し合いになることが多い。そういうときに「大人っぽい要素が足りないから鍵盤を活かした大ちゃんの曲を入れよう」となることもあるし、「遊び要素がほしい」となれば『ハッピーエンドへの期待は』（２０２２年発売）に収録された『TONTTU』のような曲が生まれてきたりする。

そして、こういう遊びの部分がファンに受け入れられているという意味で、マカロニえんぴつはユニコーンにちょっと近づけたのかもしれない。ファンも一緒になって、音楽を楽しむ。ある意味では１つの理想的な形だ。

また、個人的に言えばはっとりは、Mr.Childrenの桜井和寿さんのような普遍的な愛を歌える感覚を持っているソングライターだとも思っている。

誰が聴いても納得する上質なポップソングの中に、真剣な部分と遊びの部分をバランスよく表現することができる。マカロニえんぴつは、そのバランス感覚が秀逸なバンドになってきたのだ。

そしてそのバランス感覚こそが、万人にマカロニえんぴつが受け入れられている１つの要因なのかもしれない。

マカロニえんぴつのメンバーにも
特別に当時のことを聞いてみた

Members' Comments

青春とは…

はっとり　僕にとって青春は音楽です。一生懸命になって周りが見えなくなるぐらい夢中になることが青春なんだと思います。あと苦しさも含まれますけどね。これって若いときだけじゃなくて、それぞれの人の人生で瞬間瞬間に起こる爆発みたいなものだと思います。この青春が一番自分に合っていて、気持ちを乗せて歌えるテーマなんですよね。そんな曲ばっかり書いているから、メンバーの曲で、大人びたことを歌ってバランスを取りたくなっちゃうのかなって。基本、放っておいたら僕は熱いこと歌っちゃう人間です。

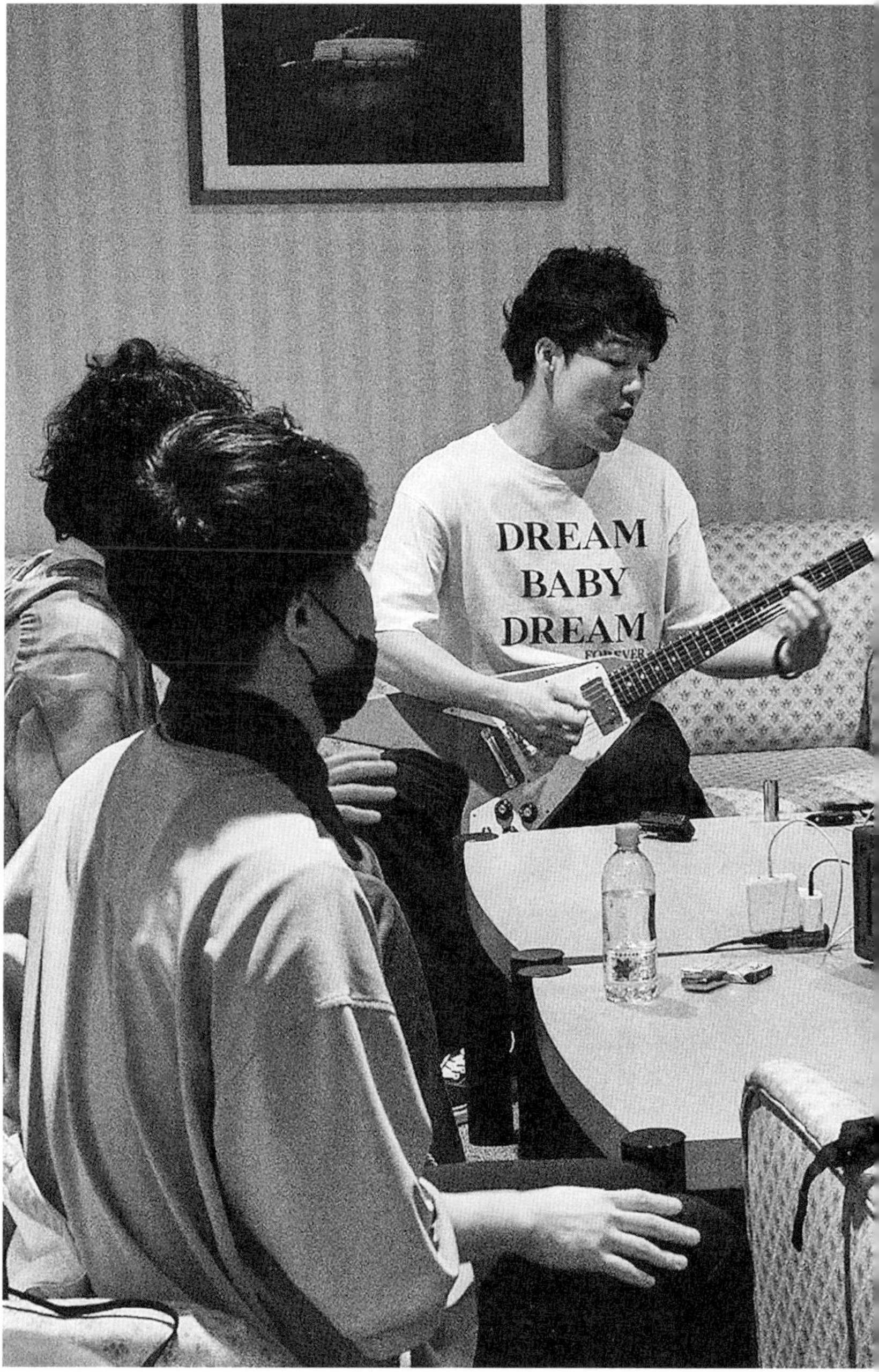
DREAM
BABY
DREAM

第十二章

『hope』

希望のタイトル

ミニアルバム『season』を経て、『遠心』『恋人ごっこ』と、２０１９年から２０２０年にかけては配信シングルをコンスタントにリリースしていったのだが、その頃にはすでに次のフルアルバムのリリースを意識していた。この時期は、ＢＴＳをはじめ、Ｋ‐ＰＯＰ勢がワールドワイドに活躍し、日本のシーンでも人気を博していた頃。一方で国内アーティストでは、米津玄師やOfficial髭男dismがシーンを賑わせ、ロックやＪ‐ＰＯＰが新たな光を浴び始めていた気がする。マカロニえんぴつも、『season』が売れたことで、このフルアルバムでさらに爆発させたいと思っていた。

リリースに合わせてツアーも回っていたので、収録曲のすべてを一気にレコーディングすることは難しい。レコーディングを何回かに分けて、少しずつ曲作りや制作を進めていくことにした。

そんな中、新型コロナウイルスが猛威を振るい始めた……。

最初は中国で生まれた小さな綻びが、あれよあれよと世界中に広がり、例にもれず日本も大打撃を受けた。

道行く人は皆マスクを着け、人混みは避けるように言われ、縮こまるように自宅に籠る。イベントは中止になり、学校は休みになり、会社もリモート作業がメインに移行し、買い物もネットショッピングで済ませる時期だった。

密閉空間、密集場所、密接場面を避ける、いわゆる「三密」の回避も推奨された。

こんな風になるなんて、誰が想像できただろう？

ついこの間まで、お客さんと対面してライブをしていたのに。ライブ中、いきなり緞帳《どんちょう》を下ろされた感じがした。その向こうに確実にファンがいるのに、音楽を届けることを阻む分厚い幕が生まれたのだ。

2020年は予定していたスケジュールが大幅に変更になってしまったが、幸か不幸かコロナ禍になったときにはすでにアルバムは完成していた。それが、マカロニえんぴつのインディーズ最後のアルバムとなる『hope』である。

この頃はトイズファクトリーからのメジャーリリースを調整している段階で、少しずつ協力体制を築き上げているところだった。Hondaとのタイアップ『恋人ごっこ』をはじめ、リクルートとコラボした『ボーイズ・ミーツ・ワールド』、『CREO』のコンタクトレンズのCMソングとなった『たしかなことは』と、立て続けにタイアップが決まっていたのだが、それらはトイズファクトリーの協力があって実現したものだった。

これだけ収録曲にタイアップ曲が並びながらも、リード曲の『hope』はノンタイアップ。それは、いま自分たちが書きたい曲をあえてノンタイアップでリード曲にしようとみんなで決めたということなのだ。作品や企業のイメージをつけない、混じりっけない素のマカロニえんぴつとしての楽曲を作り世の中に提示しよう、と。

印象的なシンセのイントロで始まり、だんだんと盛り上がりをみせていく洋楽の雰囲気を纏わせた壮大なスケールの楽曲だ。

『ヤングアダルト』の裏側にあるうっすら当たっている光の部分、希望を表現した。「13月」という言葉も、12月でも1月でもない、終わりでもなければ始まりでもない、希望のあいまいな部分とも通じる。そういう迷いや葛藤を表現した曲なのだ。はっとりがサビ前までのデモを作ってみんなに聴かせると、満場一致で「こういう曲をリード曲にできるバンドってかっこ良いよね」という話で盛り上がり、みんなでスタジオに入った。全員がノっており、歌のレコーディングが最速の10分ほどで終わったことは強く印象に残っている。

『hope』は2020年4月にリリース。マカロニえんぴつの音楽がリスナーの希望になってほしいという期待。そして自分たち自身も自分の音楽に希望を込めていることをシンプルに表現したいと思い『hope』というタイトルが生まれた。水面下ではメジャーにいくということが決まっていたから、その未来に向けた期待も強く込めている。

そういった理由でつけたアルバムタイトルが、奇しくもこの時代にぴったりハマってしまったのは不思議な感覚だった。

考えたときは、世の中がまさかこんな状況になるなんて思ってもいなかった。なにせ「それまで英語のタイトルが続いていたから、今回も英語でいこうか」なんて、ふんわりと打ち合わせしていたくらいだ。

『hope』はリスナーからの反響も大きかったが、特に音楽業界の方から「あのアルバムは、タイトル通り音楽業界の希望になった。すべてのライブが中止になり、先が見えない状況のなかで聴いていて、まだ音楽に希望を感じることができた」というお声をたくさんいただいたのを覚えている。

コロナ禍の影響で、このアルバムはパッケージのセールスとしてはちょっと残念な形になってしまった。ちょうどリリースの時期にあらゆる店舗が休業状態になってしまって、実際にファンの方にお店で手に取ってもらうということができなかったからだ。

しかし、その代わりに『hope』はストリーミングで予想以上の反響をいただいた。この時期にサブスクがあったからこそ届いた人も多かったのではないかと思う。各主要サイトでもトップ3に入るくらい、多くの方、幅広い世代に聴いてもらえたのだ。それも一瞬だけではなく、いまもなお、長く聴かれ続けている。

サブスクといえば、アルバムを牽引した曲は『恋人ごっこ』だ。Honda のwebキャンペーンとのタイアップだったのだが、あまりタイアップのことは意識しすぎず、しっかり楽曲を届けることを考えていた。２０２１年６月には、なんとBillboard JAPANチャート（Amazon Music や Apple Music などのストリーミングの再生回数を合算）におけるストリーミングの累計再生回数が１億回を突破した。２０２０年２月７日にシングルとしてリリースしたときは初登場65位だったが、『hope』発売後に再びトップ１００にランクインし、じわじわと上昇した。

『恋人ごっこ』のＭＶは、マカロニえんぴつのＭＶのなかでも大きな話題となった『ブルーベリー・ナイツ』以来となる井樫彩さんとのタッグ。恋愛をテーマにした楽曲だったので、切ない表情を切り取ることが上手な井樫さんに再度お願いしたというわけだ。

『ブルーベリー・ナイツ』は、はっとりのキスシーンがファンをざわつかせたが、『恋人ごっこ』のＭＶでもそういった想像をさせるようなシーンを織り込みながらも、歌詞に忠実に情景を描いた。その結果、１本の短編映画を見るような作品になった。これは期待できる。皆がそう思った。

公開されると『恋人ごっこ』は期待以上の大きな広がりを生み出した。YouTube の再生回数は累計5150万再生（2023年9月時点）を超え、ストリーミングも2億再生を超える人気曲になり、さらにMTV VMAJ2020にて「最優秀邦楽新人アーティストビデオ賞」も受賞した。

その『恋人ごっこ』をはじめ、『ブルーベリー・ナイツ』『レモンパイ』『ヤングアダルト』『青春と一瞬』と、どれも名刺代わりと呼べる楽曲が次々と生まれていた当時は、どんなタイプの曲でも勝負できる、バンドとして非常に良い状態になっていた。

強力な楽曲をそろえた『hope』が強いアルバムになることは、制作しているときからイメージできた。

だからこそ、アルバムの中では遊びの部分も入れたいということになり、それで生まれてきたのが『この度の恥は掻き捨て』、『Mr.ウォーター』といった曲たち。重要なのはこれらの曲がはっとり以外のメンバーから出てきたことだ。『この度の恥は掻き捨て』は賢也とはっとりの連名で、『Mr.ウォーター』は大ちゃんとはっとりの連名で作曲している。

ちなみに賢也作の『この度の恥は掻き捨て』は、デモの段階では違うアプローチだった。制作会議の場で、テンポがどんどん上がっていくいまのアレンジになっている。これはユニコーンの『人生は上々だ』へのオマージュだ。あの曲ではキーがどんどん上がっていくのだが、それをテンポに置き換えてやってみようとなった結果である。

タイアップ曲となった『たしかなことは』を作曲したよっちゃんも含め、メンバーのソングライティングスキルが上がっていることは明らかだった。これらがはっとりの作る曲たちと、いいバランスを取っているからこそ、『hope』は楽曲に振れ幅のある、より強いアルバムになった。そういう意味でも『LiKE』で挑戦したことが、このフルアルバムにも繋がっていたのだと思う。

進化するライブ

デビュー後しばらくは「フェスに呼ばれない」と悩んでいたのに、いまではありがたいことに、全国各地のフェスにたくさん出演するようになった。経験を重ねるにつれて、フェスでのライブの構成も変化している。

フェスに出始めた頃は、「いまできるすべてを置いていこう」と考えていたが、出演回数が増えてくるとメンバーの中にも「定番曲ばかりをやりたくない」という気持ちが芽生えてくる。どのバンドもそうだと思うが、「この曲はやりすぎているから、やらなくてもいいんじゃないか」と感じるようになるのだ。

だが、そういう姿勢もコロナ禍を経て変わった。マカロニえんぴつは、特にコロナ禍でライブができない間に水面下でファンを増やしたバンドだ。ワンマンに積極的に来るまではいかないが、フェスに出ていればちょっと見てみようというお客さんが、この2年間でかなり増えたと感じている。そういうお客さんを前にしたときに、あまりにコア向けなマニアックな曲ばかりを演奏したら「この曲聴きたかったけど聴けなかった……」と喜んでもらえないかもしれない。せっかく普段ライブハウスに足を運ばない人たちにも見てもらうチャンスをもらったのに、そう思われてしまっては残念だし、申し訳ない。

だから、フェスのセットリストがマニアックに寄りすぎていたら、「もう少し代表曲を入れたほうがいいよ」とか「前半にコアファンにしか浸透していない曲だと会場が温まりにくく、お客さんもノリづらいから、もっと認知された曲にしよう」とか、細かく意見を言うようにしていた。その意図をだんだんメンバーも理解してきて、最近はセットリストの修正もなくなってきた。自分たちがいま求められているものを返したいという感覚になってきたのだろう。

もちろん、ワンマンや対バンツアーもずっと行っている。2017年の『マカロックツアーvol.3 〜芯トンガっていたい篇〜』のファイナルで初めて渋谷クラブクアトロでのワンマンライブを行った。そのときはソールドアウトしなかったが、その悔しさが次の成功につながったことは先に書いた通りだ。

２０１９年の『マカロックツアーvol.7〜ライクからラヴへ、恋の直球ド真ん中ストライク初全国ワンマン篇〜』でのLIQUIDROOM、そして２０２０年1月の『マカロックツアーvol.8〜オールシーズン年中無休でステイ・ウィズ・ユー篇〜』でのマイナビBLITZ赤坂（当時）と順調にステップアップをしていった。

本来であれば、その後は２０００〜３０００人クラスの会場を経て横浜アリーナにという流れになるはずだったのだが、ちょうどBLITZでのライブの数カ月後にコロナ禍が訪れ、しばらくライブができない状態になってしまった。全速力で走っている最中、急に顔面に冷や水を浴びせかけられた気分だ。

だがこの時期でも無観客で配信ライブを続けていた。客席から直接の反応を得られないことは悲しかったが、それでもライブを続けることに意味があると思って、たくさん実施したのである。ＳＮＳを発信するときに教えた「眼前にお客さんがいると思え」の精神はここでも活きていたと思う。『hope』のリリースによって、リスナーやファンが一気に増えたこともあり、配信ライブは多くの方が見てくれた。

そしてライブができるようになった２０２１年、ワンマンツアー『マカロックツアーvol.11～いま会いに行くをする篇～』を開催し、いきなり横浜アリーナで昼夜2回公演という、あまり例のない形で大幅なジャンプアップを果たすことができた。

ライブができない時期というのは喜ばしいことではなかったけれど、その時期が明けてかなり大きなインパクトを与えることができたのは不幸中の幸いだった。

このときには観客を入れることができたが、コロナの影響でフルキャパシティの半分までしか入れられなかった。だから、会場にもメンバーにも無理を言って1日2回公演を提案したのだ。50％しかお客さんを入れられないということは、そのぶんマカロニえんぴつを見たいと思っている人があぶれてしまうということだ。コロナ禍で多くの露出をし、たくさんのファンを獲得し、やっと生のライブが見られるというのにチケットが取れなかったという人を少しでも減らしたかった。

このライブでは、映像の演出が合間に挟み込まれたが、これは体力を保たせるための休憩ポイントという意味もあった。実のところ、これまでにない大きな会場での2回公演に、はっとりをはじめメンバーは不安を感じていた。なので、こういう演出をみんなで考えた。だが、ステージの幕が上がると、キャパシティの大きさにまったく物怖じせず堂々としたパフォーマンスを見せた。素直に感動した。配信ライブをずっと行っていたから、感覚を忘れずライブで使う筋力も落ちていなかったことも大きいだろう。はっとりに関しては2公演目のほうが喉の調子が良かったくらいだ。

横浜アリーナでのライブについては、メンバーはもちろん、舞台監督の三上さんや照明の佐伯さん、VJの田嶋くんはじめチームでいろいろ話し合った。

特に照明に関して言えば、僕たちのライブで大切にしていることは、「洋楽のようなクールさをどう演出するか」ということだった。これははっとりもよく話していたことだ。マカロニえんぴつの音楽性には、洋楽に対するオマージュや洋楽から影響を受けた要素がたくさん入っている。そういう音楽を鳴らすのであれば、いわゆる邦楽ロックの定番的な照明とは違う見せ方をしてもいいはずだ。現在の照明チームと組むのはこのツアーで3本目だが、最初の段階で彼らにはその考え方をしっかり説明した。

たとえば明るさ1つとっても、当時はまだ4つ打ちが流行っていたこともあってカラフルな光を使って派手に見せるのが主流だったが、それが自分たちに合っているとは思えなかったし、そもそもマカロニえんぴつに合っているとは思えなかった。だからマカロニえんぴつは、暗めのクールな色調で見せるようにした。もちろん曲によっては真逆のカラフルな演出での見せ方をすることもあるが、それはギャップを狙っていたり、楽曲のイメージに忠実に演出しているだけだ。この基本的な考え方はいまも変わっていない。

そうしたクールな演出に引っ張られて、メンバーが演奏中に醸し出す雰囲気も変わってくるし、それがバンドの魅力をいっそう引き出すことにもなる。そういった意味でも、ちゃんと理解し合えるチームでライブを作れているというのはとてもありがたい。

ホールやアリーナなどの大きな会場でできるようになってからは、映像演出にも力を入れている。10年近く一緒に仕事をしている田嶋くんを中心とした映像チームと、密にコミュニケーションをとりながら全体の構成を決めている。

実は映像も照明もツアーが始まってから、公演ごとに細かく調整しているのだ。だからツアーの初日とファイナルでは全然違うものになっている部分があったりする。初日とファイナルを見る人は少ないと思うので、そうした変化に気づく人がどれくらいいるかはわからない。だがスタッフ側も同じもので満足はしない。常により良くなる方法を探してトライし続けているのだ。それもマカロニえんぴつチームのいいところだ。

メンバーのパフォーマンスも会場の大きさに合わせて変えている。アリーナのライブで、ライブハウス感覚でパフォーマンスするとどうしても小さく収まって見えてしまう。初めて見に来てくれたファンにも楽しんでもらえるように、いろいろ話し合った。

視線の動かし方やリアクション、演奏時のアクションを大きくする。ライブハウスでのライブよりも目線を手前だけでなくアリーナ、２階席と満遍なく見るように意識する、し。

とえばギターのよっちゃんには、ギターソロでステージの前に出るときの走り方やソロ後の戻り方。

はっとりであれば登場と退場をどうするか。見ているお客さんに、いかにカッコいい印象を与えられるかを第一に考えている。

大ちゃんだったら、曲の決め時に手を上げるタイミング。そこでタイミングが合えば、お客さんの盛り上がりやノリも変わってくる。

ベースの賢也については、バンドの中でアグレッシブに動けるポジションでもあるので、特に注文なく自由にベースを弾いてもらっている（笑）。賢也のステップを僕らは冗談交じりに「フェアリーステップ」と呼んでいて、それがいつの間にかお客さんにも浸透していった。

ポジションが近い大ちゃんと賢也が絡んで、大ちゃんがエアベースをやるという流れもあるが、そういうパフォーマンスも定番になってくるとお客さんもそれを期待する。そういう「お約束」もいやらしくない形で自然にお客さんと共有できると、初めて見るお客さんも入りやすいし楽しんでくれるのだ。逆に毎回アドリブの部分もあって、そういうものがあると、毎回来てくれるお客さんも新鮮な気持ちで会場に足を運ぶだろう。

マカロニえんぴつの場合はそういったノリが、ちゃんとエンターテイメントとして形になってアウトプットできてきていると思う。

自己満足でいわゆる身内ノリになりすぎてお客さんを置いていってしまい、「面白くなかった」は避けたい。ライブパフォーマンス自体が成長してきたとはいえ、気を抜くとそっちに寄ってしまうことも結構あるから、そこのストッパーになったり、客観的に意見を言ったりするのがスタッフの役割だ。だから毎回ジャッジをして、話し合うようにしている。自己満足ではないエンターテイメントに昇華させたい。

ステージからは見えているようで見えていない部分が結構ある。自分たちがやりたいことと、それを外から見たときにどう見えているのかのギャップを理解するのはなかなか難しい。だからこそ、僕はそこでちゃんと本当のことを伝える人間でいないといけない。その指摘がメンバーから少し嫌がられたとしても、僕が言わないと周りのスタッフもメンバーに対して忖度してしまう。だから僕が率直な意見を言って、周りも言いやすい雰囲気を作るように心がけている。そうすればメンバーも含めたチームの風通しも良くなって、いいコミュニケーションが生まれると思うからだ。

ライブを経験するごとに、マカロニえんぴつは進化している。いつ見ても、そのとき最高のマカロニえんぴつをお届けするので、ぜひ見に来てほしい。

禍とマカロニえんぴつ

マカロニえんぴつは、コロナのタイミングで最も飛躍したバンドだと思っている。

「自粛」が始まる頃には、テレビの音楽番組にも多く出演するようになり、タイアップも続々と決まっていた。それもコロナの影響でいろいろと中断された。『hope』のアルバムを引っさげてのツアーもすべて中止、メジャーデビュー発表もファンの前でできなくなって、メンバーも結構落ち込んでいた。スタッフとメンバーで初めて実施したリモート会議でも、画面から暗い雰囲気が伝わってきたものだ。

マカロニえんぴつに限らず、この時期のアーティストは軒並みそういう状態だったはずだ。しかし僕はコロナでこの勢いが止まってしまい、すべてがなかったことになるのが嫌だった。だからいろいろ考えて、動いていた。

たとえば、当時はマスクがお店にない状況がニュースでも騒がれていたので、murffin discsの所属バンドのグッズのTシャツをマスクに作り替えて、販売し、医療従事者に寄付を行った。また、いち早く配信ライブを企画し、YouTubeでファンと一緒にライブ映像を見る『お家de TALTOナイト』を企画したりした。『お家de TALTOナイト』は、TALTO所属のメンバーや僕がライブ映像をリスナーと同時視聴してチャットでコメントに参加するという、言わばバーチャルフェスだ。コロナ禍でも、どうやれば音楽を楽しんでもらえるか試行錯誤しながら常に何か面白い事ができないか考えていた。

しかし実はというと、マカロニえんぴつのメンバーたちは、コロナ禍当初はなかなか腰が重く、活動に乗り気ではなかったようだ。やはりその頃は音楽業界としても活動自粛の雰囲気が強く、何か動いたら批判されるということも多かったので、慎重にならざるを得なかった。

自宅待機を推奨され、1人で家にいることが増え、みんながマイナス思考になっている状況。はっとりは普段から「自分はマイナス思考だ」と言っていただけあって、誰よりもその傾向が強かった気がする。そして他のメンバーもそれにつられていたように見えた。

だから僕は、半ば強引にではあるが、メーカーやマネジメントのスタッフとともにさまざまな企画を組んで、テレビやラジオの音楽番組、フェスや媒体が運営する配信ライブ等にたくさん出演させた。スタッフ側が楽しんでいると、メンバーたちもそれに同調して「こういう状況だからといって閉じこもっても仕方ないな」とだんだん乗り気になっていったようだった。さらに、『hope』を聴いた人たちがＳＮＳに投稿した感想がメンらにも届き、あの閉塞した状況で自分たちの音楽が受け入れられたことを実感でてチーム全体でもどんどん前向きになっていったように思う。
禍の中でも、声出しをしないでキャパシティの制限をすればライブができるようになった。そうなると、媒体関係者やイベンター、スタッフたちからも、「こんな状況だけど何かやろうよ」と声をかけてもらうようになった。札幌のイベンターのWESSの塚越さん、大野さんと組んで『IMPACT! XVI × TALTOナイト』をzepp Sapporoで実施したのはいい思い出だ。

そんな中だからこそ、改めて気がつけたこともある。バンドはステージに「立たせてもらっている」という事実だ。もちろんこんなことは当たり前のことではあるが、そのことを改めて実感させられたのだ。PA、照明、イベンター、制作、レーベル。そして何よりも映像を見てくれているファン。あらゆる人の応援があって、ステージに立てている。無観客のライブを行うことで誰に向けてライブをしていいか悩んでいたときに、改めてその思いに気がつけたとはっとりも話していた。そしてその思いに、バンドは音楽で返していかなければならない。

コロナ禍での大きなトピックスとして、2021年のクレヨンしんちゃんとのコラボも記憶に残っている。

『映画クレヨンしんちゃん 謎メキ！花の天カス学園』とのタイアップで、マカロニえんぴつにとって国民的に人気のあるアニメ映画とのコラボは初めてのことだった。『クレヨンしんちゃん』はメンバーも幼少期から見ている大好きな作品だ。特によっちゃんは全作欠かさず見ているくらいのファンだった。えんぴつとクレヨン、相性もバッチリだと思っていたし、みんな初めてこのバンド名で得をした気分になったと思う。僕自身、生まれも育ちも春日部だったから、お話をいただいた際にこれは何かの縁だと思っていた。そういう意味でも人一倍、思い入れがあったタイアップだ。

夢のタイアップに気合も入り、このために主題歌『はしりがき』を書き下ろした。映画の内容はというと、これまた偶然なのか「青春」を大きなテーマの1つにしており、マカロニえんぴつの最も得意とするフィールド。だからこそ楽曲にも自信があった。

だが、またもやここでも流行病が邪魔をし、楽しみにしていた映画の公開が延期になってしまったのだ。2020年は公開されないままだった作品も多く、メンバーもスタッフも皆、今回も中止なのか……と不安に駆られていたのを覚えている。どうしようもできない事なのはわかっていたが、ここで終わりにしたくない。いろいろと中止になってしまった企画の代わりに何かしたい、という想いが強くあった。

クレヨンしんちゃんといえば春日部。僕も春日部生まれ。

そうだ！　春日部でライブをしよう！

そうすれば、映画の宣伝、マカロニえんぴつのライブ、そしてクレヨンしんちゃんとのコラボ、すべてが回収できる！

そこで急きょ、僕自身も成人式を行った春日部市民文化会館という会場でこのためだけの一夜限りのライブを企画した。そこにはもちろんしんちゃんもスペシャルゲストで登場し、マカロニえんぴつと一緒にパフォーマンスを行うのだ。

もう一度映画の盛り上がりと楽曲の盛り上がりを作りたい。企画を思いついた瞬間にライブ制作チームとトイズファクトリーに連絡し、メンバーに相談して、企画が超スピードで進行していった。急だったため、会場も平日しか空きがなかったが、とにかく実行させようという想いだけで形にしていった。

クレヨンしんちゃんの聖地・春日部で、映画の主題歌を歌うバンドがワンマンライブを企画し、ゲストにしんちゃんを招き、コラボをする。映画の公開が延期になり、またかとチームのムードも暗くなっていたタイミングだったので、テレビ朝日のスタッフにも快く賛同していただき、実現できた。

この企画は、2〜3日のスピード感でチーム全体が動き、すべて決定した。

このスピード感、チームワークは、いま思い返しても震えるほど素晴らしかった。コロナ禍でなかなか思い通りにならない状況を打破できたと思うし、エンターテインメントの底力を再認識できた。

ライブタイトルは『マカロックツアーEXTRA in 春日部 ～しんちゃんも遊びに来るゾ！オラたちとおしり合いになってクレヨン♡篇～』。当日は、しんちゃんが来るという話題もあって、親子連れのお客さんもたくさん足を運んでくれた。みんな笑顔で手を振り、パフォーマンスごとに大きな拍手が鳴り響いた。

マカロニえんぴつが目指しているのは、どの世代にも響くポップソングを届けるロックバンド。ステージで繰り広げられるパフォーマンスを、親子で楽しんでいるお客さんの姿を見て、それを改めて実感した。待ちに待ったライブを、心の底から楽しんでいる様子は本当に美しい。

そしておまけに『はしりがき』で『MUSIC STATION』にも出演した。なんと同じ曲で2回目である。以前はメンバーのみで演奏していたが、このコラボをきっかけに、今度はしんちゃんと一緒にパフォーマンス出来た。絵に描いたような「ピンチをチャンスに」と言っても過言ではないだろう。

不要不急が叫ばれ、音楽をはじめエンターテインメントが不要と思われているような時期に、活動自粛やステイホームで溜まったフラストレーションに負けじと想像と創造を続けてこられたからこそ、いまのマカロニえんぴつがあると思っている。

コロナ禍が落ち着いてからも、その精神はそのままだ。

コロナ禍でも歩みを止めなかった結果、2021年5月23日に横浜アリーナという大舞台でのライブを大成功させた。

コロナ禍と『hope』

はっとり　『hope』は超いいアルバム。いま聴いてもいい出来栄えですね。これはメジャーで出したかったなあ。バランスも曲のキャラ立ちも収まりもいい。全部に美学がちゃんとあるし、ユニコーンらしさもある。すごく理想に近いものができたなっていう納得感がありますね。

コロナ禍があったからこそ、いまできるライブがありがたいし楽しいんです。でも２０２０年から始まった緊急事態宣言の時期は面白くなかったですね。配信ライブに慣れてきた自分も嫌でした。でも、自分たちでやれるものは全部飛びついてやったから、コロナ禍でも人前に姿を現してたバンドではあると思います。「歩みを止めない」がテーマですからね。江森さんもずっと言ってるけど止まったら忘れられる。歩みを止めずに来られたのは誇りです。

ライブ

はっとり　いま再三言ってるのは、生きざまを置いていくということ。打ち込みでトラックメイクしてるんじゃなくてロックバンドやってるわけだから。演奏に生きざまが出る歌だけじゃなくて、それをステージ1個1個に置いてければもう十分。そういうテーマでライブをやっています。

『hope』のアーティスト写真。こちらで使用している車は実際に著者が所有している車である。

最後に

僕らの目指すところ

我々の目標はどんなことだろう。ＣＤが売れること、配信で楽曲がたくさん聴かれることだろうか？　ライブ会場を常にソールドアウトすることだろうか、メジャーとの契約を継続することだろうか、それともフェスに呼ばれ続けることだろうか。

詳しい人は雑誌などで読んだことがあるかもしれないが、はっとりはインタビューで「目標は立てないようにしているし、立てていない」と将来の目標や来年の抱負などを聞かれた際に話している。

僕もはっとりと同じ考えを持っていて、目標を立てたりはしない。

もちろん、将来マカロニえんぴつがスタジアムでライブができたらいいなと思うし、マカロックフェスを開催したい。毎年ツアーで回りたい場所はあるし、まだまだ行けていない場所もたくさんある。ＮＨＫ紅白歌合戦への出場や新人賞の次は日本レコード大賞を受賞できたらいいなとも思っている。

でも、それらを目途に計画し努力して動いているかというとそんなことはない。「目標」と言ってしまうと、達成したときに終わってしまう。だから毎年目先の目標は立てずにいる。

そして目の前のことに真摯に向きあう。毎年曲を作ってツアーをし、ライブをすることがロックバンドの真髄だし生業なのだ。それはずっと変わらないものだと思う。

では、僕個人はどうしたいのか？

僕が目指すのは、バンドが自分たちの理想とする環境で長く活動し、音楽でご飯を食べられるようになること。食べられるようになるバンドはいくつもある。だが、それを継続していけるバンドは数少ない……。それを実現するにはどうしたらいいか？

常にイメージし、考え続けることだ。

コロナ禍で行われた春日部でのライブの帰り道。ライブ自体は大成功を収めたものの、さらに緊急事態宣言の対象地域が拡大され、ツアーが開催出来るかわからない。厳しい状況はまだ続いていた。

ライブ後の高揚感と打って変わり、揺れるハイエースのなかは暗く、どんよりムードだったのを覚えている。そんな中、メンバーからふとこんな質問があった。

「これからどうするんですか？」

それは誰にも分からない。

僕自身が道筋を決めていることも多いが、バンドは彼らが楽しくて始めたものだ。本来は自分たちがどうしたいかを考えないといけない。自分たちで思考ができなくなってはこれから先さまざまな困難に出会ったときに立ち上がれなくなってしまう。もちろんアーティストは曲を作ってライブするのが仕事だけど、それだけやっていればいいわけではないからだ。メンバー自身がバンドを自発的に動かす意思がないと、再びコロナ禍のような困難な壁が立ちはだかったときに思考が止まることになってしまう。

だが思い出してほしい。まったく売れなかった時期を過ごしていたバンド結成初期。僕と一緒に組んでデビューしてからも続いた鳴かず飛ばずの日々。メンバーの脱退。ワンマンバンドの限界。厳しい状況はいくつもあった。それらを何度も乗り越えて、マカロニえんぴつはいま輝いている。なぜなら、彼らはずっと芯をブラさずに音楽と向き合ってきたからだ。

自分たちが本当に良いと思う音楽、長く愛される音楽、「グッドミュージック」を作って世の中に届けていく。その芯があれば大丈夫だと思っている。

僕もすべての正解を持っているわけじゃない。だから「自分たちでも考えてみて」とその場は話して終わった。アーティストとしてバンドを長く続けてほしいと思っているからこそ、自分自身でも自分のバンドの未来のことを考えてほしかった。

ゼロからイチを生み出すのがアーティストだ。何をやりたいか、どうしたいかをすべて考えなくてもいい。けれども、「自分がどうしたいか」の意思は大事なんだってことに気づいてほしい。そう思った。

では、はっとりは何のために音楽を、バンドをやっているのか。

それは憧れを追うためだ。

このバンドは、はっとりがユニコーンに憧れて作ったバンドだ。自分の憧れが止まったら、マカロニえんぴつは終わってしまうだろうとはっとり自身も話している。

そして、２０２３年のさいたまスーパーアリーナのライブＭＣで、はっとりはこう話していた。

「おこがましいかもしれないけど、自分自身の中でユニコーンっていうバンドは完成したんじゃないかと思っている。でもまだ、憧れは続いている」

はたして憧れは一生続くものか、終わってしまうのか。はたまた別の憧れを抱くことができるのか。メンバーにはずっと憧れを追ってほしい。そして憧れられるバンドになってほしいと願っている。

僕はマカロニえんぴつの青春と一緒に、まだ見ぬ景色へ憧れを抱いていこうと思う。

あとがき

２０２１年。マカロニえんぴつのバンド結成10周年も近いことだし、そろそろファンクラブを立ち上げよう。そう言い出したのは僕だった。メンバーと共にファンクラブ名を考えていた時、なかなか「これだ！」というものが見つからず悩んでいたが、そもそも楽曲タイトルにもある『OKKAKE』が最適じゃないかと気がついた。

メンバーそれぞれのコンテンツを考える中で、どうせライブやレコーディングの忙しさでコンテンツの更新が頻繁にされなくなるだろうことを見越して（本当に更新遅くてすみません）、「自分も何か書いてメンバーに刺激を与えてやろう！」と始めたのが「青春と一緒」だ。

メンバーの裏側を上げるスタッフブログではなく、10周年の節目だからこそ、僕だから書けるメンバーとの出会いからいままでをノンフィクションで書きたいと思った。記憶を遡るのが本当に大変だった。なんせ10年も前のことだ。曖昧な記憶もたくさんあった。

だが、書いていくうちに記憶が蘇り、懐かしさや後悔、いろいろな感情が生まれてきた。そして徐々にだが、近しい関係者やスタッフから「面白い」という声や、「毎週楽しみにしてます」という声をいただくようになり、自分もやり甲斐を感じて更新頻度も上がってきた。

その頃からかいくつかの出版社さんから「本にしませんか？」という問い合わせをいただくようになった。「これはメンバーにもいい刺激になってコンテンツを更新してくれるかな？」と思っていたが、逆に「代わりに更新してくれてありがとうございます」と感謝されてしまった。なかなか思うようにはいかないものだ（笑）。

そうやってマカロニえんぴつとの過去を記しつつ、「次はどんなことをしよう？」と未来に想いを馳せながら活動を続けて1年が経ち、２０２２年を迎えた。忙しいながらも充実した日々を過ごしていたある冬の日、大学の友人からLINEでメッセージが届いた。共通の友人が、突然亡くなったというものだった。奥さんとまだ幼い子ども3人を残して、41歳という若さでこの世を去った。彼と最後に会ったのはもう4、5年も前になる。病気になったと聞いていたが、コロナで会うことができなかった。その後、体調はだいぶ持ち直したと聞いていたから、訃報を聞いたときは「まさか」と思った。本当に突然の知らせで言葉にならなかったことを覚えている。

数日後の深夜、LINEの通知が届いた。その頃、僕自身、自律神経を病んでおり、夜はなかなか寝つけないでいたから、すぐに気がついた。送り主は亡くなった友人の奥さんからだった。

「マカロニえんぴつが流れるたびに、主人は子どもたちに江森さんの話をしていました。パパの友達がプロデュースしているんだよ、すごいだろ！って」

涙が止まらなかった。マカロニえんぴつの音楽が、知らないところで1つの家族に幸せを与えていたこと。友人が、僕の仕事を子どもたちに自慢してくれていたこと。「常にファンを意識しろ」とあれだけ口酸っぱくメンバーに言っていたが、想像力がなかったのは僕のほうだったかもしれない。改めてこの仕事を誇りに思えた。

最後にこの本を出版するにあたり、多大なお力をお借りした、双葉社の相良さん、坂井さん、渡辺さん、ライターの灰さん、小川くん、岡本さん本当にありがとうございます。

また、エンターテイメントビジネスに共通していることだが、音楽を生業にするということは一般の人が休みを取る土日に仕事し、平日も基本的に休みがない、休みがあったとしても年がら年中仕事のことを考えている。他人から見れば好きなことを生業にしているのだから半分遊んでいると思われても仕方がないだろう。だからこそ毎日陰で支えてくれる家族には感謝している。なかなか休みが取れないパパでごめんなさい。

いつかあなたたちが大きくなり夢中になれることに出会える人生でありますように。それが日々の嫌なことや辛いことを時折、帳消しにしてくれます。

忙しい中、追加取材に文句を言いながらも快く応えてくれたメンバー、いつも一緒にバンドを支えているTALTO、murffin discsにエッグマンのスタッフチーム、トイズファクトリー、全国のイベンター、ツアースタッフのチームにも日々感謝している。

そして何よりも親愛なるマカロッカー、OKKAKEの皆様いつもありがとう。

これから先、良いことも辛い出来事もあるだろう。だが、それも含めてマカロニえんぴつという音楽を届けるために、バンドの成長を見届けていきたいと思う。

マカロニえんぴつの青春と一緒に。

週木曜 よる

『たましいの居場所』MV撮影での1コマ。未来の自分たちというイメージで「老けた顔に見える特殊メイク」を施している。メンバーを引き連れるマネージャー役として著者もMVに登場する予定だったが……。

はっとり　とある日、夢を見たんですよね。江森さんが高いところにぶら下がってて、俺はその上から見ていたんです。「はっとり助けてくれ！」と言われて江森さんをつかむんですけど、手がすべって江森さんが落ちちゃうという夢。

当時はブッキングから何から何まで全部決めてもらってたから、江森さんがいなくなったらどうしようという不安な思いからこういう夢を見たんだと思います。

江森さんはロマンがある人で金に目がくらむ人じゃないんですよね。僕はそういうところに惚れて一緒にやってるんです。売れる売れないというよりも一緒に感動しながら成長して生きていく。これを青春って呼ぶんでしょうね。これからも同じ感じでいけたらと思います。ちょっとは体に気をつけてください。

よっちゃん　出会った当初、本当に怖かったです。でも、江森さんが言うことを信じて、一緒にやれて良かったなと思います。僕のバ

ンドのキャリアは12年目で、江森さんと出会ってもうすぐ8、9年とか経ちますが、これから先もたぶんずっと一緒にやっていくんじゃないかなと思っています。これからもよろしくお願いしますね。

大ちゃん　いまは意識も高まっていろいろ考えてやれるようになったけど、当初は知らないことがありすぎて注意されまくっていました。江森さんの言うことが正しいことなのに、どこか受け入れがたい自分もいたんです。でもそれでも、みんなのお尻を叩き続けてくれていたんですよね。僕らを育ててくれてありがとうございます。

これからも、一緒にやっていかせてもらうことになると思っているし、信じています。またふとしたときに気が抜けて、お尻を叩いてもらわないといけない時期が来るかもしれないけど、そのときもまた、懲りずに叩いてください。よろしくお願いします。

賢也

音楽で食っていくにはどうしたらいいかわからなかった僕たちに、いろいろ教えてくれたのが江森さんです。エッグマンに移籍するときも相当な覚悟があったと思うんですよ。1人で3バンドも抱えて出たので。そこまでして僕たちを全国に売り出したいと思ってくれて、本当に強い人なんだなと思います。だからこそ厳しい一面もあったんでしょうね。江森さんがいなかったらバイト期間ももっと長かったかもしれません。苦労してるのは僕らだけじゃなくて江森さんも一緒なんですよね。ただただ感謝です。これからも面白い企画を持ってきてくれると思うので、楽しく過ごせそうな気がします。これからもよろしくお願いします。

oasis

WHO CARES?

江森弘和（えもり ひろかず）

大学卒業後に広告代理店へ勤務。その後、音楽プロダクションを経て2016年にShibuya eggmanのレーベルmurffin discs内にTALTOを立ち上げ、レーベルヘッドとして新人発掘からレーベル&マネージメントまで行う。レーベルでは東京カランコロン、SAKANAMON、マカロニえんぴつ、ヤユヨ、WONを輩出。趣味は野球とサウナ。

購入特典動画

ご購入いただいた方のみが観られるスペシャル動画をご用意しました。
スマートフォンでこちらの二次元コードを読み取ることでアクセスすることが出来ます。

※注意
○ 視聴は画面の指示に従ってお楽しみください。 ○ 本コンテンツは予告なく変更および中断することがございます。 ○ 利用に際し、端末不良・故障・不具合および体調不良などが発生したとしても、そのすべての責任を弊社は負いません。すべて自己責任で視聴してください。 ○ Wi-Fi等での視聴をおすすめします。 ○ 動画やQRコードを無断で公開した場合、相応の対応を行います。

本書はオフィシャルファンサイト『OKKAKE』で連載されていた『青春と一緒』に大幅な加筆・修正をし、さらにメンバーによるコメントを収録したものです。

『マカロニえんぴつ 青春《せいしゅん》と一緒《いっしょ》』

発行日　2023年11月25日　第一刷発行

著者　江森弘和

発行人　島野浩二
発行所　株式会社 双葉社
〒162-8540 東京都新宿区東五軒町3-28
電話 03-5261-4835（編集） 03-5261-4818（営業）
http://www.futabasha.co.jp/（双葉社の書籍、コミック、ムックが買えます）
印刷　大日本印刷株式会社
製本　株式会社若林製本工場

ISBN 978-4-575-31842-5 C0076

落丁・乱丁の場合は送料小社負担にてお取り替えいたします。
「製作部」宛にお送りください。 ただし古書店で購入したものについてはお取り替えできません。
電話 03-5261-4822（製作部）
本書のコピー、スキャン、デジタル化等の無断複製・転載は著作権法上での例外を除き禁じられています。
本書を代行業者等の第三者に依頼してスキャンやデジタル化することは、
たとえ個人や家庭内での利用でも著作権法違反です。

定価はカバーに表示してあります。

いちばん強《つよ》いヤツはだれだ!?
妖怪《ようかい》VS UMA《ユーマ》
妖と
UNIDENTIFIED MYSTERIOUS ANIMAL
UMA
魔《ま》物《もの》王《おう》
超《ちょう》バトル図《ず》鑑《かん》
CHAMPION
永岡書店
JN0101139

はじめに

妖怪軍団《ようかいぐんだん》とUMA《ユーマ》軍団《ぐんだん》が激突《げきとつ》し
超自然生物界《ちょうしぜんせいぶつかい》の最強王者《さいきょうおうじゃ》を決《き》める『超《ちょう》バトル図鑑《ずかん》』
ルール無用《むよう》の完全《かんぜん》デスマッチ、頂点《ちょうてん》を極《きわ》めるのは誰《だれ》だ!?

『妖怪《ようかい》vs.UMA《ユーマ》』という、この企画《きかく》を始《はじ》めて聞《き》いたときに、僕《ぼく》は少年時代《しょうねんじだい》を思《おも》い出《だ》していた。

僕《ぼく》の子《こ》どものころはまだUMA《ユーマ》（未確認生物《みかくにんせいぶつ》）といった呼称《こしょう》がなく、怪獣《かいじゅう》とか怪物《かいぶつ》とか呼《よ》ばれていた。もちろん、妖怪《ようかい》という言葉《ことば》はあった。この両者《りょうしゃ》が戦《たたか》うという企画《きかく》そのものは、オカルト好《ず》きの子供《こども》たちの間《あいだ》では、夢《ゆめ》の対決《たいけつ》として夢想《むそう》されていた。

しかし、現実《げんじつ》には両者《りょうしゃ》が戦《たたか》うことはなく、せいぜいテレビの中《なか》で世界《せかい》の野獣同士《やじゅうどうし》でバトルするとか、アニメの中《なか》で妖怪同士《ようかいどうし》がバトルするくらいのものであった。それが今回《こんかい》、実現《じつげん》したわけだ。

自分《じぶん》で言《い》うのもなんだが妖怪《ようかい》とUMA《ユーマ》が対決《たいけつ》するにあたって、21世紀《せいき》においては、私《わたくし》こと山口敏太郎《やまぐちびんたろう》が最《もっと》もプロモーター兼《けん》レフェリーとして適任《てきにん》かと思《おも》われる。

最初《さいしょ》に考《かんが》えたのは、変幻自在《へんげんじざい》な技《わざ》を使《つか》う妖怪《ようかい》と、ただの動物《どうぶつ》であるUMA《ユーマ》を一緒《いっしょ》にリングに並《なら》べて良《よ》いのかどうかというとまどいである。この問題《もんだい》は大《おお》いに著者《ちょしゃ》を苦《くる》しめた。

だが、そのけねんも「戦《たたか》うことによって進化《しんか》をとげる」という概念《がいねん》を持《も》ちこんだことでクリアした。そもそも、UMA《ユーマ》は性質《せいしつ》や生態《せいたい》がよくわからない存在《そんざい》である。彼《かれ》らがピンチに追《お》いこまれることによってどんな能力《のうりょく》を発揮《はっき》するのか、それは全《まった》く未知《みち》の分野《ぶんや》であった。

それから、バトル形式《けいしき》だが、これまたどうやって戦《たたか》っていいのか、全《まった》くわからなかった。そこで、筆《ひっ》者《しゃ》は何《なん》でもありのプロレスを導入《どうにゅう》することにした。

くわしい人《ひと》はご存知《ぞんじ》だろうが、筆者《ひっしゃ》はたぐいまれなるプロレス好《す》きである。もちろん総合格闘技《そうごうかくとうぎ》も大好物《だいこうぶつ》なのだ。そのプロレスの仕組《しく》みの中《なか》に妖怪《ようかい》とUMA《ユーマ》を投入《とうにゅう》したところ、化学反応《かがくはんのう》が発《はっ》生《せい》した。奇想天外《きそうてんがい》な、はるかに想像《そうぞう》を超《こ》えた戦《たたか》いがくり広《ひろ》げられたのだ。

山口敏太郎《やまぐちびんたろう》

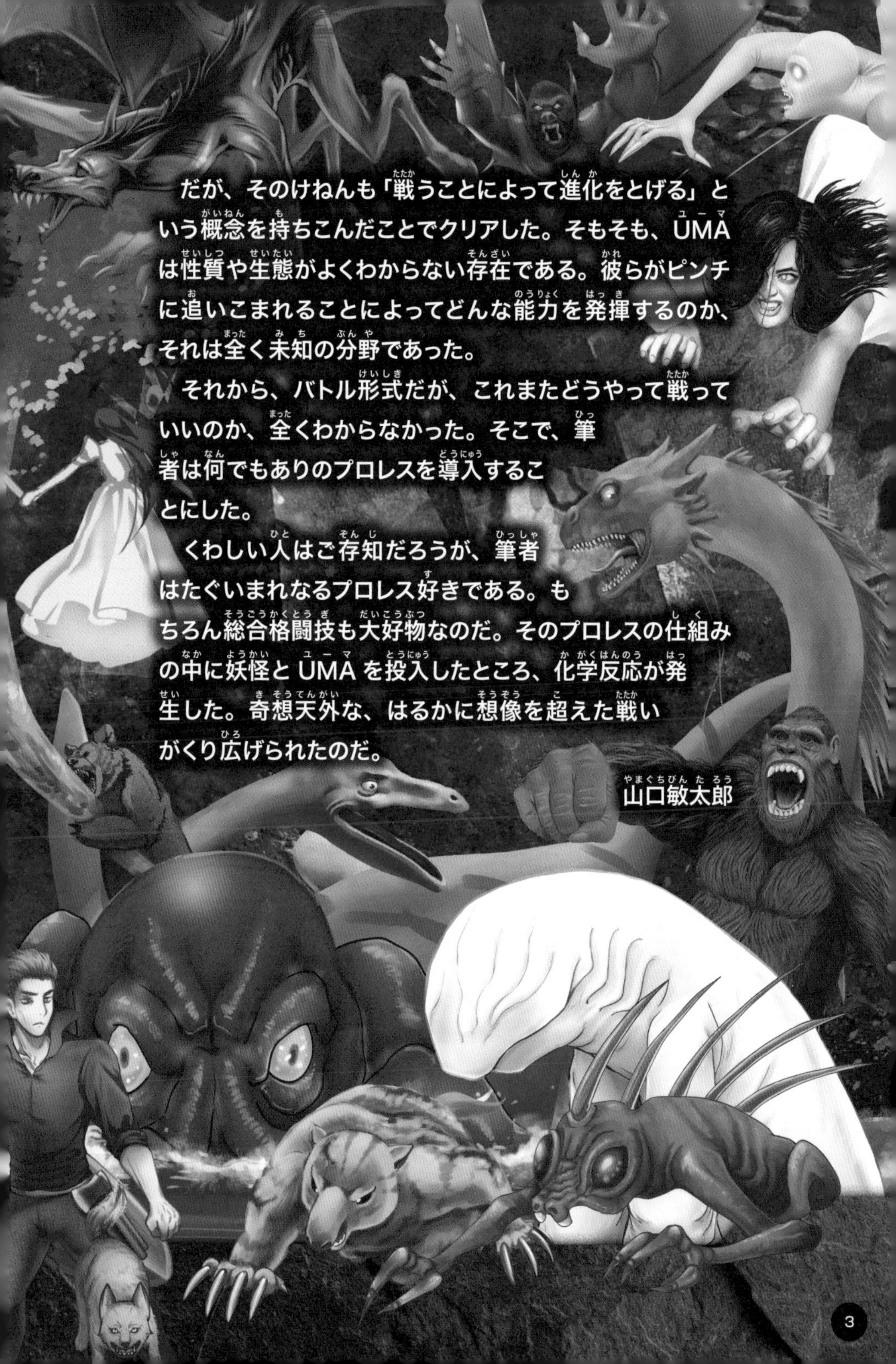

妖怪《ようかい》 vs. UMA《ユーマ》〈魔物王《まものおう》〉超《ちょう》バトル図鑑《ずかん》

いちばん強《つよ》いヤツはだれだ!?

対戦表《たいせんひょう》

妖 赤腕《あかうで》
U 46-B《ビー》
妖 あくる
U チュパカブラ
妖 天狗《てんぐ》
妖 あやかし
U ハウンズマン
妖 桂男《かつらおとこ》
U オクトカッチ
U モンゴリアンデスワーム
妖 牛鬼《うしおに》
U ジャージーデビル
妖 いつまで
U ホワイトレディ
妖 九尾《きゅうび》の狐《きつね》
妖 トンカラトン
U シーサーペント
妖 金長《きんちょう》タヌキ
U ポンティアナク
U ビッグフット

1 P8
2 P11
17 P62
25 P88
3 P14
4 P17
18 P65
26 P92
準々決勝《じゅんじゅんけっしょう》 33 P124
5 P20
6 P23
19 P68
27 P96
7 P26
8 P29
20 P71
28 P100
準々決勝《じゅんじゅんけっしょう》 34 P127
準決勝《じゅんけっしょう》 37 P142
決勝《けっしょう》 39 P152

妖怪軍《ようかいぐん》のエンブレム

CONTENTS

COLUMN

日《に》本《ほん》を代表《だいひょう》する新旧《しんきゅう》の妖怪《ようかい》、生態不《せいたいふ》明《めい》な謎《なぞ》だらけのUMA《ユーマ》、それぞれの顔《かお》ぶれが出《で》そろった！　シード枠《わく》に配置《はいち》されたのは、最強《さいきょう》をほこるレジェンド級《きゅう》の妖怪《ようかい》&UMA《ユーマ》たちだ。前代未聞《ぜんだいみもん》の決戦《けっせん》の火《ひ》ぶたが切《き》られる！

妖　妖怪軍《ようかいぐん》

U　UMA軍《ユーマぐん》

- 38 P145 準決勝《じゅんけっしょう》
  - 35 P130 準々決勝《じゅんじゅんけっしょう》
    - 29 P104
      - 21 P74
        - 9 P34
          - 妖 ダイダラボッチ
          - U バッツカッチ
        - 10 P37
          - 妖 牛打《うしう》ち坊《ぼう》
          - U モルガンビースト
      - U ネッシー
    - 30 P108
      - 22 P77
        - 11 P40
          - 妖 アクロバティックサラサラ
          - U ベアドック
        - 12 P44
          - 妖 大獄丸《おおたけまる》
          - U ガゼカ
      - 妖 酒呑童子《しゅてんどうじ》
  - 36 P133 準々決勝《じゅんじゅんけっしょう》
    - 31 P112
      - 23 P80
        - 13 P46
          - 妖 ケラケラ女《おんな》
          - U スプリングヒールジャック
        - 14 P49
          - 妖 夜刀神《やとのかみ》
          - U オイリーマン
      - U スカイヘアー
    - 32 P116
      - 24 P83
        - 15 P52
          - 妖 カシマレイコ
          - U ジーナフォイロ
        - 16 P55
          - 妖 龍《りゅう》
          - U ニンゲン
      - 妖 ヤマタノオロチ

UMA《ユーマ》 軍《ぐん》のエンブレム

エキシビション

ルール解説《かいせつ》

2つのチームで戦《たたか》うトーナメント戦《せん》

人間《にんげん》の能力《のうりょく》を超《こ》えた、変幻自在《へんげんじざい》の技《わざ》で戦《たたか》う「妖怪軍《ようかいぐん》」と、目撃《もくげき》情報《じょうほう》はあるものの、戦闘能力《せんとうのうりょく》については未知数《みちすう》の「未確認生物《みかくにんせいぶつ》軍《ぐん》」が、ガチンコでぶつかりあうトーナメント戦《せん》。それぞれのチームで特《とく》に強《つよ》いとされているものを「レジェンド選手《せんしゅ》」として、シード枠《わく》に置《お》くことができる。勝《か》ち進《すす》むと、同《おな》じチームの選手《せんしゅ》どうしで戦《たたか》うケースも出《で》てくる。

日本代表《にほんだいひょう》チーム

妖怪軍《ようかいぐん》

怪《あや》しい妖術《ようじゅつ》の使《つか》い手《て》から、神《かみ》として恐《おそ》れられた者《もの》まで、日本《にほん》の各地《かくち》から最強《さいきょう》の呼《よ》び声高《こえたか》い妖《よう》怪《かい》たちが集結《しゅうけつ》した。

世界代表《せかいだいひょう》チーム

UMA《ユーマ》（未確認生物《みかくにんせいぶつ》）軍《ぐん》

著名《ちょめい》な巨大《きょだい》UMA《ユーマ》から、謎《なぞ》につつまれたUMA《ユーマ》まで、世界《せかい》の未確認生物《みかくにんせいぶつ》が集結《しゅうけつ》し、ドリームチームを結成《けっせい》した。

何《なん》でもありのデスバトル

トーナメントで対戦《たいせん》する妖怪《ようかい》とUMA《ユーマ》は、何《なん》でもありのルールで戦《たたか》い、相手《あいて》を絶命《ぜつめい》させたり、相手《あいて》を戦闘不能《せんとうふのう》にすれば勝利《しょうり》となる。戦《たたか》うフィールド（場所《ばしょ》）は、ＡＩ《エーアイ》が戦力《せんりょく》バランスを考《かんが》えて設定《せってい》する。一方《いっぽう》が複数《ふくすう》でしかけてきたときは、相手《あいて》も複数《ふくすう》で応戦《おうせん》できる。

優勝《ゆうしょう》した選手《せんしゅ》がいるチームの勝利《しょうり》！

トーナメントを最後《さいご》まで勝《か》ち進《すす》んだ選手《せんしゅ》は、『魔物王《まものおう》』の称号《しょうごう》を手《て》にし、その選手《せんしゅ》が所属《しょぞく》するチームが勝利《しょうり》をつかみ、次《つぎ》のチャンピオンチームとなる。

エキシビションとは？

メインのバトルであるトーナメント戦《せん》とは別《べつ》に、「呪《のろ》い」「吸血《きゅうけつ》」「類人猿《るいじんえん》」という3つのコンセプトによる特別《とくべつ》なバトルを３試合設定《しあいせってい》した。

Battle《バトル》

1 → 16

1回戦《かいせん》

データの見方《みかた》

●サイズについて

小学校《しょうがっこう》４年生《ねんせい》の平均身長《へいきんしんちょう》140cm《センチメートル》を目安《めやす》にしています。

140cm

●ライフメーターについて

赤《あか》は妖怪《ようかい》、緑《みどり》はUMA《ユーマ》のライフメーターです。

LIFE

LIFE

美女《びじょ》が放《はな》つ!?超巨大《ちょうきょだい》メガトンパンチ VS.ロシアがかくし持《も》つ究極《きゅうきょく》の生物兵器《せいぶつへいき》

さくれつする幻《まぼろし》の右《みぎ》

赤腕《あかうで》

DATA

分類《ぶんるい》 はいかいする妖怪《ようかい》
生息《せいそく》 長崎県多良峠《ながさきけんたらとうげ》
時代《じだい》 江戸時代《えどじだい》
武器《ぶき》 巨大《きょだい》な右手《みぎて》のストレートパンチ

変幻自在《へんげんじざい》のイリュージョニスト

46-B《ビー》

DATA

分類《ぶんるい》 頭足類《とうそくるい》
生息《せいそく》 南極《なんきょく》ボストーク湖《こ》
時代《じだい》 21世紀《せいき》
武器《ぶき》 足《あし》を生物《せいぶつ》に擬態《ぎたい》させる

妖怪軍《ようかいぐん》

長崎県《ながさきけん》の山奥《やまおく》に出《しゅつ》ぼつした妖《よう》怪《かい》である。若《わか》い尼《あま》さんの姿《すがた》をしているが、とつじょ右《みぎ》うでを巨大化《きょだいか》させて、人間《にんげん》をつかみ上《あ》げる。おどろいた人間《にんげん》が逃走《とうそう》すると、先回《さきまわ》りしておばあさんに化《ば》けて待《ま》ちかまえている。そして再《ふたた》び右《みぎ》うでを巨大化《きょだいか》させておそう。

戦力分析《せんりょくぶんせき》

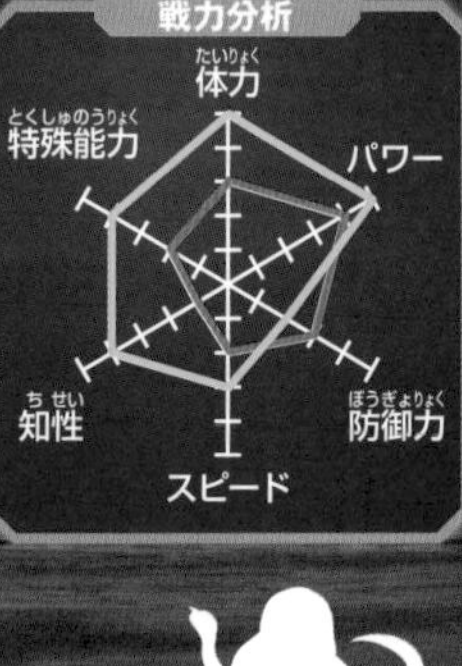

UMA軍《ユーマぐん》

ロシアは古《ふる》くから、世界中《せかいじゅう》の未確認生物《みかくにんせいぶつ》をほかくして、研究《けんきゅう》していた。発見《はっけん》した未確認《みかくにん》生物《せいぶつ》はナンバーをふって分類《ぶんるい》しており、それが名前《なまえ》の由来《ゆらい》だ。足《あし》をさまざまなものに変化《へんか》させる「擬《ぎ》態《たい》」を特技《とくぎ》とする。凶暴《きょうぼう》な性格《せいかく》で、ロシアの調査団《ちょうさだん》もおそった。

身長《しんちょう》 2〜3m《メートル》▶
形態《けいたい》 人《ひと》の姿《すがた》

◀体長《たいちょう》 33m《メートル》 体《からだ》のはば 14m《メートル》
形態《けいたい》 タコの姿《すがた》

シー 1

46-B《ビー》の触手《しょくしゅ》がのびて、赤腕《あかうで》をしめ上《あ》げる

長崎近海《ながさききんかい》に姿《すがた》を現《あらわ》した46-B《ビー》を、巨大《きょだい》な尼《あま》さんの姿《すがた》の赤腕《あかうで》が待《ま》ち受《う》ける。両者《りょうしゃ》、距離《きょり》をつめながらの激《はげ》しいにらみ合《あ》い。46-B《ビー》は、上半身《じょうはんしん》を浜辺《はまべ》に上陸《じょうりく》させるやいなや、ものすごいスピードで触手《しょくしゅ》をのばし、赤腕《あかうで》をとらえて、万力《まんりき》のような強《つよ》い力《ちから》でしめ上《あ》げる。

シーン2 赤腕《あかうで》のパンチが、触手《しょくしゅ》を切断《せつだん》！

赤腕《あかうで》は、右《みぎ》うでを巨大化《きょだいか》させると、46-B《ビー》におそいかかる。激《はげ》しいパンチで切断《せつだん》される触手《しょくしゅ》。赤腕《あかうで》は老婆《ろうば》の姿《すがた》に変化《へんか》し、右《みぎ》うでをますます巨大化《きょだいか》させ、さらに攻撃《こうげき》を46-B《ビー》に加《くわ》える。

シーン3 46-B《ビー》の触手《しょくしゅ》が、赤腕《あかうで》に擬態《ぎたい》！！

46-B《ビー》はすぐに体勢《たいせい》を立《た》て直《なお》し、すべての触手《しょくしゅ》を自《みずか》ら切断《せつだん》する。そのとたん、切断《せつだん》された触手《しょくしゅ》が、すべて赤腕《あかうで》に変化《へんか》！　擬態化《ぎたいか》してたん生《じょう》した赤腕《あかうで》たちは、いっせいに赤腕本人《あかうでほんにん》におそいかかる。赤腕《あかうで》は絶《ぜっ》きょうし、消《しょう》めつする。

バトル結果《けっか》

赤腕《あかうで》の右《みぎ》うでの攻撃《こうげき》に苦戦《くせん》させられた46-B《ビー》だったが、自《みずか》ら切断《せつだん》した触手《しょくしゅ》を擬態《ぎたい》化《か》させる技《わざ》で反撃《はんげき》し、逆転勝利《ぎゃくてんしょうり》を手《て》にした。

ヤマトタケルも手《て》こずった海《うみ》の怪物《かいぶつ》 VS.空《そら》跳《と》ぶ謎《なぞ》の怪獣《かいじゅう》

DATA

分類《ぶんるい》 海《うみ》の妖怪《ようかい》
生息《せいそく》 瀬戸内海《せとないかい》
時代《じだい》 神話時代《しんわじだい》
武器《ぶき》 長《なが》い体《からだ》を利用《りよう》し、相《あい》手《て》を水中《すいちゅう》に引《ひ》きずりこむ

天《てん》を舞《ま》う華麗《かれい》なる空中殺法《くうちゅうさっぽう》
チュパカブラ

DATA

分類《ぶんるい》 ほ乳類《にゅうるい》と思《おも》われる
生息《せいそく》 プエルトリコ、南米《なんべい》
時代《じだい》 20世紀《せいき》
武器《ぶき》 するどいかぎツメ、するどいキバ、跳《ちょう》やく力《りょく》

瀬戸内海《せとないかい》の暴《あば》れん坊《ぼう》
あくる

妖怪軍《ようかいぐん》

神話時代《しんわじだい》、瀬戸内海《せとないかい》にすんでいたという超巨大魚《ちょうきょだいぎょ》。その大《おお》きさは、船《ふね》をひとのみしてしまうほどだったという。古代日本《こだいにほん》の英雄《えいゆう》・日本武尊（ヤマトタケルノミコト）との水中戦《すいちゅうせん》では、そう絶《ぜつ》な死闘《しとう》をくり広《ひろ》げた。

戦力分析《せんりょくぶんせき》

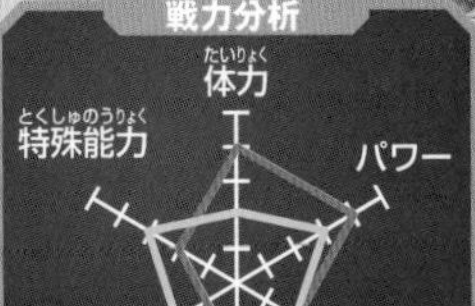

UMA軍《ユーマぐん》

最初《さいしょ》はカリブ海《かい》にあるプエルトリコで目撃《もくげき》され、やがて南米《なんべい》でも多数目撃《たすうもくげき》されるようになった。最近《さいきん》はアメリカ本国《ほんど》でもぎせい者《しゃ》が確認《かくにん》されている。地《ち》上《じょう》をすさまじいジャンプ力《りょく》で移動《いどう》することが多《おお》く、するどいキバで血《ち》を吸《す》うのが特《とく》ちょう。

体長《たいちょう》 10～15m《メートル》
形態《けいたい》 魚《さかな》の姿《すがた》

体長《たいちょう》 50cm《センチメートル》～1m《メートル》20cm《センチメートル》
形態《けいたい》 異形《いぎょう》の姿《すがた》

南米《なんべい》の港《みなと》

南米《なんべい》のとある港《みなと》。あくるが港《みなと》に置《お》かれたコンテナを静《しず》かに見《み》つめている。作業員《さぎょういん》によってコンテナが開《あ》けられると、その中《なか》に怪《あや》しく光《ひか》る眼《がん》光《こう》。すかさず、コンテナからチュパカブラがくるくると空中《くうちゅう》を舞《ま》って飛《と》び出《だ》し、あくるの背中《せなか》に食《く》らいつく。深《ふか》く食《く》いこむツメとキバ。

シーン1 チュパカブラのツメとキバが食いこむ!

体《からだ》をくねらせて苦《くる》しむあくるは、大《おお》きく海上《かいじょう》へジャンプ。ものすごい落《らく》差《さ》で海中《かいちゅう》に落《お》ちていく。必死《ひっし》に背中《せなか》に食《く》らいつき、血《ち》を吸《す》い続《つづ》けるチュパカブラ。

シーン2 あくる、敵《てき》をふりはらう大《だい》ジャンプ!

数時間後《すうじかんご》、プッカリと海上《かいじょう》に浮《う》き上《あ》がるあくるの死《し》がい。その背中《せなか》には、チュパカブラがしっかりとくらいついている。あくるは全身《ぜんしん》の血《ち》を吸《す》われて絶命《ぜつめい》してしまったのだ。チュパカブラのほうこうがひびきわたる。

Winner!

UNIDENTIFIED MYSTERIOUS ANIMAL UMA

勝者《しょうしゃ》 UMA軍《ユーマぐん》 チュパカブラ

シーン3

チュパカブラ、血《ち》を吸《す》いつくす

バトル結果《けっか》

コンテナにひそみ、得意《とくい》の跳《ちょう》やく力《りょく》を活《い》かした、チュパカブラの奇襲作戦《きしゅうさくせん》が見事《みごと》にはまった。あくるは、なすすべもなく吸血《きゅうけつ》され、力《ちから》つきてしまった。

海《うみ》をただよう幻術師《げんじゅつし》 VS.オノをあやつる妖怪《ようかい》ハンター

魔物《まもの》狩《が》り血《ち》しぶきのヒットマン ハウンズマン

長《なが》すぎる魔術師《まじゅつし》 あやかし

DATA

分類《ぶんるい》 海《うみ》の妖怪《ようかい》
生息《せいそく》 太平洋《たいへいよう》
時代《じだい》 江戸時代《えどじだい》
武器《ぶき》 巨大《きょだい》な体《からだ》、全身《ぜんしん》からにじみ出《で》る油《あぶら》

DATA

分類《ぶんるい》 人間型UMA《にんげんがたユーマ》
生息《せいそく》 イギリス
時代《じだい》 21世紀《せいき》
武器《ぶき》 オノ、イヌ

妖怪軍《ようかいぐん》

全《ぜん》長《ちょう》があまりにも長《なが》すぎて、頭部《とうぶ》と尻尾《しっぽ》を一度《いちど》に見《み》た者《もの》はいない。船《ふね》に出《で》くわすとまたいでいくが、全身《ぜんしん》から油《あぶら》を放出《ほうしゅつ》しながら移動《いどう》するので、船員《せんいん》は必《ひっ》死《し》に油《あぶら》をかき出《だ》さないといけなくなる。あやかしが船《ふね》をまたぎきるのに、3日《か》間《かん》（!）といわれる。

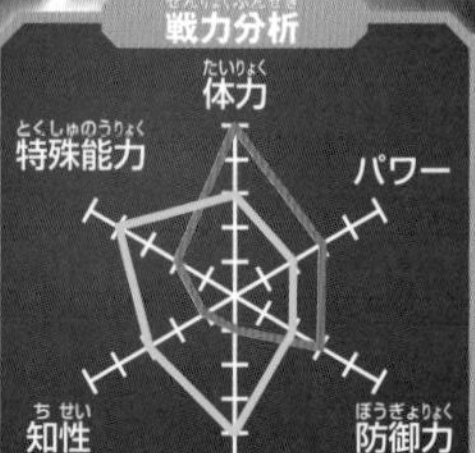

UMA軍《ユーマぐん》

イギリスの田舎《いなか》に出現《しゅつげん》し、手《て》に持《も》ったオノで相手《あいて》を粉《ふん》さいする。最後《さいご》は、いつも連《つ》れ歩《ある》いているイヌによる攻撃《こうげき》でとどめをさす。一見《いっけん》ごくふつうの人間《にんげん》に見《み》えるが、その肉体《にくたい》の強《つよ》さは、完全《かんぜん》に人間《にんげん》のレベルを超《こ》えている。

体長《たいちょう》 数百《すうひゃく》〜数千km《すうせんキロメートル》▶
形態《けいたい》 非常《ひじょう》に体《からだ》が長《なが》い

◀**身長《しんちょう》** 2m《メートル》以上《いじょう》
形態《けいたい》 イヌを連《つ》れている

シーン1 ハウンズマン、さっそうと現《あらわ》れる

港《みなと》にセスナ機《き》が着陸《ちゃくりく》し、中《なか》からハウンズマンが降《お》りてくる。手《て》にはサーフボードを持《も》ち、腰《こし》には無数《むすう》のオノをぶら下《さ》げている。あやかしは、海中《かいちゅう》で背中《せなか》を持《も》ち上《あ》げて臨戦体勢《りんせんたいせい》。

シーン2 ハウンズマンのオノが、あやかしにつきささる！

サーフボードで海《うみ》に乗《の》り出《だ》すハウンズマンとイヌ。とつ然《ぜん》、ハウンズマンは、素早《すばや》く腰《こし》のオノを投《な》げつける。オノの攻撃《こうげき》を体《からだ》で受《う》けとめたあやかしの血《ち》しぶきが上《あ》がる。

とどめをさそうと、とびかかるハウンズマンとイヌ。あやかしは、全身《ぜんしん》から油《あぶら》を放《ほう》出《しゅつ》していかくする。ハウンズマンとイヌがひるんだしゅん間《かん》に、あやかしは巨大《きょだい》な体《からだ》をキリキリと巻《ま》きつけてしめ上《あ》げ、海《かい》中深《ちゅうふか》くもぐっていく。数日後《すうじつご》、ハウンズマンとイヌの息絶《いきた》えた姿《すがた》が発見《はっけん》された。

シーン3 あやかし、全身《ぜんしん》の油《あぶら》と長《なが》い体《からだ》で反撃《はんげき》！

妖 Winner!

勝者《しょうしゃ》 妖怪軍《ようかいぐん》 あやかし

バトル結果《けっか》

ハウンズマンのオノによる攻撃《こうげき》で、ダメージを受《う》けたあやかし。しかし、冷静《れいせい》に得意《とくい》の攻撃《こうげき》パターンに持《も》っていった、あやかしに軍配《ぐんばい》があがった。

宇宙《うちゅう》を知《し》りつくした魔人《まじん》 VS.謎《なぞ》めくハイブリッド生物《せいぶつ》

月面《げつめん》の大魔王《だいまおう》 桂男《かつらおとこ》

タコとビッグフットの合体生物《がったいせいぶつ》 オクトカッチ

DATA

分類《ぶんるい》 宇宙《うちゅう》の妖怪《ようかい》
生息《せいそく》 月面《げつめん》
時代《じだい》 平安時代《へいあんじだい》
武器《ぶき》 体《からだ》を自由《じゆう》にのびちぢみさせる、岩《いわ》や砂《すな》に変化《へんか》

DATA

分類《ぶんるい》 類人猿《るいじんえん》UMA《ユーマ》
生息《せいそく》 スペイン山岳部《さんがくぶ》の水辺《みずべ》
時代《じだい》 20世紀《せいき》
武器《ぶき》 タコの触手《しょくしゅ》を使《つか》ったしめ技《わざ》

妖怪軍《ようかいぐん》

日本《にほん》の古《ふる》い伝承《でんしょう》では、巨大《きょだい》な姿《すがた》で月《つき》にすむといわれていた。月《つき》を長《なが》くながめる人間《にんげん》に手《て》まねきをし、命《いのち》をうばうという。平安時代《へいあんじだい》、美男子《びだんし》のことを「桂《かつら》男《おとこ》」とも呼《よ》んだので、美《うつく》しい顔《かお》の妖怪《ようかい》だったかもしれないが、全身《ぜんしん》岩《いわ》のような姿《すがた》という説《せつ》もある。

身長《しんちょう》 しんしゅく自在《じざい》▶
形態《けいたい》 全身岩《ぜんしんいわ》のような体《からだ》

戦力分析《せんりょくぶんせき》

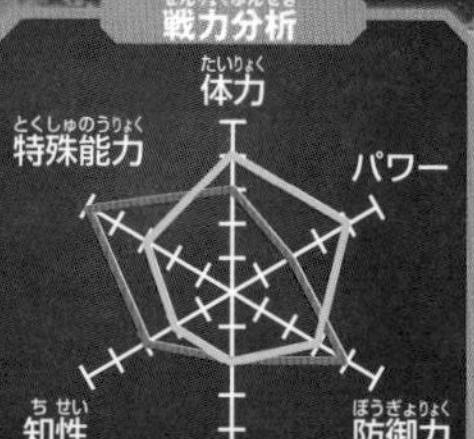

UMA《ユーマ》軍《ぐん》

スペインの山間部《さんかんぶ》において登《と》山客《ざんきゃく》が目撃《もくげき》した。下半身《かはんしん》がタコ、上半身《じょうはんしん》がビッグフットの怪物《かいぶつ》で、あまりの異様《いよう》さに言葉《ことば》を失《うしな》ったという。おそらく、水辺《みずべ》にいないと生息《せいそく》できないと思《おも》われる。

◀**体長《たいちょう》** 2m《メートル》前後《ぜんご》
形態《けいたい》 上半身《じょうはんしん》がビッグフット、下半身《かはんしん》がタコ

シーン1 両者《りょうしゃ》組《く》み合《あ》い、力《ちから》と力《ちから》でぶつかる！

大気圏外《たいきけんがい》に浮《う》かぶ国際宇宙《こくさいうちゅう》ステーション。そこにドッキングする宇宙船《うちゅうせん》。宇宙《うちゅう》ステーション内部《ないぶ》には、特設《とくせつ》リングがつくられている。宇宙船《うちゅうせん》から降《お》り立《た》つオクトカッチ。大《おお》きなうなり声《ごえ》をあげる。すると目《め》の前《まえ》に桂男《かつらおとこ》の姿《すがた》が現《あらわ》れる。がっぷりと組《く》み合《あ》う両者《りょうしゃ》。

シーン2 オクトカッチ、触手《しょくしゅ》で桂男《かつらおとこ》をしめ上《あ》げる

力《ちから》は全《まった》くの互角《ごかく》。ジリジリと時間《じかん》が過《す》ぎていく。するとオクトカッチが、下半身《かはんしん》の触手《しょくしゅ》を使《つか》って桂男《かつらおとこ》をしめ上《あ》げる。もん絶《ぜつ》する桂男《かつらおとこ》。

シーン3 桂男《かつらおとこ》の会心《かいしん》の一撃《いちげき》！

桂男《かつらおとこ》が苦《くる》しまぎれに、オクトカッチの体《からだ》を宇宙《うちゅう》ステーションの機器《きき》に打《う》ちつけた。すると、船内《せんない》の空《くう》気《き》がぬけていき、オクトカッチの表皮《ひょうひ》がみるみるしぼんでいく。やがて動《うご》かなくなるオクトカッチ。後《あと》にはニヤリと笑《わら》う桂男《かつらおとこ》。

バトル結果《けっか》

まさに力《ちから》と力《ちから》がぶつかり合《あ》う、手《て》に汗《あせ》にぎる攻防《こうぼう》となった。ふだんは月《つき》で暮《く》らすため、宇宙空間《うちゅうくうかん》の行動《こうどう》になれている桂男《かつらおとこ》が有利《ゆうり》に試合《しあい》を進《すす》め、勝《しょう》利《り》をつかんだ。

Battle 05 第1回戦

ブレーキのこわれた重戦車《じゅうせんしゃ》 VS.空《そら》かけ回《まわ》る戦闘機《せんとうき》

人間《にんげん》が変化《へんか》した悪魔《あくま》

ジャージーデビル

DATA

分類《ぶんるい》 水陸両用《すいりくりょうよう》の妖怪《ようかい》
生息《せいそく》 海《うみ》、河川《かせん》、泉《いずみ》
時代《じだい》 平安時代《へいあんじだい》
武器《ぶき》 強大《きょうだい》なパワー

DATA

分類《ぶんるい》 人間《にんげん》から生《う》まれたUMA《ユーマ》
生息《せいそく》 アメリカ・ニュージャージー州《しゅう》
時代《じだい》 18世紀《せいき》
武器《ぶき》 翼《つばさ》を使《つか》った空中殺法《くうちゅうさっぽう》、するどいキバ

高速《こうそく》の重爆機《じゅうばくき》

牛鬼《うしおに》

妖怪軍《ようかいぐん》

頭部《とうぶ》はウシ、下半身《かはんしん》がクモに似《に》ているのが一般的《いっぱんてき》であるが、頭部《とうぶ》はウシ、下半身《かはんしん》が鬼《おに》というタイプも存在《そんざい》する。大《おお》きな体《からだ》の割《わり》には、スピードが速《はや》く、陸《りく》でも海《うみ》でも十分《じゅうぶん》に戦《たたか》える強力《きょうりょく》な戦力《せんりょく》を持《も》つ。

体長《たいちょう》 3.3m《メートル》▶
形態《けいたい》 頭部《とうぶ》はウシ、下半身《かはんしん》はクモに似《に》ている

戦力分析《せんりょくぶんせき》

UMA軍《ユーマぐん》

1735年《ねん》にアメリカ・ニュージャージー州《しゅう》のデボラ・リーズが産《う》んだ13番目《ばんめ》の赤《あか》ちゃんがとつじょ変化《へんか》して生《う》まれた未確認《みかくにん》生物《せいぶつ》である。2000年代《ねんだい》に入《はい》ってからも、目撃《もくげき》はいぜんとして続《つづ》いている。

◀**体長《たいちょう》** 1.8 m《メートル》
形態《けいたい》 ウマのような顔《かお》、コウモリのような翼《つばさ》、全身《ぜんしん》は黒《くろ》い

シーン1 ジャージーデビル、牛鬼《うしおに》を発見《はっけん》

ジャージーデビルは、真《ま》っ赤《か》な目《め》を見開《みひら》いて、上空《じょうくう》10m《メートル》ぐらいの位置《いち》でホバーリングしている。西海岸沖《にしかいがんおき》に起《お》こった大《おお》きな波《なみ》のはざまに、牛鬼《うしおに》の姿《すがた》が現《あらわ》れ、まさに海《うみ》から上陸《じょうりく》しようとしている。

シーン2 ジャージーデビル、上空《じょうくう》から攻撃《こうげき》

上空《じょうくう》からするどいキバをむき出《だ》して、海《かい》上《じょう》の牛鬼《うしおに》にくらいつくジャージーデビル。ぐいぐいと、キバがくいこんでいく。ジャージーデビルを背負《せお》いながらも、必死《ひっし》になって上陸《じょうりく》する牛鬼《うしおに》。

シー

3

牛鬼《うしおに》の坂道《さかみち》ゴロゴロ戦法《せんぽう》！

Winner!

勝者《しょうしゃ》 妖怪軍《ようかいぐん》 牛《うし》鬼《おに》

そのまま牛鬼《うしおに》は、坂道《さかみち》をかけ上《のぼ》ると、自《みずか》ら横転《おうてん》して坂道《さかみち》を転《ころ》がり始《はじ》める。ゴロゴロと大《おお》きく回転《かいてん》し、背中《せなか》のジャージーデビルを押《お》しつぶしながら、坂道《さかみち》を下《くだ》っていく牛鬼《うしおに》。ジャージーデビルはかん高《だか》い悲鳴《ひめい》をあげるが、だんだんと声《こえ》が小《ちい》さくなっていく。やがて、牛鬼《うしおに》が勝利《しょうり》のおたけびをあげる。

バトル結果《けっか》

牛鬼《うしおに》の背中《せなか》にはりついて、かかんに攻撃《こうげき》をしかけたジャージーデビルであったが、牛鬼《うしおに》の機転《きてん》をきかせた反撃《はんげき》の前《まえ》に、敗《やぶ》れ去《さ》ってしまった。

非業《ひごう》の最期《さいご》をとげた怨念《おんねん》VS.交通事故死《こうつうじこし》した女《おんな》の霊《れい》

透明《とうめい》なる血《ち》みどろ美女《びじょ》
ホワイトレディ

疫病《えきびょう》で死《し》んだ怨霊《おんりょう》
いつまで

DATA

分類《ぶんるい》 空飛《そらと》ぶ妖怪《ようかい》
生息《せいそく》 京都《きょうと》・紫宸殿《ししんでん》
（天皇《てんのう》が儀式《ぎしき》を行《おこな》う場所《ばしょ》）
時代《じだい》 室町時代《むろまちじだい》
武器《ぶき》 剣《けん》のようにとがったツメ、するどいキバ

DATA

分類《ぶんるい》 人間型《にんげんがた》UMA《ユーマ》
生息《せいそく》 フィリピン
時代《じだい》 20世紀《せいき》
武器《ぶき》 透明《とうめい》になって相手《あいて》をかくらんさせる

妖怪軍《ようかいぐん》

室町時代《むろまちじだい》、日本全国《にほんぜんこく》で疫病《えきびょう》が流行《はや》り、多《おお》くの人《ひと》が亡《な》くなったが、死者《ししゃ》をとむらうよゆうがなく、死体《したい》は放置《ほうち》された。すると京都《きょうと》の紫宸殿《ししんでん》に、奇妙《きみょう》な声《こえ》で鳴《な》く怪鳥《かいちょう》が現《あらわ》れ、人《ひと》びとはその鳴《な》き声《ごえ》から「いつまで」と呼《よ》んだ。

戦力分析《せんりょくぶんせき》

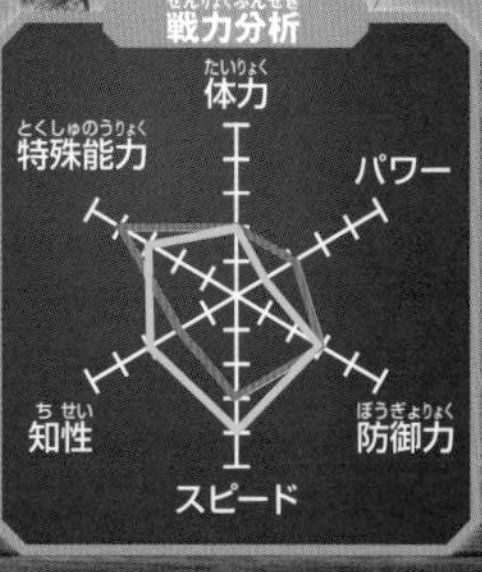

UMA《ユーマ》軍《ぐん》

正体《しょうたい》は交通事故《こうつうじこ》で亡《な》くなった白人《はくじん》の女性《じょせい》だという説《せつ》が強《つよ》い。フィリピンでは、彼女《かのじょ》を呼《よ》び出《だ》す歌《うた》が存在《そんざい》している。顔《かお》はのっぺらぼうであるという説《せつ》と、髪《かみ》の毛《け》をのばして目《め》だけ光《ひか》っているという説《せつ》がある。

身長《しんちょう》 2～3m《メートル》▶
形態《けいたい》 人《ひと》の顔《かお》、鳥《とり》の体《からだ》

◀**身長《しんちょう》** 人間《にんげん》と同《おな》じくらいの大《おお》きさ
形態《けいたい》 全身《ぜんしん》が透明《とうめい》で白《しろ》い服《ふく》を着《き》ている。足《あし》はない

メインフィールド

フィリピン　マニラの橋《はし》

シーン1　いつまで、かみつき攻撃《こうげき》

マニラの橋《はし》の上《うえ》で待《ま》ち構《かま》えるホワイトレディが、はるか上空《じょうくう》を見上《みあ》げる。そこへ日本《にほん》からやってきた、いつまでが急降下《きゅうこうか》し、ホワイトレディの肩《かた》にくらいつく。血《ち》しぶきを上《あ》げて苦《くる》しむホワイトレディ。

シーン2　ホワイトレディ、体《からだ》を消《け》してまどわす

次《つぎ》のしゅん間《かん》、ホワイトレディが姿《すがた》を消《け》してしまう。相手《あいて》がどこにいるのかわからず、困《こん》わくするいつまで。ホワイトレディは姿《すがた》を消《け》したり現《あらわ》したりして、いつまでを幻《げん》わくする。やがてホワイトレディが歌《うた》い始《はじ》める。

3 ホワイトレディの歌《うた》にさそわれ、助《すけ》っ人《と》参上《さんじょう》

歌《うた》に呼《よ》び出《だ》されてホワイトレディの仲間《なかま》、ブラックレディ、レッドレディが出現《しゅつげん》する。3匹《びき》に取《と》り囲《かこ》まれたいつまでは、いっせいにツメをつき立《た》てられ、「いつまで!」とさけんで消《しょう》めつする。

バトル結果《けっか》

体《からだ》を消《け》すことで相手《あいて》をかくらんさせたホワイトレディは、さらなる奥《おく》の手《て》であるブラックレディ、レッドレディの助《たす》けを得《え》て、見事《みごと》1回戦《かいせん》をとっぱした。

街中《まちなか》でとつじょ現《あらわ》れる現代妖怪《げんだいようかい》 VS.中世最恐《ちゅうせいさいきょう》の怪物《かいぶつ》

全身傷《ぜんしんきず》だらけ、現代《げんだい》のミイラ男《おとこ》

トンカラトン

動《うご》く海中山脈《かいちゅうさんみゃく》

シーサーペント

DATA

分類《ぶんるい》 人間型妖怪《にんげんがたようかい》
生息《せいそく》 現代《げんだい》、日本《にほん》に出没《しゅつぼつ》
時代《じだい》 20世紀《せいき》
武器《ぶき》 自転車《じてんしゃ》、手《て》に青龍刀《せいりゅうとう》を持《も》つ

DATA

分類《ぶんるい》 水棲《すいせい》UMA《ユーマ》
生息《せいそく》 世界《せかい》のあらゆる海《うみ》
時代《じだい》 中世《ちゅうせい》
武器《ぶき》 巨大《きょだい》な体《からだ》で相手《あいて》をしめ上《あ》げる

妖怪軍《ようかいぐん》

公園《こうえん》や道路《どうろ》に現《あらわ》れる、全身《ぜんしん》包帯姿《ほうたいすがた》の妖怪《ようかい》。青龍刀《せいりゅうとう》をふり上《あ》げて、大声《おおごえ》で何《なに》かをさけびながら自転車《じてんしゃ》に乗《の》り、走《はし》って追《お》ってくる。そのセリフは、「トンカラトンと言《い》え」だという。つかまったら、トンカラトンの仲間《なかま》にされる。

身長《しんちょう》 人間《にんげん》と同《おな》じくらい▶
形態《けいたい》 全身包帯《ぜんしんほうたい》で巻《ま》かれている、青龍刀《せいりゅうとう》を持《も》ち自転車《じてんしゃ》に乗《の》る

戦力分析《せんりょくぶんせき》

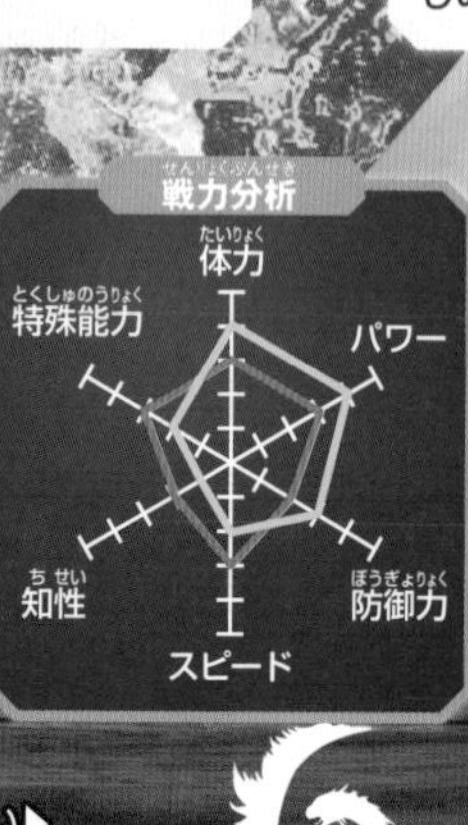

UMA軍《ユーマぐん》

ヨーロッパでは、中世《ちゅうせい》の時代《じだい》から、船乗《ふなの》りにとっての一番《いちばん》の恐怖《きょうふ》は、シーサーペントによる攻撃《こうげき》であった。クジラと戦《たたか》っている姿《すがた》が目撃《もくげき》されたり、海戦《かいせん》に巻《ま》きこまれて大砲《たいほう》などで吹《ふ》っ飛《と》んだりしている姿《すがた》が確認《かくにん》されている。

◀**体長《たいちょう》** 数十《すうじゅう》から数百《すうひゃく》m《メートル》
形態《けいたい》 蛇体《じゃたい》

シーン1
トンカラトンに、黒《くろ》い影《かげ》がせまる

博多《はかた》近郊《きんこう》の桟橋《さんばし》にたたずむトンカラトン。右手《みぎて》には青龍刀《せいりゅうとう》、足元《あしもと》には自転車《じてんしゃ》が転《ころ》がっている。水《みず》の中《なか》の黒《くろ》い影《かげ》とともに、ぐいぐいと波《なみ》がせまってくる。

シーン2
シーサーペント、おそいかかる

海中《かいちゅう》から姿《すがた》を現《あらわ》すシーサーペント。その大《おお》きな体《からだ》を使《つか》って、桟橋《さんばし》をバラバラにしてしまう。桟橋《さんばし》がくずれ去《さ》るしゅん間《かん》、自転車《じてんしゃ》に乗《の》って飛《と》び上《あ》がるトンカラトン。

シー3 トンカラトン、見事《みごと》な青龍刀《せいりゅうとう》さばき

トンカラトンが片手《かたて》に持《も》った青龍刀《せいりゅうとう》を、シーサーペントののど元《もと》につき立《た》て、そのまま体重《たいじゅう》をかけて、いきおいよく首《くび》を切《き》り落《お》とす。

バトル結果《けっか》

シーサーペントは、波《なみ》に乗《の》って奇襲攻撃《きしゅうこうげき》をしかけるが、落《お》ち着《つ》きはらったトンカラトンによるたくみな剣術《けんじゅつ》によって、あえなくやられてしまった。

伝説《でんせつ》の英雄《えいゆう》タヌキ VS. 小《ちい》さな女吸血鬼《おんなきゅうけつき》

義理《ぎり》人情《にんじょう》に厚《あつ》いナイスガイ

金長《きんちょう》タヌキ

DATA

分類《ぶんるい》 タヌキ妖怪《ようかい》
生息《せいそく》 徳島県小松島市《とくしまけんこまつしまし》
時代《じだい》 神話時代《しんわじだい》
武器《ぶき》 刀《かたな》

鮮血《せんけつ》の小《ちい》さな貴婦人《きふじん》

ポンティアナク

DATA

分類《ぶんるい》 吸血《きゅうけつ》UMA《ユーマ》
生息《せいそく》 インドネシア
時代《じだい》 18世紀《せいき》
武器《ぶき》 するどい キバを使《つか》った吸血《きゅうけつ》

妖怪軍《ようかいぐん》

義理《ぎり》がたい性格《せいかく》で、人情《にんじょう》に厚《あつ》いため、後《こう》はいのタヌキたちにしたわれている。徳島県《とくしまけん》では、六右衛門《ろくえもん》という残《ざん》ぎゃくな性格《せいかく》のタヌキの総大将《そうだいしょう》と戦《たたか》った、阿波狸合戦《あわたぬきがっせん》の逸話《いつわ》が伝《つた》わっている。

戦力分析《せんりょくぶんせき》

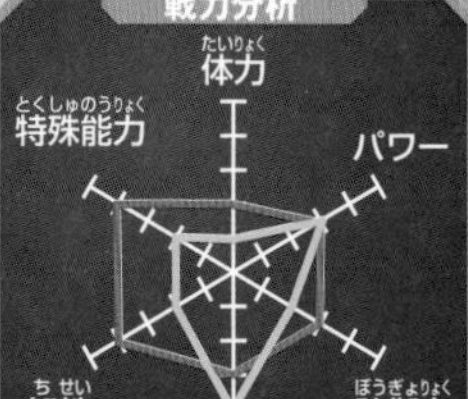

UMA軍《ユーマぐん》

インドネシアの神話《しんわ》などで昔《むかし》から語《かた》られていた、伝説《でんせつ》の魔物《まもの》。ウシやウマにしがみついて吸血《きゅうけつ》を行《おこな》う。一度《いちど》かみ付《つ》くと、なかなかはなれない。通常《つうじょう》は幼児《ようじ》の泣《な》き声《こえ》や女性《じょせい》の笑《わら》い声《こえ》とともに、満月《まんげつ》の下《した》に現《あらわ》れるといわれる。

体長《たいちょう》 1m《メートル》くらい▶
形態《けいたい》 タヌキの姿《すがた》

◀**体長《たいちょう》** 30cm《センチメートル》
形態《けいたい》 小《ちい》さな体《からだ》、するどいキバを持《も》つ

シーン1 ポンティアナクが、金長《きんちょう》タヌキに飛《と》びかかる

インドネシアの農村地帯《のうそんちたい》。刀《かたな》をたずさえた金長《きんちょう》タヌキがゆう然《ぜん》と立《た》っている。そこへポンティアナクが飛《と》びかかる。

シーン2 ポンティアナクが、金長《きんちょう》タヌキにかみつく

ポンティアナクが食《く》いつこうとすると、金長《きんちょう》タヌキが刀《かたな》をふり下《お》ろす。間一髪《かんいっぱつ》で身《み》をかわしたポンティアナクが、金長《きんちょう》タヌキのわき腹深《ばらふか》くキバを立《た》てた。苦《くる》しむ金長《きんちょう》タヌキ。

シーン3

金長《きんちょう》タヌキ、刀《かたな》で自《みずか》らも刺《さ》しつらぬく！

自分《じぶん》のわき腹《ばら》に食《く》いついているポンティアナクの上《うえ》から、刀《かたな》をつきさす金長《きんちょう》タヌキ。自《みずか》らの体《からだ》にも刀《かたな》がささってしまったが、見事《みごと》ポンティアナクをうちたおした。

妖

Winner!

勝者《しょうしゃ》 妖怪軍《ようかいぐん》 金長《きんちょう》タヌキ

バトル結果《けっか》

「死《し》なばもろとも」と、かくごを決《き》めた金長《きんちょう》タヌキは、刀《かたな》で自《みずか》らをつらぬきながらポンティアナクを撃破《げきは》した。刀傷《かたなきず》によるダメージは大《おお》きく、次戦《じせん》への影響《えいきょう》が心配《しんぱい》だ。

妖怪《ようかい》とは？

〜妖怪《ようかい》とは日本独自《にほんどくじ》の存在《そんざい》である〜

妖怪《ようかい》はエモいもの？

妖怪《ようかい》は、欧米《おうべい》のモンスターとはちがう。モンスターの出現《しゅつげん》の仕方《しかた》はただ単《たん》に強《つよ》くて怖《こわ》いというだけだが、日本《にほん》の妖怪《ようかい》は感情《かんじょう》にうったえかけてくる。怖《こわ》いだけでなく、どこかにくめない、かわいらしいところがあったりするのである。西洋《せいよう》のモンスターに比《くら》べると、日本《にほん》の妖怪《ようかい》は明《あき》らかにエモい（情緒《じょうちょ》が深《ふか》い）存在《そんざい》である。

ギリシャ神話《しんわ》に登場《とうじょう》する地獄《じごく》の番犬《ばんけん》ケルベロスは、3つの頭《あたま》、ヘビのしっぽを持《も》つ。

美女《びじょ》に化《ば》けている九尾《きゅうび》の狐《きつね》。
葛飾北斎《かつしかほくさい》『北斎漫画《ほくさいまんが》』より

チョウの羽《はね》を持《も》つ妖精《ようせい》。清潔《せいけつ》にしていることのご褒美《ほうび》として、6ペンスを靴《くつ》の中《なか》に落《お》としているところ。

妖怪《ようかい》はよくわからない（あいまいな）存在《そんざい》

ヨーロッパの妖精《ようせい》とも似《に》ているが少《すこ》しちがう。日本《にほん》の妖怪《ようかい》は妖精的《ようせいてき》ないたずらもするが、それ以上《いじょう》に凶悪《きょうあく》になってひどいこともする。行動《こうどう》の怖《こわ》さに差《さ》がありすぎて、なかなか定義《ていぎ》が固《かた》まりきらない。正体《しょうたい》が定《さだ》かではない、あいまいな存在《そんざい》が妖怪《ようかい》なのだ。

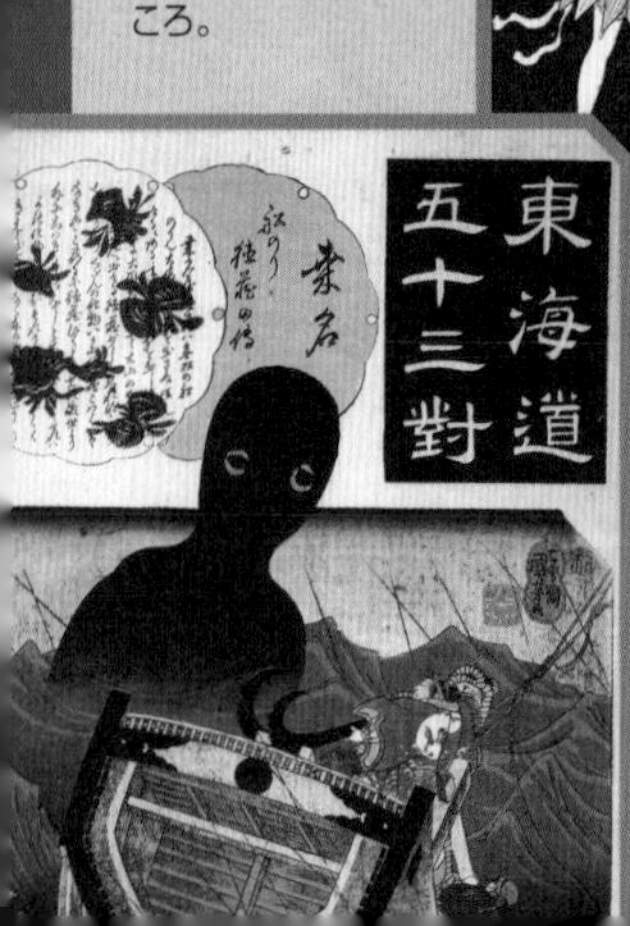

妖怪《ようかい》・海坊主《うみぼうず》の伝承《でんしょう》は、ちょっとしたいたずらから、船《ふね》を沈《しず》めるものまで様《さま》ざまだ。
一勇斎国芳《いちゅうさいくによし》『東海道五十三對《とうかいどうごじゅうさんつい》』より

妖怪《ようかい》の特《とく》ちょうは？

まず、妖怪《ようかい》は、火《ひ》を吹《ふ》くとか、姿《すがた》を消《け》すとか、人間《にんげん》に化《ば》けるとか、怪《あや》しい妖術《ようじゅつ》を使《つか》う。本来《ほんらい》、生物学的《せいぶつがくてき》に考《かんが》えてもありえないことをする。この生物学《せいぶつがく》の延長《えんちょう》では考《かんが》えられない超能力《ちょうのうりょく》を持《も》っている点《てん》が、大《おお》きな特《とく》ちょうである。

それに一番大事《いちばんだいじ》なことは、意味不《いみふ》明《めい》な行動《こうどう》をとることである。お茶《ちゃ》や豆腐《とうふ》を人間《にんげん》にすすめたり、砂《すな》や石《いし》を人間《にんげん》にふりかけたり、人間《にんげん》が道《みち》を歩《ある》いているとじゃまをしたりする。とにかく意味《いみ》がわからない。

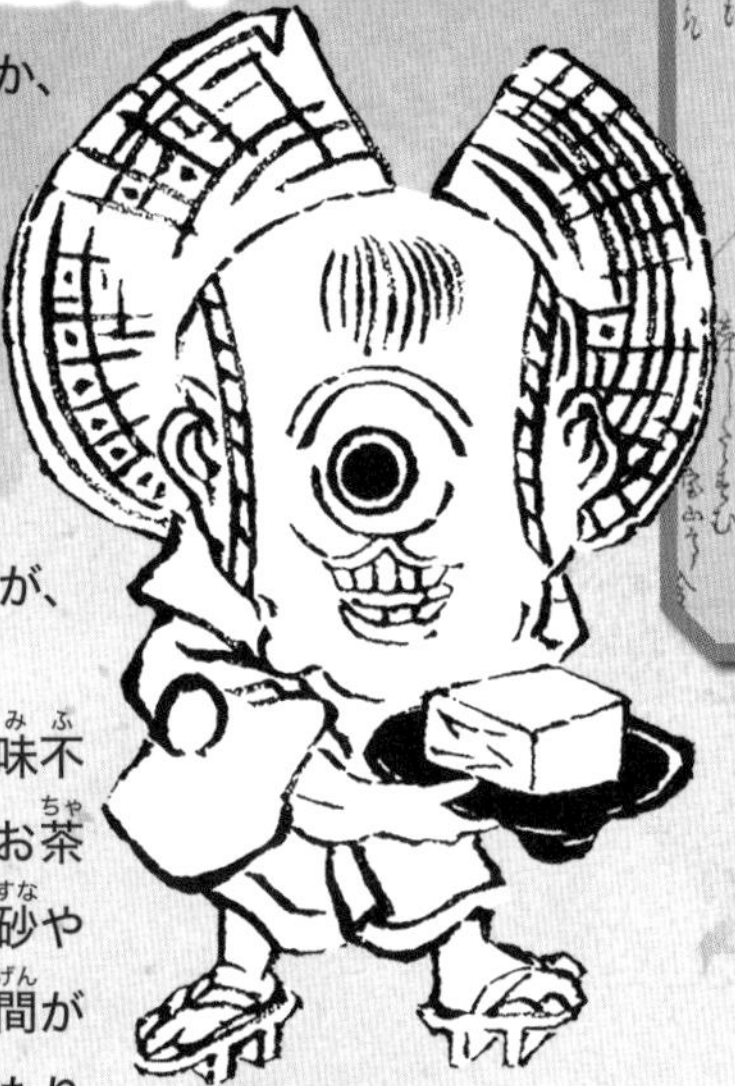

勝川春亭《かつかわしゅんてい》
『大時代唐土化物《おおじだいからのばけもの》』より

通《とお》りに現《あらわ》れて、豆腐《とうふ》を食《た》べるように進《すす》める謎《なぞ》の妖《よう》怪《かい》『豆腐小僧《とうふこぞう》』。子《こ》ども姿《すがた》をしたものや、一《ひと》つ目《め》のものがいる。
竜《りゅう》 斎閑人正澄《さいかんじんまさずみ》『狂歌《きょうか》 百《ひゃく》物語《ものがたり》』より

昔《むかし》の人《ひと》は、小豆《あずき》をとぐような音《おと》が聞《き》こえる怪《かい》異《い》を、小豆《あずき》とぎ(小豆洗《あずきあら》い)のしわざと考《かんが》えた。
竹原春泉《たけはらしゅんせん》『絵本百物語《えほんひゃくものがたり》』より

なぜ妖怪《ようかい》は生《う》まれた？

我《われ》われ日本人《にほんじん》は、意味不明《いみふめい》の怪現象《かいげんしょう》を全《すべ》て妖怪化《ようかいか》した。どこからともなく祭《まつ》りばやしが聞《き》こえることを「虚空太鼓《こくうだいこ》」「狸《たぬき》囃子《ばやし》」、夜中《よなか》に小豆《あずき》をとぐ音《おと》や小豆《あずき》を投《な》げる音《おと》が聞《き》こえたら、「小豆《あずき》とぎ」「小豆《あずき》よなげ石《いし》」のしわざとした。

とにかくわけのわからない怪現象《かいげんしょう》に、妖怪《ようかい》としてレッテルをはることで安心《あんしん》したのだ。一度妖怪《いちどようかい》として認識《にんしき》することで「ああ、あれは妖怪《ようかい》だから仕方《しかた》ないのだ」と胸《むね》をなでおろしたのだ。妖怪《ようかい》というのは、人間《にんげん》が社会生活《しゃかいせいかつ》を送《おく》るうえで、都合《つごう》の良《よ》いシステムであった。

山《やま》のごとき巨人《きょじん》
vs.謎《なぞ》だらけの悪魔《あくま》

戦《たたか》う妖怪山脈《ようかいさんみゃく》
ダイダラボッチ

DATA
分類《ぶんるい》 巨人型妖怪《きょじんがたようかい》
生息《せいそく》 日本《にほん》の山奥《やまおく》
時代《じだい》 神話時代《しんわじだい》
武器《ぶき》 巨大《きょだい》な体《からだ》を使《つか》った攻撃《こうげき》

空飛《そらと》ぶ肉体派《にくたいは》、リアルデビルマン
バッツカッチ

DATA
分類《ぶんるい》 人間型《にんげんがた》UMA《ユーマ》
生息《せいそく》 アメリカ・ワシントン州《しゅう》レーニア山《さん》ろく
時代《じだい》 20世紀《せいき》
武器《ぶき》 巨大《きょだい》な体《からだ》からくり出《だ》されるパワー

妖怪軍《ようかいぐん》

日《に》本《ほん》の古代《こだい》から神《かみ》がみに近《ちか》い存在《そんざい》としてあつかわれ、山《やま》や湖《みずうみ》などを作《つく》ったという話《はなし》が、各地《かくち》に残《のこ》されている。その巨《きょ》大《だい》な手足《てあし》は、山《やま》と同《おな》じぐらいあり、他《ほか》の妖怪《ようかい》を大《おお》きさとパワーで圧《あっ》とうする。

身長《しんちょう》 数十《すうじゅうメートル》ｍ～数百《すうひゃくメートル》ｍ
形態《けいたい》 岩《いわ》のようにがんじょうな体《からだ》

戦力分析《せんりょくぶんせき》

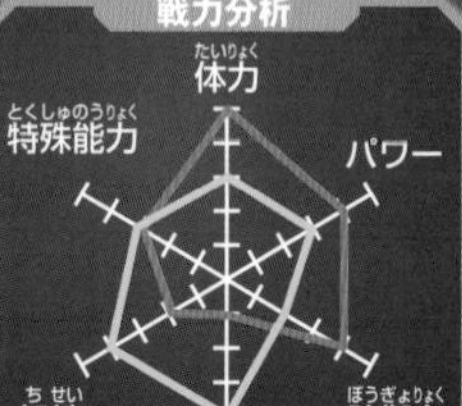

UMA《ユーマ》軍《ぐん》

1994年《ねん》、アメリカ・ワシントン州《しゅう》のレーニア山《さん》ろくの道《みち》ばたに出現《しゅつげん》した。7メートルあまりの巨体《きょたい》に、翼竜《よくりゅう》のような翼《つばさ》を持《も》ち、空《そら》を飛《と》び回《まわ》って戦《たたか》う。雪男《ゆきおとこ》「サスカッチ」とヒーロー「バットマン」を合《あ》わせて、2で割《わ》ったような姿《すがた》である。

身長《しんちょう》 約《やく》7ｍ《メートル》
形態《けいたい》 背中《せなか》に大《おお》きな翼《つばさ》がある

シーン1 バッツカッチ、空《そら》から敵《てき》をほんろうする！

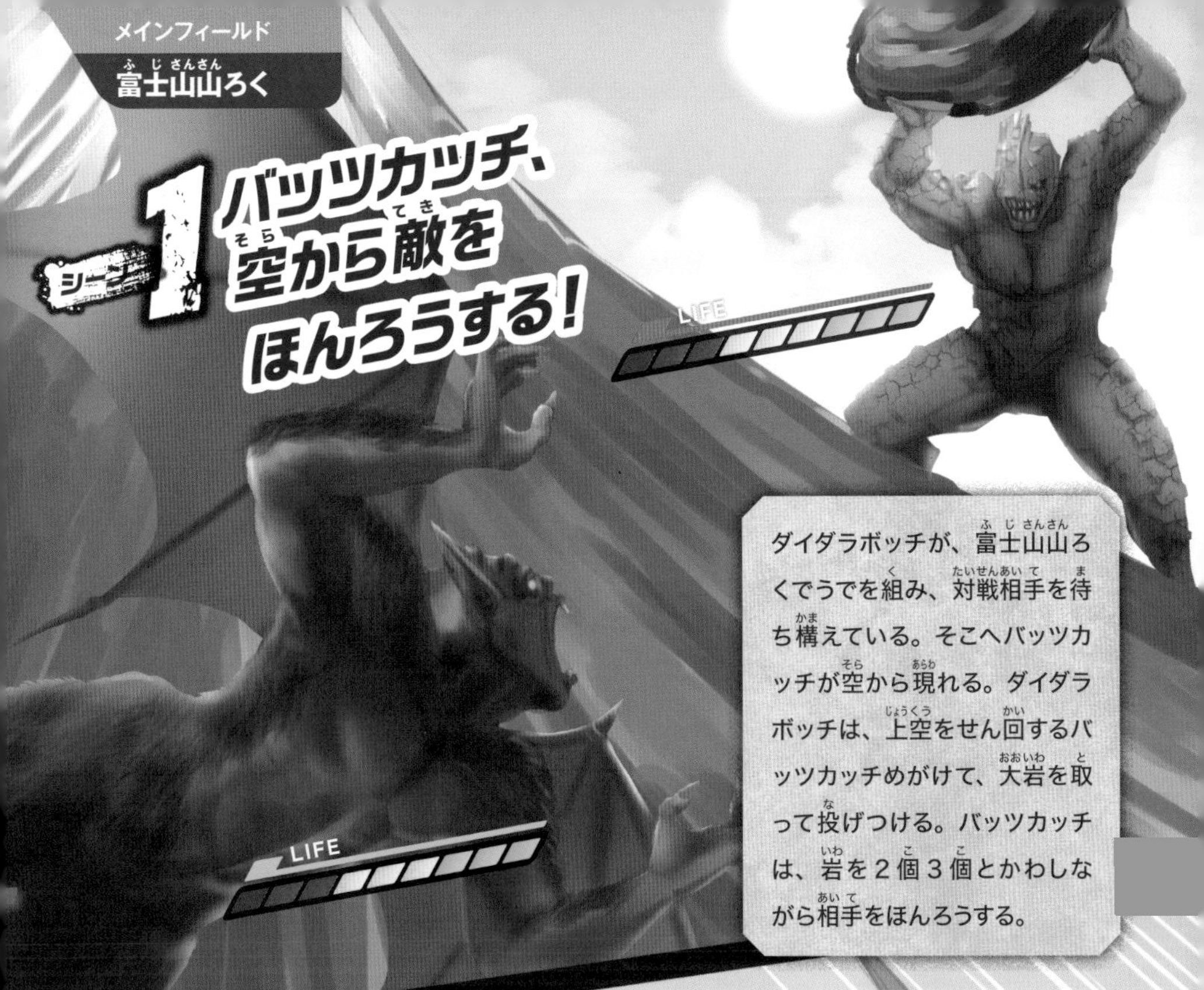

ダイダラボッチが、富士山山《ふじさんさん》ろくでうでを組《く》み、対戦相手《たいせんあいて》を待《ま》ち構《かま》えている。そこへバッツカッチが空《そら》から現《あらわ》れる。ダイダラボッチは、上空《じょうくう》をせん回《かい》するバッツカッチめがけて、大岩《おおいわ》を取《と》って投《な》げつける。バッツカッチは、岩《いわ》を２個《こ》３個《こ》とかわしながら相手《あいて》をほんろうする。

シーン2 バッツカッチに大岩《おおいわ》が直撃《ちょくげき》！

ダイダラボッチは、大岩《おおいわ》を取《と》り、次《つぎ》つぎと相手《あいて》に投《な》げ続《つづ》ける。そのうち1個《こ》がついにバッツカッチにジャストミート。片方《かたほう》の翼《つばさ》がもげそうになってつい落《らく》する。

シーン
3
ダイダラボッチ、とどめをさす

妖

Winner!

勝者《しょうしゃ》　妖怪軍《ようかいぐん》　ダイダラボッチ

ダイダラボッチがバッツカッチの翼《つばさ》をゆかいそうにもぎ取《と》ると、鮮血《せんけつ》がほとばしる。さらに体《からだ》をつかんで、思《おも》いっきり放《ほう》り投《な》げてしまう。バッツカッチの悲鳴《ひめい》が小《ちい》さくなっていく。

バトル結果《けっか》

飛《ひ》しょう能力《のうりょく》を武器《ぶき》に、距離《きょり》をとりながら相手《あいて》を攻《せ》める戦法《せんぽう》に出《で》たバッツカッチ。しかし、ダイダラボッチの圧《あっ》とう的《てき》なパワーの前《まえ》に、あえなく敗退《はいたい》してしまった。

Battle 10
第1回戦

牛馬《ぎゅうば》の肉《にく》を吸《す》う吸血妖怪《きゅうけつようかい》 VS.四《よ》つんばいの高速生物《こうそくせいぶつ》

DATA

分類《ぶんるい》 小型生物《こがたせいぶつ》の妖怪《ようかい》
生息《せいそく》 徳島県《とくしまけん》
時代《じだい》 江戸時代《えどじだい》
武器《ぶき》 素早《すばや》いスピードと吸血能力《きゅうけつのうりょく》

屋根《やね》の上《うえ》の貴公子《きこうし》
モルガンビースト

漆黒《しっこく》の闇《やみ》を駆《か》けるビースト
牛《うし》打《う》ち坊《ぼう》

DATA

分類《ぶんるい》 人間型《にんげんがた》UMA《ユーマ》
生息《せいそく》 アメリカ・ルイジアナ州《しゅう》モルガン
時代《じだい》 21世紀《せいき》
武器《ぶき》 俊敏《しゅんびん》な身体能力《しんたいのうりょく》、するどいキバとツメ、超再生能力《ちょうさいせいのうりょく》、硬化能力《こうかのうりょく》

妖怪軍《ようかいぐん》

江戸時代《えどじだい》、阿波《あわ》（今《いま》の徳島県《とくしまけん》）の農家《のうか》では、家《か》ちくが毎晩《まいばん》のようにおそわれ、血《ち》を吸《す》われていた。それは、この牛打《うしう》ち坊《ぼう》の仕業《しわざ》であった。闇《やみ》にまぎれて牛馬《ぎゅうば》におそいかかり、血《ち》をエサとしていたのだ。

戦力分析《せんりょくぶんせき》

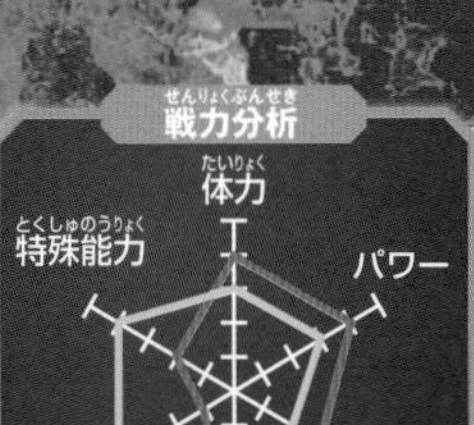

UMA軍《ユーマぐん》

アメリカ・ルイジアナ州《しゅう》モルガンのハンターが森《もり》にしかけておいた暗視《あんし》カメラに映《うつ》ったUMA《ユーマ》。別名《べつめい》「スキンウォーカー」と呼《よ》ばれる。一見《いっけん》、全裸《ぜんら》の人間《にんげん》にも見《み》える謎《なぞ》の生物《せいぶつ》で、住宅地《じゅうたくち》の近《ちか》くに出没《しゅつぼつ》し、光《ひか》る目《め》とするどいキバで人《ひと》をいかくする。

身長《しんちょう》 30～40cm《センチメートル》▶
形態《けいたい》 黒《くろ》いタヌキのような姿《すがた》をしている

◀**体長《たいちょう》** 人間《にんげん》と同《おな》じくらい
形態《けいたい》 全身《ぜんしん》が白《しろ》い、目《め》が赤《あか》い

シーン1 牛《うし》打《う》ち坊《ぼう》、素早《すばや》く攻撃《こうげき》をしかける

アメリカの田舎町《いなかまち》。屋根《やね》の上《うえ》に身《み》をひそめるモルガンビースト。静《しず》かに馬小屋《うまごや》にひそんでいた牛打《うしう》ち坊《ぼう》は、意《い》を決《けっ》して飛《と》び出《だ》し、素早《すばや》く屋根《やね》にとび上《あ》がる。

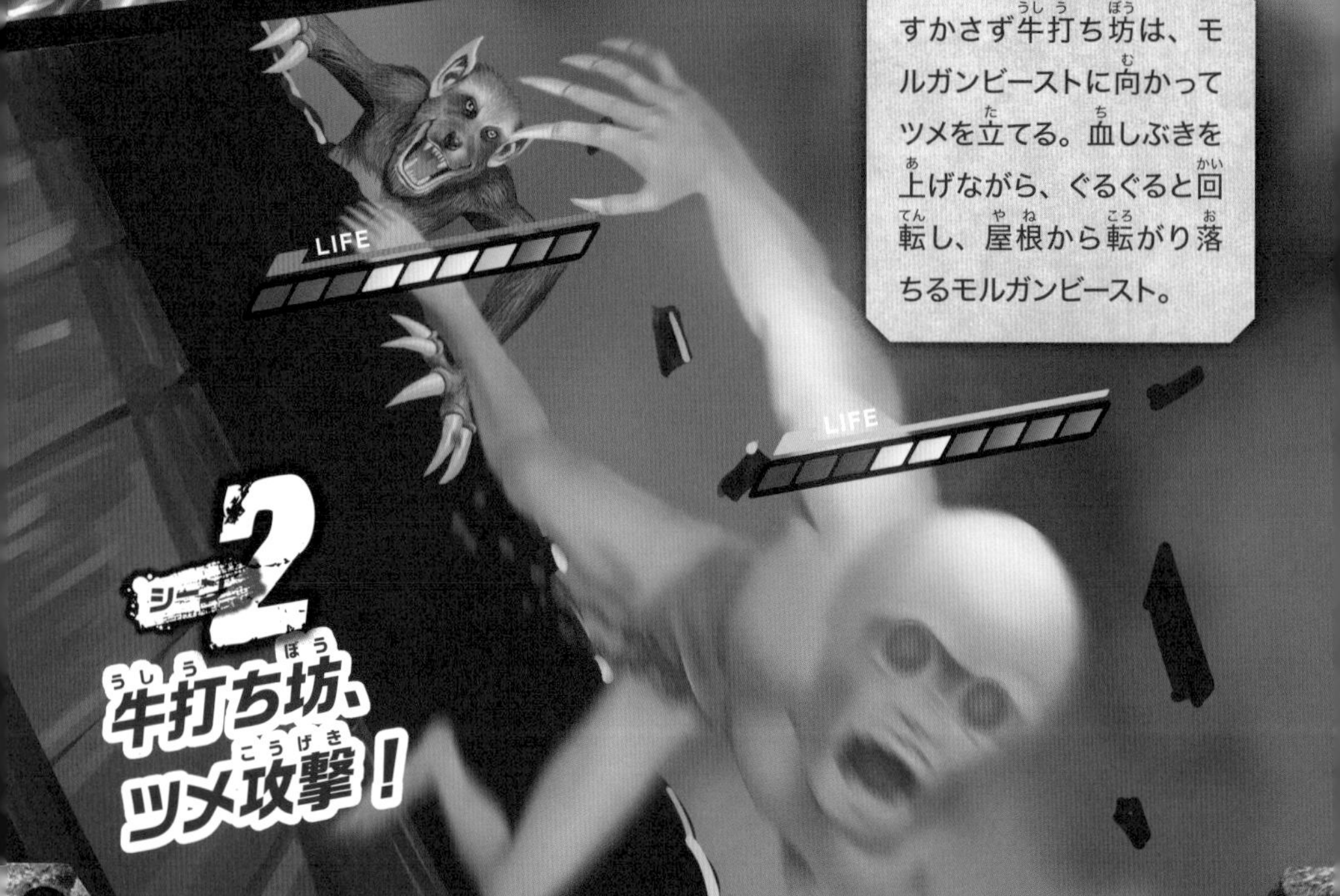

すかさず牛打《うしう》ち坊《ぼう》は、モルガンビーストに向《む》かってツメを立《た》てる。血《ち》しぶきを上《あ》げながら、ぐるぐると回転《かいてん》し、屋根《やね》から転《ころ》がり落《お》ちるモルガンビースト。

シーン2 牛《うし》打《う》ち坊《ぼう》、ツメ攻撃《こうげき》！

シーン3

モルガンビースト、ツメとキバで反撃《はんげき》！

モルガンビーストの目玉《めだま》が、赤《あか》くランランと光《ひか》る。体勢《たいせい》を立《た》て直《なお》したモルガンビーストは、牛打《うしう》ち坊《ぼう》の真横《まよこ》にジャンプし、するどいツメ、するどいキバで切《き》りさく。悲鳴《ひめい》をあげるひまもなく、絶命《ぜつめい》する牛打《うしう》ち坊《ぼう》。モルガンビースト、牛打《うしう》ち坊《ぼう》の肉《にく》を喰《く》らう。

Winner!

勝者《しょうしゃ》 UMA軍《ユーマぐん》 モルガンビースト

バトル結果《けっか》

素早《すばや》い攻撃《こうげき》を得意《とくい》とするスピードスター対決《たいけつ》は、モルガンビーストがかろうじて勝利《しょうり》を手《て》にした。バトル開始《かいし》から決着《けっちゃく》までは、わずか10秒《びょう》ほどだった。

深夜《しんや》のトリックスターVS.最強《さいきょう》ハイブリッド生物《せいぶつ》

倍速《ばいそく》で舞《ま》うバタフライ
アクロバティックサラサラ

DATA

分類《ぶんるい》 道《みち》ばたに出《で》る人間型妖怪《にんげんがたようかい》
生息《せいそく》 現代日本《げんだいにほん》の人《ひと》が行《ゆ》きかう場所《ばしょ》
時代《じだい》 平成末期《へいせいまっき》
武器《ぶき》 高《たか》いビルから飛《と》び降《お》りることが可能《かのう》、身軽《みがる》な機動力《きどうりょく》

山《やま》の殺《ころ》し屋《や》
ベアドッグ

DATA

分類《ぶんるい》 クマとイヌのハイブリッド生物《せいぶつ》
生息《せいそく》 ロシア、日本《にほん》
時代《じだい》 20世紀《せいき》
武器《ぶき》 イヌの頭脳《ずのう》とスピード、クマのパワーとどう察力《さつりょく》を持《も》つ

妖怪軍《ようかいぐん》

街中《まちなか》をはいかいし、素早《すばや》い動《うご》きで、ねらった男《おとこ》を追《お》い続《つづ》ける。一度《いちど》ターゲットにされると、逃《に》げきることは不可能《ふかのう》で、つかまると危害《きがい》を加《くわ》えられたり、さらわれたりする。対処方法《たいしょほうほう》は、目《め》を合《あ》わせないこと。

戦力分析《せんりょくぶんせき》

UMA軍《ユーマぐん》

本来《ほんらい》ならば、クマとイヌのハーフは生《う》まれない。しかし、まれに山間部《さんかんぶ》をはいかいしているイヌと、野生《やせい》のクマが子《こ》どもをつくることがある。そうして生《う》まれたのがベアドッグである。イヌの頭脳《ずのう》とクマのパワーをあわせ持《も》つ、最強《さいきょう》のハイブリッド生物《せいぶつ》だ。

身長《しんちょう》 人間《にんげん》と同《おな》じくらい（長身《ちょうしん》）
形態《けいたい》 やせ型《がた》で、長《なが》い髪《かみ》、赤《あか》い服《ふく》を着《き》る

身長《しんちょう》 2.5m《メートル》前後《ぜんご》
形態《けいたい》 イヌとクマの姿《すがた》をあわせ持《も》つ

シーン1 アクロバティック サラサラの連続《れんぞく》げり

木々《きぎ》をへし折《お》りながらベアドッグが姿《すがた》を現《あらわ》す。高《たか》い木《き》の上《うえ》から不《ぶ》気味《きみ》な表情《ひょうじょう》で見下《みお》ろしていたアクロバティックサラサラは、落差《らくさ》を利用《りよう》した高確度《こうかくど》のけりをしかけ、それを何回《なんかい》もくり返《かえ》す。胴体《どうたい》に深《ふか》い傷《きず》を負《お》うベアドッグ。

シーン2 ベアドッグが、大木《たいぼく》をふり回《まわ》す

フラフラになりながらも、力《ちから》をふりしぼり、付近《ふきん》にあった木《き》を地中《ちちゅう》から引《ひ》きぬくベアドッグ。それをむんずとつかんでふり回《まわ》すと、空中《くうちゅう》のアクロバティックサラサラに直撃《ちょくげき》する。

シーン3 ベアドッグ、トドメを刺《さ》そうとするが・・・

Winner!

勝者《しょうしゃ》 妖怪軍《ようかいぐん》 アクロバティックサラサラ

落下《らっか》したアクロバティックサラサラに対《たい》して、トドメとばかりに、大木《たいぼく》をふり下《お》ろすベアドッグ。その瞬《しゅん》間《かん》、アクロバティックサラサラが起《お》き上《あ》がり、長《なが》い右手《みぎて》をのばしてベアドッグの心臓《しんぞう》をつらぬいた。

バトル結果《けっか》

両者《りょうしゃ》、一歩《いっぽ》も引《ひ》かない、ぎりぎりの攻防《こうぼう》が展開《てんかい》。ついにたおされたように見《み》せかけて、相手《あいて》が油断《ゆだん》した一瞬《いっしゅん》のすきをつき、急所《きゅうしょ》を仕留《しと》めたアクロバティックサラサラが勝利《しょうり》した。

鬼《おに》界《かい》最《さい》高《こう》クラスの剛力《ごうりき》 VS.動物界《どうぶつかい》きっての怪力《かいりき》

DATA

分類《ぶんるい》 鬼《おに》
生息《せいそく》 三重県《みえけん》・鈴鹿山《すずかやま》
時代《じだい》 平安時代《へいあんじだい》
武器《ぶき》 暴風雨《ぼうふうう》を自由《じゆう》にあやつる、火《ひ》の雨《あめ》を降《ふ》らせる、不老《ふろう》不死《ふし》で何度《なんど》でも生《い》き返《かえ》る

DATA

分類《ぶんるい》 有袋類《ゆうたいるい》だと推測《すいそく》できる
生息《せいそく》 パプアニューギニア
時代《じだい》 20世紀《せいき》
武器《ぶき》 するどく巨大《きょだい》なツメ、ナチュラルパワー

妖怪軍《ようかいぐん》

平《へ》安時代《いあんじだい》、伊勢国《いせのくに》（現在《げんざい》の三《み》重県東部《えけんとうぶ》）にある鈴鹿山《すずかやま》に鬼神《きしん》が出《で》て、天皇《てんのう》は、武将《ぶしょう》の坂《さかの》上田村麻呂《うえのたむらまろ》に討伐《とうばつ》を命《めい》じたという。この鈴鹿山《すずかやま》に出《で》た鬼《おに》が、大獄《おおたけ》丸《まる》だ。暴風雨《ぼうふうう》を自在《じざい》にあやつり、死《し》んでも復活《ふっかつ》する能力《のうりょく》を持《も》つ。

戦力分析《せんりょくぶんせき》

UMA軍《ユーマぐん》

パプアニューギニアのジャングル奥地《おくち》にすむ生物《せいぶつ》で、絶《ぜつ》めつした巨大有袋類《きょだいゆうたいるい》ではないかとされている。一見《いっけん》、性格《せいかく》は温《おん》厚《こう》に見《み》えるが実《じつ》は凶暴《きょうぼう》で、前足《まえあし》についた巨大《きょだい》なツメで、ねらった相手《あいて》を切《き》りきざむ。

身長《しんちょう》 数m《すうメートル》の巨体《きょたい》▶
形態《けいたい》 頭《あたま》にツノを持《も》つ

◀**体長《たいちょう》** 数m《すうメートル》の巨体《きょたい》
形態《けいたい》 バクに似《に》た姿《すがた》、二本足《にほんあし》で立《た》てる

パプアニューギニアのジャングル

雲《くも》に乗《の》って、日本《にほん》からパプアニューギニアのジャングルに飛来《ひらい》した大獄丸《おおたけまる》。下方《かほう》には、ジャングルの木々《きぎ》をかき分《わ》け、ガゼカが姿《すがた》を現《あらわ》す。大獄丸《おおたけまる》は、暴風雨《ぼうふうう》を巻《ま》き起《お》こし、火《ひ》の雨《あめ》を降《ふ》らす。たちまち、ジャングルが火事《かじ》になる。火《ひ》の中《なか》を必死《ひっし》に走《はし》るガゼカ。しかし、全身《ぜんしん》に激《はげ》しい火傷《やけど》を負《お》っている。

大獄丸《おおたけまる》が、火《ひ》の雨《あめ》を降《ふ》らす!

勝利《しょうり》を確認《かくにん》するために、地表《ちひょう》におりる大獄丸《おおたけまる》。そこへひん死《し》の状態《じょうたい》のガゼカがせまり、大獄丸《おおたけまる》の背中《せなか》をツメで深《ふか》くえぐり、ズタズタにする。

重傷《じゅうしょう》のガゼカ、巨大《きょだい》なツメの強烈《きょうれつ》な一撃《いちげき》!

シーン3 大嶽丸《おおたけまる》、反撃《はんげき》に出《で》る

死体《したい》となった大嶽丸《おおたけまる》をふみつけ、ガゼカは大《おお》きくほえる。すると、大嶽丸《おおたけまる》がむっくりと立《た》ち上《あ》がる。一度《いちど》死《し》んで復活《ふっかつ》した大嶽丸《おおたけまる》は、ガゼカを刀《かたな》で切《き》りきざむ。

Winner!

勝者《しょうしゃ》 妖怪軍《ようかいぐん》 大嶽丸《おおたけまる》

バトル結果《けっか》

激《はげ》しいツメの攻撃《こうげき》で一度《いちど》は死《し》に追《お》いやられた大嶽《おおたけ》丸《まる》。しかし、復活能力《ふっかつのうりょく》によってよみがえり、ひるんだガゼカにトドメをさし、逆転勝利《ぎゃくてんしょうり》を手《て》にした。

Battle 13
第1回戦

究極《きゅうきょく》のお笑《わら》いクイーン VS.謎《なぞ》のジャンピング野郎《やろう》

空飛《そらと》ぶジャンプ王《おう》
スプリングヒールジャック

DATA

分類《ぶんるい》 人間型《にんげんがた》UMA《ユーマ》
生息《せいそく》 イギリス・ロンドン
時代《じだい》 19世紀《せいき》
武器《ぶき》 金属製《きんぞくせい》のかぎヅメ

笑《わら》いの巨大《きょだい》レディ
ケラケラ女《おんな》

DATA

分類《ぶんるい》 町《まち》の往来《おうらい》に出《で》る妖怪《ようかい》
生息《せいそく》 江戸《えど》の町中《まちなか》
時代《じだい》 江戸時代《えどじだい》
武器《ぶき》 笑《わら》いで相手《あいて》を精神的《せいしんてき》に追《お》いこむ

妖怪軍《ようかいぐん》

江戸時代《えどじだい》に出没《しゅつぼつ》した妖怪《ようかい》。へい越《こ》しに姿《すがた》を現《あらわ》して、ひたすら笑《わら》い続《つづ》ける女《おんな》である。へいのむこうの姿《すがた》が見《み》えるのだから、かなりの巨体《きょたい》だ。笑《わら》う意味《いみ》がわからないが、笑《わら》い続《つづ》けることで、相手《あいて》に意味不明《いみふめい》の恐怖《きょうふ》をあたえる。

戦力分析《せんりょくぶんせき》

UMA軍《ユーマぐん》

19世紀《せいき》、イギリスのロンドンにおいて、多《おお》くの人《ひと》びとをほんろうした。数《すう》メートルもあるへいを簡単《かんたん》にとび越《こ》える、驚異《きょうい》的《てき》な運動能力《うんどうのうりょく》を持《も》ち、追跡《ついせき》を受《う》けてもそのちょうやく力《りょく》でいつもにげのびる。

身長《しんちょう》 2m超《メートルちょう》▶
形態《けいたい》 巨大《きょだい》な女《おんな》、常《つね》に笑《わら》っている

◀**身長《しんちょう》** 人間《にんげん》と同《おな》じくらい
形態《けいたい》 身軽《みがる》な体《からだ》でジャンプしている

シーン1 スプリングヒールジャック、女《おんな》の背後《はいご》にせまる！

スプリングヒールジャックが、道《みち》を歩《ある》く若《わか》い女性《じょせい》をねらい、忍《しの》びよる。女性《じょせい》は、殺気《さっき》に気《き》づいたのか、ふりかえろうとする。

シーン2 ケラケラ女《おんな》、笑《わら》い声《ごえ》で攻撃《こうげき》する

スプリングヒールジャックは、右手《みぎて》に装着《そうちゃく》したかぎヅメで、引《ひ》きさこうとする。そのしゅん間《かん》、ふり向《む》いた女性《じょせい》のかん高《だか》い笑《わら》い声《ごえ》がひびきわたる。その笑《わら》い声《ごえ》によって、スプリングヒールジャックはダメージを受《う》ける。

シーン3 スプリングヒールジャック、いきおいで押《お》し切《き》る！

笑《わら》い声《ごえ》で上着《うわぎ》を吹《ふ》きとばされたスプリングヒールジャックが、真《しん》の姿《すがた》を現《あらわ》し、応戦《おうせん》する。スプリングヒールジャックのかぎヅメの攻撃《こうげき》と、ケラケラ女《おんな》の笑《わら》い声《ごえ》がぶつかり合《あ》う。最《さい》後《ご》はスプリングヒールジャックがいきおいで押《お》し切《き》る。

バトル結果《けっか》

ケラケラ女《おんな》の笑《わら》い声《ごえ》の攻撃《こうげき》に、最初《さいしょ》は戸惑《とまど》ったスプリングヒールジャックであったが、最後《さいご》はかぎヅメを中心《ちゅうしん》とした攻撃《こうげき》で見事撃沈《みごとげきちん》させた。

暗闇《くらやみ》の邪神《じゃしん》 VS.女性《じょせい》をおそうあやしい怪人《かいじん》

油《あぶら》まみれの、戦《たたか》うダンディーボーイ

オイリーマン

神話《しんわ》の鋭角王子《えいかくおうじ》

夜刀神《やとのかみ》

DATA

分類《ぶんるい》 邪神《じゃしん》
生息《せいそく》 日本《にほん》の闇夜《やみよ》
時代《じだい》 神話時代《しんわじだい》
武器《ぶき》 ツノのつきさし

DATA

分類《ぶんるい》 人間型《にんげんがた》UMA《ユーマ》
生息《せいそく》 インドネシア
時代《じだい》 20世紀《せいき》
武器《ぶき》 相手《あいて》に油《あぶら》をふりかけ、ぬるぬるすべらせてやる気《き》をうばう

妖怪軍《ようかいぐん》

かつて日本《にほん》に生息《せいそく》していた大《だい》蛇《じゃ》の姿《すがた》で、するどいツノを持《も》つ、邪神《じゃしん》の一種《いっしゅ》。日本神話《にほんしんわ》で太陽《たいよう》の神《かみ》といわれるアマテラスオオミカミが岩戸《いわと》にかくれて、日本《にほん》中《じゅう》が闇《やみ》でおおわれたときに暴《あば》れまくっていた。

戦力分析《せんりょくぶんせき》

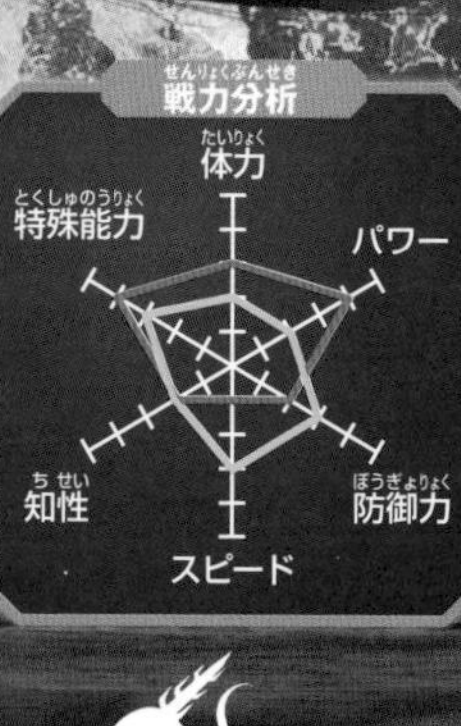

UMA軍《ユーマぐん》

インドネシアで若《わか》い女性《じょせい》の目《め》の前《まえ》に現《あらわ》れる謎《なぞ》の怪人《かいじん》である。全身《ぜんしん》が油《あぶら》まみれで、だきつかれると精神的《せいしんてき》にかなりきつくなる。さらに、全身《ぜんしん》がぬるぬるして、歩《ある》くこともままならなくなり、戦《せん》とう力《りょく》も大《おお》はばにうばわれる。

体長《たいちょう》 数十m《すうじゅうメートル》▶
形態《けいたい》 大蛇《だいじゃ》でツノが生《は》えている

◀**身長《しんちょう》** 人間《にんげん》と同《おな》じくらい
形態《けいたい》 裸《はだか》の人間《にんげん》の形状《けいじょう》で、全身油《ぜんしんあぶら》まみれ

シーン1 オイリーマン、姿《すがた》を現《あらわ》す!

夜刀神《やとのかみ》が先《さき》に到着《とうちゃく》し、対戦相手《たいせんあいて》を待《ま》っている。とつ然《ぜん》、道《みち》ばたにこぼれたオイルの中《なか》から、オイリーマンがニヤニヤと笑《わら》いながら姿《すがた》を現《あらわ》す。

シーン2 オイリーマンの、必殺《ひっさつ》だきつき攻撃《こうげき》

LIFE

オイリーマンが全身《ぜんしん》の力《ちから》をこめてだきつくが、夜刀神《やとのかみ》はブルブルと体《からだ》を左右《さゆう》にふって、オイリーマンをふり落《お》とす。自分《じぶん》の技《わざ》がきかないことにおどろくオイリーマン。

LIFE

シーン3 夜刀神《やとのかみ》、トドメの連続攻撃《れんぞくこうげき》！

LIFE

LIFE

夜刀神《やとのかみ》がすかさず距離《きょり》をとって、オイリーマンを頭《あたま》のツノでつきさす。さらに、トドメの火炎《かえん》を口《くち》から発《はっ》射《しゃ》すると、オイリーマンは全身《ぜんしん》火《ひ》だるまになる。

妖 Winner!

勝者《しょうしゃ》 妖怪軍《ようかいぐん》 夜刀神《やとのかみ》

バトル結果《けっか》

油《あぶら》まみれのオイリーマンのだきつき攻撃《こうげき》をものともせず、夜刀神《やとのかみ》は火炎放射攻撃《かえんほうしゃこうげき》によってオイリーマンを仕留《しと》め、危《あぶ》なげなく勝利《しょうり》した。

Battle 15
第1回戦

怨念《おんねん》のラプソディ
VS.呪《のろ》いに呪《のろ》いを重《かさ》ねる二重奏《にじゅうそう》

空中《くうちゅう》を舞《ま》う呪《のろ》いのエキスパート
ジーナフォイロ

華麗《かれい》なる女剣士《おんなけんし》
カシマレイコ

DATA

分類《ぶんるい》 道《みち》ばたに出《で》る人間《にんげん》型妖怪《がたようかい》
生息《せいそく》 現在《げんざい》の日本《にほん》
時代《じだい》 昭和《しょうわ》
武器《ぶき》 たゆまない呪《のろ》い

DATA

分類《ぶんるい》 飛行《ひこう》するUMA《ユーマ》
生息《せいそく》 アフリカのセネガルとガンビア
時代《じだい》 20世紀《せいき》
武器《ぶき》 見《み》るだけで気分《きぶん》が悪《わる》くなる

妖怪軍《ようかいぐん》

不幸《ふこう》な事件《じけん》に巻《ま》きこまれた女性《じょせい》が手足《てあし》に大《おお》けがを負《お》って死亡《しぼう》し、それが妖怪化《ようかいか》したものである。道《みち》ばたに現《あらわ》れて「足《あし》がいるか?」「手《て》がいるか?」などの質問《しつもん》をする、その質問《しつもん》に「いる!」と答《こた》えないと、手足《てあし》をうばわれる。

戦力分析《せんりょくぶんせき》

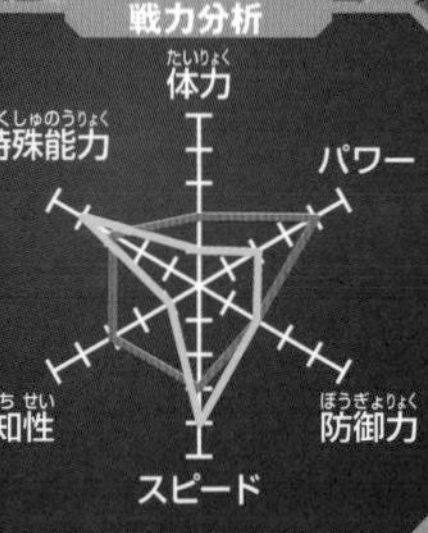

UMA軍《ユーマぐん》

巨大《きょだい》なコウモリに似《に》た翼《つばさ》を持《も》ち、顔《かお》は人間《にんげん》に似《に》ている。神出鬼没《しんしゅつきぼつ》にいろいろな場所《ばしょ》に現《あらわ》れる。接《せっ》しょくすると、呼吸困《こきゅうこん》難《なん》や悪寒《おかん》、はき気《け》におそわれる。ひばくしたのと同《おな》じような症状《しょうじょう》となり、死《し》にいたることもあるという。

身長《しんちょう》 人間《にんげん》と同《おな》じくらい
形態《けいたい》 やせた体《からだ》、髪《かみ》の毛《け》が長《なが》い

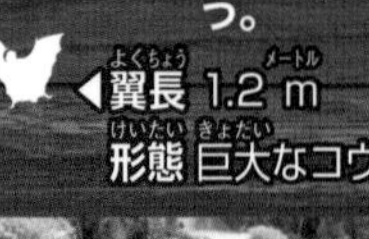

翼長《よくちょう》 1.2m《メートル》
形態《けいたい》 巨大《きょだい》なコウモリの姿《すがた》で、頭《あたま》だけ人間《にんげん》の顔《かお》

両者《りょうしゃ》、にらみあいがつづくなか、ジーナフォイロが、ぶつぶつと呪《のろ》いの言葉《ことば》を念《ねん》じはじめる。

シーン1 ジーナフォイロ、呪《のろ》いで攻撃《こうげき》

シーン2 カシマレイコ、苦《くる》しみはじめる

ジーナフォイロの呪《のろ》いの言葉《ことば》によって、カシマレイコは、だんだん気分《きぶん》が悪《わる》くなり苦《くる》しみはじめる。立《た》っているのもやっとの状態《じょうたい》だ。

シーン3 カシマレイコ、呪《のろ》いをはねのけ切《き》りきざむ

勝者《しょうしゃ》 妖怪軍《ようかいぐん》 カシマレイコ

カシマレイコが、残《のこ》された力《ちから》をふりしぼり、ジーナフォイロの呪《のろ》いをはねのける。素早《すばや》く、間《ま》合《あ》いをつめて、刀《かたな》を抜《ぬ》くと、いっしゅんのうちに相手《あいて》を切《き》りきざむ。

バトル結果《けっか》

ジーナフォイロの呪《のろ》いに苦《くる》しんだカシマレイコであったが、得意《とくい》の剣術《けんじゅつ》で撃破《げきは》した。勝利《しょうり》をつかんだカシマレイコは、「すべては戦《いくさ》の神《かみ》・鹿島神《かしましん》のご加護《かご》である」と語《かた》る。

Battle 16
第1回戦

神《かみ》に近《ちか》い存在《そんざい》 VS.南極《なんきょく》の覇者《はしゃ》

空《そら》飛《と》ぶバトルシップ
龍《りゅう》

DATA
分類《ぶんるい》 空飛《そらと》ぶ妖怪《ようかい》
生息《せいそく》 日本《にほん》の空《そら》
時代《じだい》 神話時代《しんわじだい》
武器《ぶき》 口《くち》からの火炎放射《かえんほうしゃ》、するどいツメ

海《うみ》をゆく大巨人《だいきょじん》
ニンゲン

DATA
分類《ぶんるい》 ひょう流《りゅう》するUMA《ユーマ》
生息《せいそく》 南極海《なんきょくかい》
時代《じだい》 20世紀《せいき》
武器《ぶき》 テレパシー

妖怪軍《ようかいぐん》

日《に》本《ほん》では、妖怪《ようかい》よりも神《かみ》に近《ちか》い存在《そんざい》で、竜神《りゅうじん》と呼《よ》ばれることも。空《そら》を飛《と》んで移動《いどう》でき、暴《ぼう》風雨《ふうう》を自在《じざい》にあやつり、口《くち》から火炎《かえん》を放射《ほうしゃ》する。ヘビが500年《ねん》生《い》きると蛟《みずち》になり、1000年生《ねんい》きると龍《りゅう》になると伝《つた》わる。

戦力分析《せんりょくぶんせき》

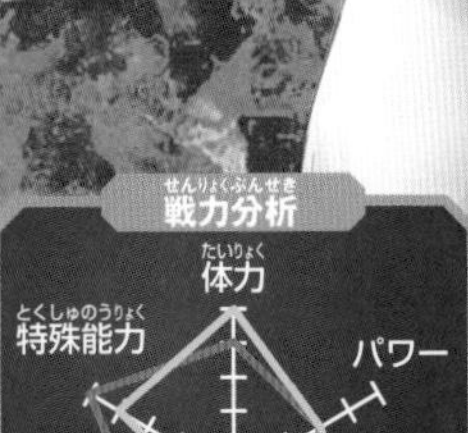

UMA軍《ユーマぐん》

南《なん》極《きょく》の海《うみ》に生息《せいそく》し、氷上《ひょうじょう》を歩《ある》いたり、海中《かいちゅう》をひょう流《りゅう》したりしているところを目撃《もくげき》されている。人間《にんげん》に似《に》た形《かたち》をしているが、直接会話《ちょくせつかいわ》はせずに、テレパシーで話《はな》しかけてくる。すいみん作用《さよう》がある不思議《ふしぎ》な歌《うた》で、相手《あいて》をねむらせる。

体長《たいちょう》 数十《すうじゅう》m《メートル》
形態《けいたい》 巨大《きょだい》な蛇体《じゃたい》、シカのツノ、ラクダの頭《あたま》、ウシの耳《みみ》、タカのツメ、コイのウロコ、長《なが》い髪《かみ》

体長《たいちょう》 10〜20m《メートル》
形態《けいたい》 巨大《きょだい》な手足《てあし》、白《しろ》くてぶよぶよな体《からだ》

南極《なんきょく》の海《うみ》でひょう流《りゅう》するニンゲン。その上空《じょうくう》を円《えん》を描《えが》くように飛《と》ぶ龍《りゅう》が、攻撃《こうげき》の機会《きかい》をうかがっている。

シーン1

龍《りゅう》、空《そら》から攻撃《こうげき》のチャンスをさぐる！

龍《りゅう》が、ニンゲンに向《む》かって火炎《かえん》を放射《ほうしゃ》する。ニンゲンは、深《ふか》くもぐって攻撃《こうげき》をよけた後《あと》、海《うみ》の上《うえ》にとび上《あ》がる。そのまま龍《りゅう》の体《からだ》に全身《ぜんしん》の体重《たいじゅう》をかけてとびつく。

シーン2

ニンゲン、龍《りゅう》に向《む》かって突進《とっしん》する！

シーン3

ニンゲンの超音波《ちょうおんぱ》攻撃《こうげき》

UNIDENTIFIED MYSTERIOUS ANIMAL UMA

Winner!

勝者《しょうしゃ》 UMA軍《ユーマぐん》 ニンゲン

もんどりうって南極《なんきょく》の海《うみ》に落《らっ》下《か》した両者《りょうしゃ》が、海《うみ》の中《なか》で激《はげ》しくもつれあう。そのしゅん間《かん》、ニンゲンが口《くち》から超音波《ちょうおんば》を出《だ》す。その波動《はどう》を全身《ぜんしん》に受《う》けた龍《りゅう》は、体《からだ》がバラバラに破《は》かいされる。

バトル結果《けっか》

圧《あっ》とう的《てき》な体格差《たいかくさ》をものともせずに、ニンゲンは冷静《れいせい》に龍《りゅう》の攻撃《こうげき》をよけて、必殺技《ひっさつわざ》の超音波《ちょうおんば》によって一撃《いちげき》のもとに仕留《しと》めた。恐《おそ》るべき破《は》かい力《りょく》だ。

エキシビション Exhibition 01

真《しん》の悪女《あくじょ》はだれだ!? 吸血《きゅうけつ》クイーン決定戦《けっていせん》

フィリピンの吸血《きゅうけつ》UMA《ユーマ》と日本《にほん》の吸血妖怪《きゅうけつようかい》による、一騎打《いっきう》ちの決戦《けっせん》。戦《たたか》いの舞台《ぶたい》フィリピン・マニラに、日本《にほん》から紫女《むらさきおんな》が乗《の》りこむ。

パープルレディ 紫女《むらさきおんな》

DATA

分類《ぶんるい》	人型《ひとがた》の妖怪《ようかい》
生息《せいそく》	福岡《ふくおか》
時代《じだい》	江戸時代《えどじだい》
武器《ぶき》	吸血《きゅうけつ》

空飛《そらと》ぶ吸血鬼《きゅうけつき》 マナナンガル

DATA

分類《ぶんるい》	空《そら》を飛《と》ぶUMA《ユーマ》
生息《せいそく》	フィリピンの山間部《さんかんぶ》
時代《じだい》	18世紀《せいき》から
武器《ぶき》	吸血《きゅうけつ》

UMA軍《ユーマぐん》

一見《いっけん》すると人間《にんげん》に似《に》ているが、姿《すがた》は上半身《じょうはんしん》だけの空《そら》を飛《と》ぶ未確認生物《みかくにんせいぶつ》だ。いまだにフィリピンでは、その存在《そんざい》が固《かた》く信《しん》じられている。夜《よる》になると、下半身《かはんしん》からはなれて空《そら》を飛《と》び、どんなすき間《ま》にも入《はい》ってきて吸血《きゅうけつ》する。

妖怪軍《ようかいぐん》

その美《び》ぼうを利用《りよう》して、言葉《ことば》たくみに男《おとこ》をゆうわくする妖怪《ようかい》。古《ふる》くは江戸《えど》時代《じだい》から、剣《けん》ごうたちも、紫女《むらさきおんな》にたぶらかされてきた。見《み》た目《め》の美《うつく》しさで男《おとこ》をゆうわくした末《すえ》に、吸血《きゅうけつ》する。血《ち》を吸《す》われた男《おとこ》は、日《ひ》に日《ひ》に弱《よわ》っていき、命《いのち》を失《うしな》うこともある。

身長《しんちょう》 人間《にんげん》の上半身《じょうはんしん》と同《おな》じくらい▶
形態《けいたい》 上半身《じょうはんしん》のみの女性《じょせい》であることが多《おお》い

◀身長《しんちょう》 人間《にんげん》と同《おな》じくらい
形態《けいたい》 美女《びじょ》

シーン1

紫女《むらさきおんな》、いきおいよく飛《と》びかかる!

夕暮《ゆうぐ》れのフィリピンの首都《しゅと》マニラ。上空《じょうくう》をせん回《かい》しているマナナンガル。ヘリコプターに乗《の》ってやって来《き》た紫女《むらさきおんな》は、回転《かいてん》するロータを両手《りょうて》でキャッチし、その勢《いきお》いを利用《りよう》して高速《こうそく》で空《そら》を飛《と》んでいく。

シーン2

両者《りょうしゃ》、もつれ合《あ》いながら決死《けっし》の不時着《ふじちゃく》!?

紫女《むらさきおんな》は、飛行中《ひこうちゅう》のマナナンガルに空中《くうちゅう》でしがみつく。両者《りょうしゃ》もつれ合《あ》ったまま、地面《じめん》に落下《らっか》していき、マナナンガルの頭部《とうぶ》が地面《じめん》に深《ふか》くつきささる。

シーン 3

マナナンガル、奥《おく》の手《て》を使《つか》う

マナナンガルは動《うご》かなくなり、その体《からだ》から紫《むらさき》女《おんな》は血《ち》を吸《す》う。すると、次《つぎ》のしゅん間《かん》、マナナンガルの内臓《ないぞう》が伸《の》びてきて、紫《むらさき》女《おんな》をしばり上《あ》げる。紫《むらさき》女《おんな》が悲鳴《ひめい》をあげるが、抵抗《ていこう》できないまま、全身《ぜんしん》の血《ち》を吸《す》われ、またたく間《ま》にしぼんでいった。

UMA UNIDENTIFIED MYSTERIOUS ANIMAL

Winner!

勝者《しょうしゃ》 UMA軍《ユーマぐん》 マナナンガル

バトル結果《けっか》

マナナンガルも大《おお》きなダメージを受《う》けたが、あらゆる体《からだ》の部分《ぶぶん》から相手《あいて》の血《ち》を吸《す》える能力《のうりょく》を使《つか》って、形勢逆転《けいせいぎゃくてん》して勝利《しょうり》をもぎとった。

Battle《バトル》

17 → 24

2回戦《かいせん》

Battle 17 第2回戦

もうひとつの秘密兵器《ひみつへいき》 VS.死《し》を恐《おそ》れない軍団《ぐんだん》

変幻自在《へんげんじざい》のイリュージョニスト

46《ビー》-B

DATA

分類《ぶんるい》 頭足類《とうそくるい》
生息《せいそく》 南極《なんきょく》ボストーク湖《こ》
時代《じだい》 21世紀《せいき》
武器《ぶき》 足《あし》を生物《せいぶつ》に擬態《ぎたい》させる

天《てん》を舞《ま》う華麗《かれい》なる空中殺法《くうちゅうさっぽう》

チュパカブラ

DATA

分類《ぶんるい》 ほ乳類《にゅうるい》と思《おも》われる
生息《せいそく》 プエルトリコ、南米《なんべい》
時代《じだい》 20世紀《せいき》
武器《ぶき》 するどいかぎヅメ、するどいキバ、跳《ちょう》やく力《りょく》

UMA軍《ユーマぐん》

初《しょ》戦《せん》では、自分《じぶん》の足《あし》を敵《てき》の姿《すがた》に擬態《ぎたい》させるという技《わざ》を使《つか》って、とどめを刺《さ》した。その勝《しょう》利《り》に自信《じしん》を深《ふか》めた46-B《ビー》と、それを操《あやつ》るロシアによって、次《つぎ》なるバトルの策略《さくりゃく》が綿密《めんみつ》に練《ね》りあげられている。

戦力分析《せんりょくぶんせき》

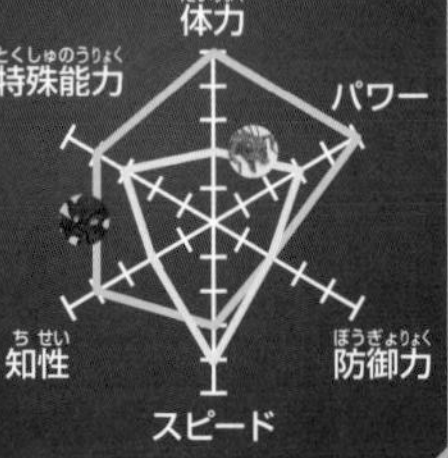

UMA軍《ユーマぐん》

初《しょ》戦《せん》では10m《メートル》を超《こ》える巨大《きょだい》妖怪《ようかい》あくるを、南米《なんべい》の港《みなと》で見事《みごと》撃破《げきは》した。対戦後《たいせんご》、あくるの肉《にく》を食《た》べ、それを栄養源《えいようげん》にしてはんしょく活動《かつどう》を始《はじ》め、次《つぎ》つぎと新《あら》たな生命《せいめい》が誕生《たんじょう》し始《はじ》めている。

体長《たいちょう》 33m《メートル》　**体《からだ》のはば** 14m《メートル》▶
形態《けいたい》 タコの姿《すがた》

◀**体長《たいちょう》** 50cm《センチメートル》～1m《メートル》20cm《センチメートル》
形態《けいたい》 異形《いぎょう》の姿《すがた》

シーン1 両者《りょうしゃ》、決戦《けっせん》の地《ち》に出動《しゅつどう》

はんしょく地《ち》の深《ふか》い穴《あな》の中《なか》で、敵《てき》が来《く》ることを察知《さっち》したチュパカブラ。一《いち》族《ぞく》30匹《びき》のチュパカブラ軍《ぐん》が、アルゼンチン沖合《おきあい》へ向《む》かう。そのころ、沖《おき》合《あい》にいるロシアの原子力潜水艦《げんしりょくせんすいかん》の中《なか》では46-B《ビー》の操作《そうさ》ボタンが押《お》される。

シーン2 チュパカブラの大群《たいぐん》が、おそいかかる

チュパカブラの群《む》れが向《む》かってくる。46-B《ビー》は自《みずか》らの触《しょく》手《しゅ》をチュパカブラに擬態《ぎたい》させる。両軍《ぐん》による空中戦《くうちゅうせん》があちこちで展開《てんかい》する。数《かず》で勝《まさ》ったチュパカブラ軍《ぐん》が優位《ゆうい》に立《た》ち、46-B《ビー》の全身《ぜんしん》にチュパカブラがしがみついてくる。

3

もうひとつの秘密兵器《ひみつへいき》が出現《しゅつげん》

Winner!

勝者《しょうしゃ》 UMA軍《ユーマぐん》 46-B《ビー》

そのとき、ロシアの潜水艦《せんすいかん》で新《あら》たなボタンが押《お》され、46-B《ビー》にそっくりのもう1匹《ぴき》が浮上《ふじょう》。触手《しょくしゅ》をすべて使《つか》い果《は》たした46-B《ビー》と一緒《いっしょ》に、チュパカブラを次《つぎ》つぎと海深《うみふか》くに沈《しず》めてしまう。艦長《かんちょう》がつぶやく「46-A《エー》の存在《そんざい》には気《き》づかなかったようだな」。

バトル結果《けっか》

数《かず》で圧《あっ》とうしたチュパカブラ軍《ぐん》が、途中《とちゅう》までは優勢《ゆうせい》にバトルを進《すす》めた。しかしまさかの助《すけ》っ人《と》46-A《エー》の登場《とうじょう》で、形勢逆転《けいせいぎゃくてん》し46-B側《ビーがわ》が勝利《しょうり》した。

Battle 18
第2回戦

海上《かいじょう》にめぐらした包囲《ほうい》もう vs.月面《げつめん》で暮《く》らす策士《さくし》

長《なが》すぎる魔術師《まじゅつし》
あやかし

月面《げつめん》の大魔王《だいまおう》
桂男《かつらおとこ》

DATA

分類《ぶんるい》 海《うみ》の妖怪《ようかい》
生息《せいそく》 太平洋《たいへいよう》
時代《じだい》 江戸時代《えどじだい》
武器《ぶき》 巨大《きょだい》な体《からだ》、全身《ぜんしん》からにじみ出《で》る油《あぶら》

DATA

分類《ぶんるい》 宇宙《うちゅう》の妖怪《ようかい》
生息《せいそく》 月面《げつめん》
時代《じだい》 平安時代《へいあんじだい》
武器《ぶき》 体《からだ》を自由《じゆう》にのびちぢみさせる、岩《いわ》や砂《すな》に変化《へんか》

妖怪軍《ようかいぐん》

オノの使《つか》い手《て》ハウンズマンに苦戦《くせん》を強《し》いられながらも、自《みずか》らの体《からだ》をロープのようにして相手《あいて》をしめつける技《わざ》で、1回戦《かいせん》を勝《か》ち進《すす》んだ。激闘《げきとう》を制《せい》したあやかしは、イギリスから大西洋《たいせいよう》を高速《こうそく》で移動《いどう》し、北米《ほくべい》を目指《めざ》す。

戦力分析《せんりょくぶんせき》

妖怪軍《ようかいぐん》

初戦《しょせん》の宇宙《うちゅう》での戦《たたか》いでは、月《つき》にすむ妖怪《ようかい》という利点《りてん》を活《い》かし、強敵《きょうてき》にからくも勝利《しょうり》。すぐに宇宙船《うちゅうせん》に乗《の》りこみ、大西洋《たいせいよう》のバミューダ海域《かいいき》に落下《らっか》した。体《からだ》を自由自在《じゆうじざい》にのびちぢみさせたり、岩《いわ》や砂《すな》に変化《へんか》させたりといった特技《とくぎ》がこの戦《たたか》いで見《み》られるか？

体長《たいちょう》 数百《すうひゃく》〜数千《すうせん》km《キロメートル》▶
形態《けいたい》 非常《ひじょう》に体《からだ》が長《なが》い

◀**身長《しんちょう》** しんしゅく自在《じざい》
形態《けいたい》 全身岩《ぜんしんいわ》のような体《からだ》

シーン1 あやかしの油《あぶら》が、桂男《かつらおとこ》の目《め》に直撃《ちょくげき》！

海底《かいてい》の沈没船《ちんぼつせん》に両足《りょうあし》を乗《の》せて様子《ようす》をうかがう桂男《かつらおとこ》。海《うみ》の上《うえ》のあちこちに姿《すがた》を現《あらわ》し、桂男《かつらおとこ》をまどわすあやかし。時《とき》おり、体《からだ》をゆさぶっては油《あぶら》を飛《と》ばしてくる。その時《とき》飛《と》び散《ち》った油《あぶら》が目《め》に入《はい》り、桂男《かつらおとこ》がもん絶《ぜつ》する。

シーン2 バミューダ・トライアングル現象《げんしょう》が発生《はっせい》！

あやかしが勝利《しょうり》を確信《かくしん》し、包囲《ほうい》もうをせばめてくる。精神的《せいしんてき》に追《お》いこまれる桂男《かつらおとこ》。すると、足《あし》元《もと》の沈没船《ちんぼつせん》が大《おお》きくくずれる。体勢《たいせい》をくずす桂男《かつらおとこ》。それと同時《どうじ》に、大《おお》きな時空《じくう》のゆがみが引《ひ》き起《お》こされた。バミューダ・トライアングル現象《げんしょう》だ!

シーン3 時空《じくう》のゆがみで生《い》き残《のこ》るのは!?

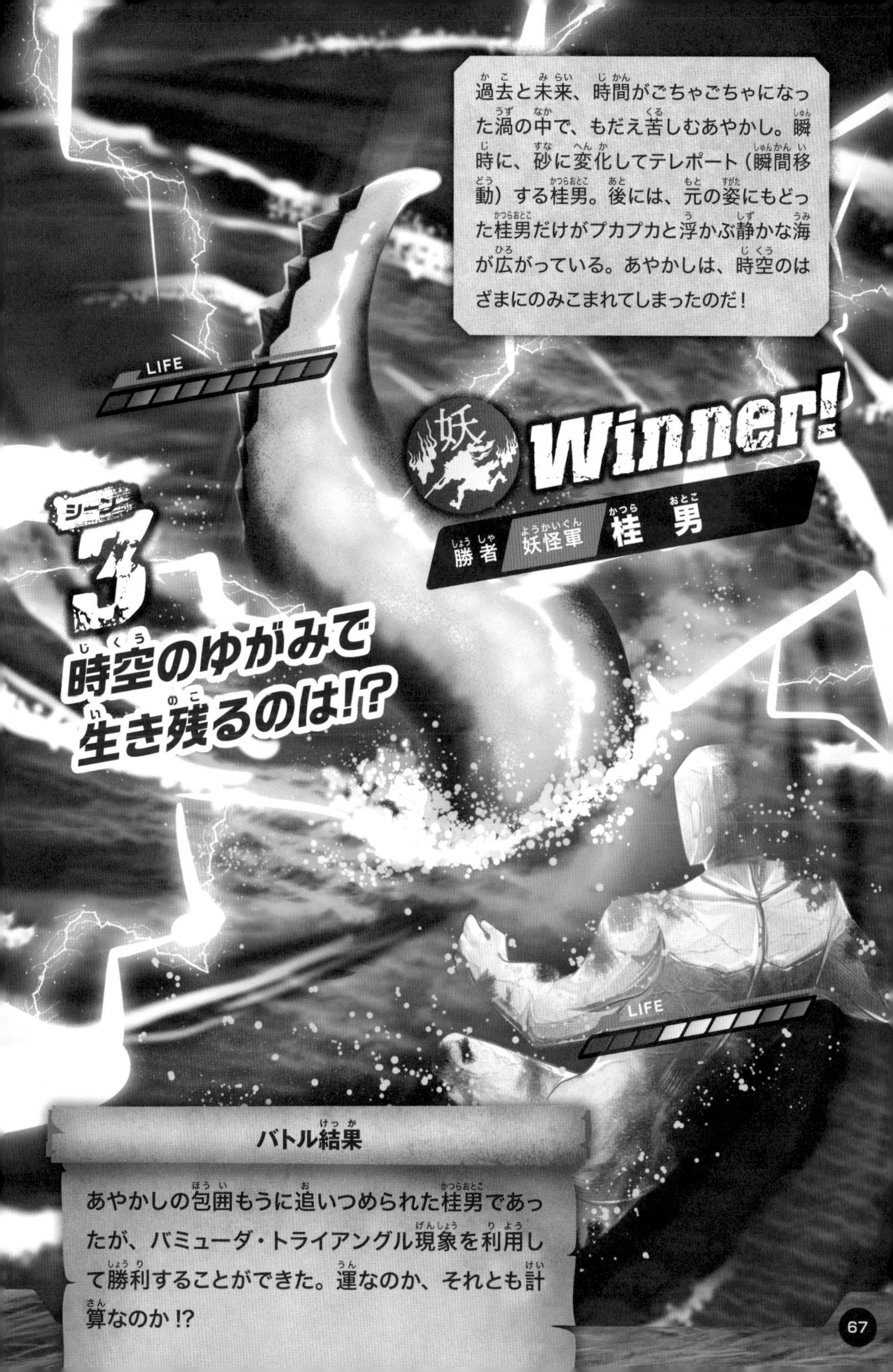

過去《かこ》と未来《みらい》、時間《じかん》がごちゃごちゃになった渦《うず》の中《なか》で、もだえ苦《くる》しむあやかし。瞬時《しゅんじ》に、砂《すな》に変化《へんか》してテレポート（瞬間移動《しゅんかんいどう》）する桂男《かつらおとこ》。後《あと》には、元《もと》の姿《すがた》にもどった桂男《かつらおとこ》だけがプカプカと浮《う》かぶ静《しず》かな海《うみ》が広《ひろ》がっている。あやかしは、時空《じくう》のはざまにのみこまれてしまったのだ！

バトル結果《けっか》

あやかしの包囲《ほうい》もうに追《お》いつめられた桂男《かつらおとこ》であったが、バミューダ・トライアングル現象《げんしょう》を利用《りよう》して勝利《しょうり》することができた。運《うん》なのか、それとも計算《けいさん》なのか !?

フィリピンに伝《つた》わる恐怖《きょうふ》の三姉妹《さんしまい》 VS.日本《にほん》に伝《つた》わる夫婦妖怪《めおとようかい》

透明《とうめい》なる血《ち》みどろ美女《びじょ》 ホワイトレディ

高速《こうそく》の重爆機《じゅうばくき》 牛鬼《うしおに》

DATA

分類《ぶんるい》 水陸両用《すいりくりょうよう》の妖怪《ようかい》
生息《せいそく》 海《うみ》、河川《かせん》、泉《いずみ》
時代《じだい》 平安時代《へいあんじだい》
武器《ぶき》 強大《きょうだい》なパワー

DATA

分類《ぶんるい》 人間型《にんげんがた》UMA《ユーマ》
生息《せいそく》 フィリピン
時代《じだい》 20世紀《せいき》
武器《ぶき》 透明《とうめい》になって相手《あいて》をかくらんさせる

妖怪軍《ようかいぐん》

2回戦《かいせん》の舞台《ぶたい》は、台湾《たいわん》だ。水《みず》の中《なか》から人間《にんげん》をおそうのが得意《とくい》な牛鬼《うしおに》は、アメリカから泳《およ》いで目的地《もくてきち》に向《む》かう。今回《こんかい》の戦《たたか》いで牛鬼《うしおに》は、昔《むかし》から一緒《いっしょ》に悪《わる》さをしている、謎《なぞ》のパートナーを呼《よ》びよせたようだ。

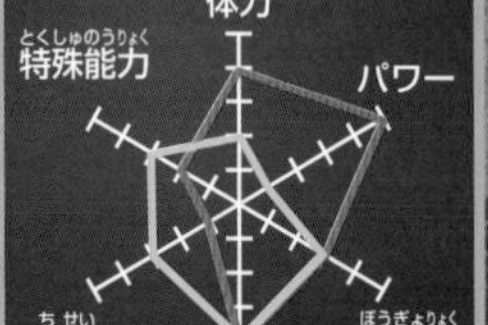

UMA軍《ユーマぐん》

1回戦《かいせん》で助太刀《すけだち》に入《はい》った仲間《なかま》とともに、3人《にん》で戦《たたか》うことを宣言《せんげん》。事故死《じこし》をしたホワイトレディ、非業《ひごう》の死《し》をとげたレッドレディ、悪霊使《あくりょうつか》いともいわれるブラックレディ、フィリピンで結成《けっせい》された三姉妹《さんしまい》は、今《いま》、勢《いきお》いに乗《の》っている。

体長《たいちょう》 3.3m《メートル》▶
形態《けいたい》 頭部《とうぶ》はウシ、下半身《かはんしん》はクモに似《に》ている

◀**身長《しんちょう》** 人間《にんげん》と同《おな》じくらいの大《おお》きさ
形態《けいたい》 全身《ぜんしん》が透明《とうめい》で白《しろ》い服《ふく》を着《き》ている。足《あし》はない

シーン1 ブラックレディとレッドレディの、同時攻撃《どうじこうげき》

濡《ぬ》れ女《おんな》は、海辺《うみべ》に出没《しゅぼつ》する、赤《あか》ん坊《ぼう》を抱《だ》いた妖怪《ようかい》。昔《むかし》から牛鬼《うしおに》と協力《きょうりょく》して人《ひと》をおそうと伝《つた》わる。

牛鬼《うしおに》のパートナーとして、「濡《ぬ》れ女《おんな》」が参《さん》戦《せん》し、戦《たたか》いの場《ば》に登場《とうじょう》。それをブラックレディとレッドレディが取《と》り囲《かこ》み、2人《ふたり》同時《どうじ》に手《て》に持《も》った刃物《はもの》をつきつける。

シーン2 牛鬼《うしおに》とホワイトレディも加《くわ》わり、乱戦《らんせん》に

ブラックレディの刃《やいば》を濡《ぬ》れ女《おんな》が受《う》け止《と》め、レッドレディの刃《やいば》は濡《ぬ》れ女《おんな》をつらぬいたかのように見《み》えたが、だいていた赤子《あかご》が刃《やいば》を受《う》け止《と》めていた！　こう着状態《ちゃくじょうたい》となる中《なか》、牛鬼《うしおに》とホワイトレディが入《はい》ってくる。

シーン3

牛鬼《うしおに》とホワイトレディによる吸血対決《きゅうけつたいけつ》！

何度《なんど》かぶつかり合《あ》った後《あと》、牛鬼《うしおに》とホワイトレディはだき合《あ》って、相手《あいて》の血《ち》を吸《す》い合《あ》う。じょじょにホワイトレディの姿《すがた》がうすくなって消《き》えそうになる。分《ぶ》が悪《わる》いとみたホワイトレディは、持《も》っていた刃物《はもの》を牛鬼《うしおに》に突《つ》きさす。しかし、それと同時《どうじ》に、牛鬼《うしおに》のツノが、ホワイトレディをつらぬいていた。

妖

Winner!

勝者《しょうしゃ》 妖怪軍《ようかいぐん》 牛《うし》鬼《おに》

バトル結果《けっか》

3対《たい》3の6人《にん》タッグマッチは、大将同士《たいしょうどうし》の一騎打《いっきう》ちとなった。ホワイトレディも死力《しりょく》をつくしたが、牛鬼《うしおに》の強力《きょうりょく》な吸血能力《きゅうけつのうりょく》とツノの一撃《いちげき》に敗北《はいぼく》した。

妖怪《ようかい》タヌキが率《ひき》いる侍軍団《さむらいぐんだん》 VS.トンカラトン率《ひき》いるならず者軍団《ものぐんだん》

全身傷《ぜんしんきず》だらけ、現代《げんだい》のミイラ男《おとこ》
トンカラトン

DATA

分類《ぶんるい》 人間型妖怪《にんげんがたようかい》
生息《せいそく》 現代《げんだい》、日本《にほん》に出没《しゅつぼつ》
時代《じだい》 20世紀《せいき》
武器《ぶき》 自転車《じてんしゃ》、手《て》に青龍刀《せいりゅうとう》を持《も》つ

妖怪軍《ようかいぐん》

トンカラトンにつかまると仲《なか》間《ま》にさせられてしまう。そのため、前回《ぜんかい》の敗者《はいしゃ》シーサーペントをふくめて仲間《なかま》が増《ふ》え続《つづ》け、数十人以上《すうじゅうにんいじょう》の軍団《ぐんだん》にふくれあがっている。九州《きゅうしゅう》から船《ふね》で瀬戸内海《せとないかい》を渡《わた》った軍団《ぐんだん》は、決戦《けっせん》の地《ち》である徳島《とくしま》を目指《めざ》す。

身長《しんちょう》 人間《にんげん》と同《おな》じくらい▶
形態《けいたい》 全身包帯《ぜんしんほうたい》で巻《ま》かれている。青龍刀《せいりゅうとう》を持《も》ち自転車《じてんしゃ》に乗《の》る。

義理人情《ぎりにんじょう》に厚《あつ》いナイスガイ
金長《きんちょう》タヌキ

DATA

分類《ぶんるい》 タヌキ妖怪《ようかい》
生息《せいそく》 徳島県小松島市《とくしまけんこまつしまし》
時代《じだい》 神話時代《しんわじだい》
武器《ぶき》 刀《かたな》

妖怪軍《ようかいぐん》

インドネシアの吸血鬼《きゅうけつき》ポンティアナクを、肉《にく》を斬《き》らせて骨《ほね》を斬《き》る戦術《せんじゅつ》でたおし、2回戦《かいせん》に進出《しんしゅつ》した。初戦《しょせん》でも深《ふか》い傷《きず》を負《お》いながら、故郷《こきょう》の徳島県《とくしまけん》に帰還《きかん》し、早速配下《さっそくはいか》のタヌキを集《あつ》めて金長軍団《きんちょうぐんだん》を結成《けっせい》。本陣《ほんじん》を徳島県小松島市《とくしまけんこまつしまし》に構《かま》え、敵《てき》をむかえ打《う》つ。

◀**体長《たいちょう》** 1m《メートル》くらい
形態《けいたい》 タヌキの姿《すがた》

戦力分析《せんりょくぶんせき》

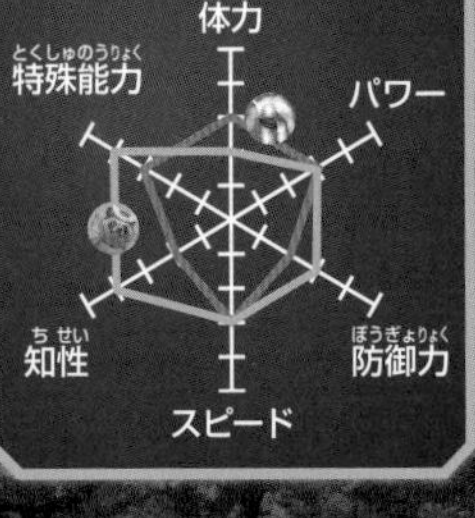

徳島県《とくしまけん》小松島市《こまつしまし》勝浦川周辺《かつうらがわしゅうへん》
（阿波狸合戦《あわたぬきがっせん》の古戦場《こせんじょう》）

両軍《りょうぐん》、にらみ合《あ》い

待《ま》ち構《かま》えている金長《きんちょう》タヌキ軍団《ぐんだん》。船《ふね》で乗りつけたトンカラトン軍団《ぐんだん》が続《ぞく》ぞくと上陸《じょうりく》し、やがて両軍《りょうぐん》が向《む》かい合《あ》う。

青龍刀《せいりゅうとう》と日本刀《にほんとう》で、両軍《りょうぐん》激《はげ》しく斬《き》り合《あ》う

両軍《りょうぐん》にらみ合《あ》いが続《つづ》くが、トンビがクルリと空《そら》で輪《わ》をかいたのを合図《あいず》に、両軍《りょうぐん》とび出《だ》す。川《かわ》の中央《ちゅうおう》で激《げき》とつし、青龍刀《せいりゅうとう》と日本刀《にほんとう》での斬《き》り合《あ》いがはじまる。

シーン 3

両軍大将《りょうぐんたいしょう》の一騎打《いっきう》ち

乱戦《らんせん》から一人《ひとり》ぬけ出《だ》したトンカラトンが、本陣《ほんじん》を襲撃《しゅうげき》し、金長《きんちょう》タヌキに斬《き》りかかる。とらえたと思《おも》ったしゅん間《かん》、金長《きんちょう》タヌキが消《き》える。キョロキョロするトンカラトン。その背後《はいご》から「ひっかかったな」と本《ほん》物《もの》の金長《きんちょう》タヌキが姿《すがた》を現《あらわ》し、トンカラトンの腹《はら》に深《ふか》ぶかと刀《かたな》をつきたてる。

バトル結果《けっか》

トンカラトンが最初《さいしょ》に見《み》つけた金長《きんちょう》タヌキの姿《すがた》は、金長《きんちょう》タヌキが作《つく》った幻《まぼろし》であり、本物《ほんもの》は、近《ちか》くに身《み》をかくしてひそんでいたのだ。金長《きんちょう》タヌキの作戦《さくせん》勝《が》ちといえる。

山《やま》をもくずす圧《あつ》とう的《てき》なパワー VS.頭脳《ずのう》とスピードの合《あ》わせ技《わざ》

DATA

分類《ぶんるい》 人間型《にんげんがた》UMA《ユーマ》
生息《せいそく》 アメリカ・ルイジアナ州《しゅう》モルガン
時代《じだい》 21世紀《せいき》
武器《ぶき》 俊敏《しゅんびん》な身体能力《しんたいのうりょく》、するどいキバとツメ、超再生能力《ちょうさいせいのうりょく》、硬化能力《こうかのうりょく》

屋根《やね》の上《うえ》の貴公子《きこうし》
モルガンビースト

戦《たたか》う妖怪山脈《ようかいさんみゃく》
ダイダラボッチ

DATA

分類《ぶんるい》 巨人型妖怪《きょじんがたようかい》
生息《せいそく》 日本《にほん》の山奥《やまおく》
時代《じだい》 神話時代《しんわじだい》
武器《ぶき》 巨大《きょだい》な体《からだ》を使《つか》った攻撃《こうげき》

妖怪軍《ようかいぐん》

土《つち》を積《つ》み上《あ》げて山《やま》をつくったり、穴《あな》を掘《ほ》って沼《ぬま》をつくったりする妖怪《ようかい》で、本来《ほんらい》、性格《せいかく》はおだやかだ。しかし、戦《たたか》うとなれば、巨体《きょたい》から生《う》まれるパワーは計《はか》り知《し》れない。太平洋《たいへいよう》を3日《か》で渡《わた》り、アメリカの西海岸《にしかいがん》に上陸《じょうりく》。

戦力分析《せんりょくぶんせき》

UMA軍《ユーマぐん》

次《つぎ》の決戦《けっせん》の場《ば》は、西海岸《にしかいがん》のメジャーリーグの野球場《やきゅうじょう》に決《き》まった。初戦《しょせん》で受《う》けた傷《きず》を治療《ちりょう》しつつ、決戦《けっせん》の地《ち》へ向《む》かったため体力《たいりょく》・気力《きりょく》は万全《ばんぜん》だ。何《なに》か策《さく》があるのか、モルガンビーストは不気味《ぶきみ》な笑《え》みを浮《う》かべる。

身長《しんちょう》 数十 m《すうじゅうメートル》〜数百 m《すうひゃくメートル》▶
形態《けいたい》 岩《いわ》のように頑丈《がんじょう》な身体《からだ》

◀**体長《たいちょう》** 人間《にんげん》と同《おな》じくらい
形態《けいたい》 全身《ぜんしん》が白《しろ》い、目《め》が赤《あか》い

ダイダラボッチが長《なが》い手足《てあし》をブンブンとふり回《まわ》す。素早《すばや》く逃《に》げまくるモルガンビースト。相手《あいて》のすきを見《み》て、モルガンビーストがダイダラボッチの背中《せなか》に飛《と》びのり、首《くび》の後《うし》ろにかみつく。

シーン1 モルガンビースト、するどいキバでかみつく!

シーン2 モルガンビースト、体内《たいない》に侵入《しんにゅう》

モルガンビーストは、そのままダイダラボッチの皮《ひ》ふを食《く》い破《やぶ》り、相手《あいて》の体内《たいない》に侵《しん》入《にゅう》。体《からだ》の内部《ないぶ》からあちこちを破《は》かいする。絶《ぜっ》きょうするダイダラボッチ。

3

ダイダラボッチ、巨木《きょぼく》のようにたおれる

Winner!

勝者《しょうしゃ》 UMA《ユーマ》軍《ぐん》 モルガンビースト

ダイダラボッチの動《うご》きが止《と》まる。すると、みるみるふくれ上《あ》がるダイダラボッチの腹部《ふくぶ》。中《なか》からモルガンビーストが飛《と》び出《で》てくる。巨木《きょぼく》がたおれるように、ダイダラボッチはごう快《かい》にダウン。

バトル結果《けっか》

モルガンビーストは、切《き》れ味《あじ》するどいキバとツメを駆使《くし》して、ダイダラボッチの体内《たいない》に侵入《しんにゅう》する奇策《きさく》に出《で》た。作戦《さくせん》は功《こう》を奏《そう》し、強敵《きょうてき》を見事《みごと》打《う》ちたおすことに成功《せいこう》した。

フットワーク軽《かろ》やかな知恵者《ちえもの》 VS.復活能力《ふっかつのうりょく》を持《も》つ怪力鬼《かいりきおに》

倍速《ばいそく》で舞《ま》うバタフライ

アクロバティックサラサラ

不老不死《ふろうふし》の鬼神様《きしんさま》

大嶽丸《おおたけまる》

DATA

分類《ぶんるい》 道《みち》ばたに出《で》る人間型妖怪《にんげんがたようかい》
生息《せいそく》 現代日本《げんだいにほん》の人《ひと》が行《ゆ》きかう場所《ばしょ》
時代《じだい》 平成末期《へいせいまっき》
武器《ぶき》 高《たか》いビルから飛《と》び降《お》りることが可能《かのう》、身軽《みがる》な機動力《きどうりょく》

DATA

分類《ぶんるい》 鬼《おに》
生息《せいそく》 三重県《みえけん》・鈴鹿山《すずかやま》
時代《じだい》 平安時代《へいあんじだい》
武器《ぶき》 暴風雨《ぼうふうう》を自由《じゆう》にあやつる、火《ひ》の雨《あめ》を降《ふ》らせる、不老《ふろう》不死《ふし》で何度《なんど》でも生《い》き返《かえ》る

妖怪軍《ようかいぐん》

初《しょせん》戦のベアドッグのキモを食《く》いながら体力《たいりょく》を回復《かいふく》し、人間《にんげん》のふりをして飛行機《ひこうき》で決戦《けっせん》地《ち》ベトナムへ。軽快《けいかい》なフットワークで、今回《こんかい》も一気《いっき》に相手《あいて》を攻《せ》め立《た》てられるのか!?

戦力分析《せんりょくぶんせき》

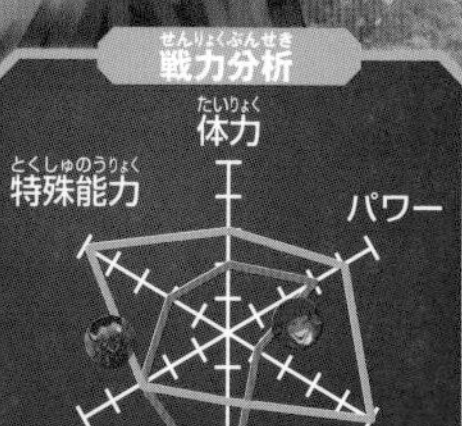

妖怪軍《ようかいぐん》

日《に》本三大妖怪《ほんさんだいようかい》のひとつにも数《かぞ》えられる強力《きょうりょく》な妖怪《ようかい》。初戦《しょせん》の傷《きず》をものともせずに、雲《くも》にのって数時間《すうじかん》でベトナムに到着《とうちゃく》。不《ふ》死身《じみ》の大嶽丸《おおたけまる》だが、さすがの強《きょう》行軍《こうぐん》につかれたのか、復活能力《ふっかつのうりょく》に若干乱《じゃっかんみだ》れが見《み》られる。

身長《しんちょう》 人間《にんげん》と同《おな》じくらい（長身《ちょうしん》）▶
形態《けいたい》 やせ型《がた》で、長《なが》い髪《かみ》、赤《あか》い服《ふく》を着《き》る

◀**身長《しんちょう》** 数《すうメートル》ｍの巨体《きょたい》
形態《けいたい》 頭《あたま》にツノを持《も》つ

シーン1 両者《りょうしゃ》、暴風雨《ぼうふうう》の中《なか》でにらみあい

ものすごい勢《いきお》いで風《かぜ》が吹《ふ》いている。雲《くも》行《ゆ》きも怪《あや》しくなり、空《そら》からは雨《あめ》が降《ふ》ってくる。大獄丸《おおたけまる》が暴風《ぼうふう》を呼《よ》んだのか!?じりじりと相手《あいて》との距離《きょり》をつめる大獄丸《おおたけまる》。それに対《たい》して、ゆっくりと後《うし》ろに下《さ》がるアクロバティックサラサラ。大獄丸《おおたけまる》が腰《こし》の刀《かたな》をぬいた。

シーン2 大獄丸《おおたけまる》の刀《かたな》に…!?

アクロバティックサラサラがにやりと笑《わら》う。「お前のなまくら刀で、私をとらえられるかな? うすのろめ」。動《どう》ようし、感情的《かんじょうてき》になった大獄丸《おおたけまる》は、刀《かたな》を大《おお》きく上段《じょうだん》にふりかぶると、そこに雷《かみなり》が直撃《ちょくげき》!

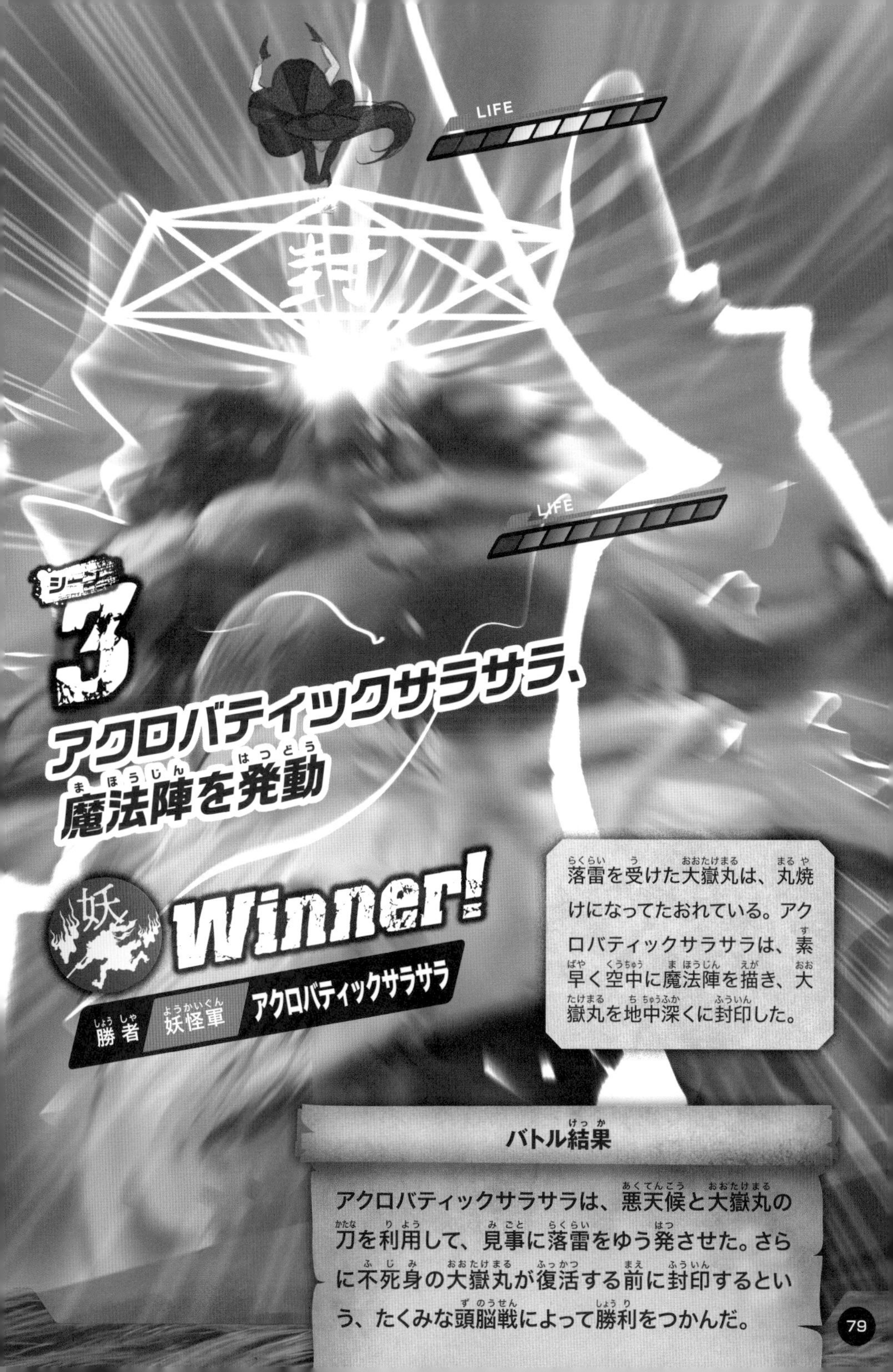

落雷《らくらい》を受《う》けた大嶽丸《おおたけまる》は、丸焼《まるや》けになってたおれている。アクロバティックサラサラは、素《す》早《ばや》く空中《くうちゅう》に魔法陣《まほうじん》を描《えが》き、大《おお》嶽丸《たけまる》を地中深《ちちゅうふか》くに封印《ふういん》した。

バトル結果《けっか》

アクロバティックサラサラは、悪天候《あくてんこう》と大嶽丸《おおたけまる》の刀《かたな》を利用《りよう》して、見事《みごと》に落雷《らくらい》をゆう発《はつ》させた。さらに不死身《ふじみ》の大嶽丸《おおたけまる》が復活《ふっかつ》する前《まえ》に封印《ふういん》するという、たくみな頭脳戦《ずのうせん》によって勝利《しょうり》をつかんだ。

お気楽《きらく》なジャンパーVS.時空《じくう》をあやつる邪神《じゃしん》

空飛《そらと》ぶジャンプ王《おう》

スプリングヒールジャック

神話《しんわ》の鋭角王子《えいかくおうじ》

夜刀神《やとのかみ》

DATA

分類《ぶんるい》 人間型《にんげんがた》UMA《ユーマ》
生息《せいそく》 イギリス・ロンドン
時代《じだい》 19世紀《せいき》
武器《ぶき》 金属製《きんぞくせい》のかぎヅメ

DATA

分類《ぶんるい》 邪神《じゃしん》
生息《せいそく》 日本《にほん》の闇夜《やみよ》
時代《じだい》 神話時代《しんわじだい》
武器《ぶき》 ツノのつきさし

UMA軍《ユーマぐん》

ケラケラ女《おんな》との戦《たたか》いで、足《あし》を負傷《ふしょう》したスプリングヒールジャックは、イギリスの巡洋艦《じゅんようかん》に乗《の》り、決戦《けっせん》の地《ち》ハワイへ移動《いどう》している。1回戦《かいせん》の2週間後《しゅうかんご》のことである。遊《あそ》び気分《きぶん》がぬけておらず、手《て》には日光《にっこう》のお土産《みやげ》を持《も》っている。

戦力分析《せんりょくぶんせき》

妖怪軍《ようかいぐん》

ハワイにある神社《じんじゃ》で、神主《かんぬし》が神《かみ》に祈《いの》りながら祝詞《のりと》を唱《とな》えると、夜刀神《やとのかみ》がとつじょ降臨《こうりん》する。「ほう、ここにも日本人《にほんじん》がおるのか」とつぶやく夜刀神《やとのかみ》。体調《たいちょう》は万全《ばんぜん》、全《まった》くダメージはない。決戦《けっせん》の地《ち》、キラウエア火山《かざん》に向《む》かう。

身長《しんちょう》 人間《にんげん》と同《おな》じくらい▶
形態《けいたい》 身軽《みがる》な体《からだ》でジャンプしている

◀**体長《たいちょう》** 数十《すうじゅう》 m《メートル》
形態《けいたい》 大蛇《だいじゃ》でツノが生《は》えている

スプリングヒールジャックは、いきなりジャンプをしまくり、相手《あいて》のすきを見《み》てかぎヅメで攻撃《こうげき》する。それをよゆうで受《う》け流《なが》す夜《や》刀神《とのかみ》。スプリングヒールジャックのジャンプ力《りょく》が落《お》ちているのは、初戦《しょせん》での負傷《ふしょう》の影響《えいきょう》か…。

シーン1 スプリングヒールジャック、かぎヅメで攻撃《こうげき》

シー 2 夜刀神《やとのかみ》、念力《ねんりき》を使《つか》う

夜刀神《やとのかみ》がツノに念力《ねんりき》をこめる。すると少《すこ》しだけ空間《くうかん》にねじれが生《しょう》じる。ただならぬ周囲《しゅうい》の気配《けはい》におどろくスプリングヒールジャック。

シ 3 スプリングヒールジャック、空間《くうかん》の割《わ》れ目《め》に…

またたく間《ま》に広《ひろ》がる空《くう》間《かん》の割《わ》れ目《め》に吸《す》いこまれるスプリングヒールジャック。「19世紀《せいき》に帰《かえ》って暴《あば》れまくると良《よ》いわ」と夜刀神《やとのかみ》が言《い》う。

妖

Winner!

勝者《しょうしゃ》 妖怪軍《ようかいぐん》 夜刀神《やとのかみ》

バトル結果《けっか》

空間《くうかん》のねじれに吸《す》いこまれたスプリングヒールジャックは、自分《じぶん》が生《う》まれた19世紀《せいき》にタイムスリップしたのか…。夜刀神《やとのかみ》の圧勝《あっしょう》という結果《けっか》になった。

Battle 24
第2回戦

日本《にほん》最強《さいきょう》の武神《ぶしん》 VS.水陸両用《すいりくりょうよう》破壊《はかい》マシーン

華麗《かれい》なる女剣士《おんなけんし》 カシマレイコ

DATA

分類《ぶんるい》 道《みち》ばたに出《で》る人間《にんげん》型妖怪《がたようかい》
生息《せいそく》 現在《げんざい》の日本《にほん》
時代《じだい》 昭和《しょうわ》
武器《ぶき》 たゆまない呪《のろ》い

海《うみ》をゆく大巨人《だいきょじん》 ニンゲン

DATA

分類《ぶんるい》 ひょう流《りゅう》するUMA《ユーマ》
生息《せいそく》 南極海《なんきょくかい》
時代《じだい》 20世紀《せいき》
武器《ぶき》 テレパシー

妖怪軍《ようかいぐん》

アフリカでの決戦《けっせん》を制《せい》したカシマレイコは、現地《げんち》で観光《かんこう》用《よう》の気球《ききゅう》を強《ごう》だつし、4日間《かかん》かけてオーストラリアの原野《げんや》にとう着《ちゃく》した。細《こま》かい作戦《さくせん》を練《ね》っているのだろうか、ぶつぶつと独《ひと》り言《ごと》をくり返《かえ》している。

戦力分析《せんりょくぶんせき》

UMA《ユーマ》軍《ぐん》

体力的《たいりょくてき》によゆうがあるニンゲンは、南極《なんきょく》から決戦《けっせん》の場所《ばしょ》であるオーストラリアまで泳《およ》いで向《む》かい、2日間《かかん》ほどで上陸《じょうりく》することができた。さらにニンゲンは、鼻歌《はなうた》を歌《うた》いながら、陸地《りくち》を徒歩《とほ》で会場《かいじょう》に向《む》かった。

身長《しんちょう》 人間《にんげん》と同《おな》じくらい▶
形態《けいたい》 やせた体《からだ》、髪《かみ》の毛《け》が長《なが》い

◀**体長《たいちょう》** 10～20 m《メートル》
形態《けいたい》 巨大《きょだい》な手足《てあし》、白《しろ》くてぶよぶよな体《からだ》

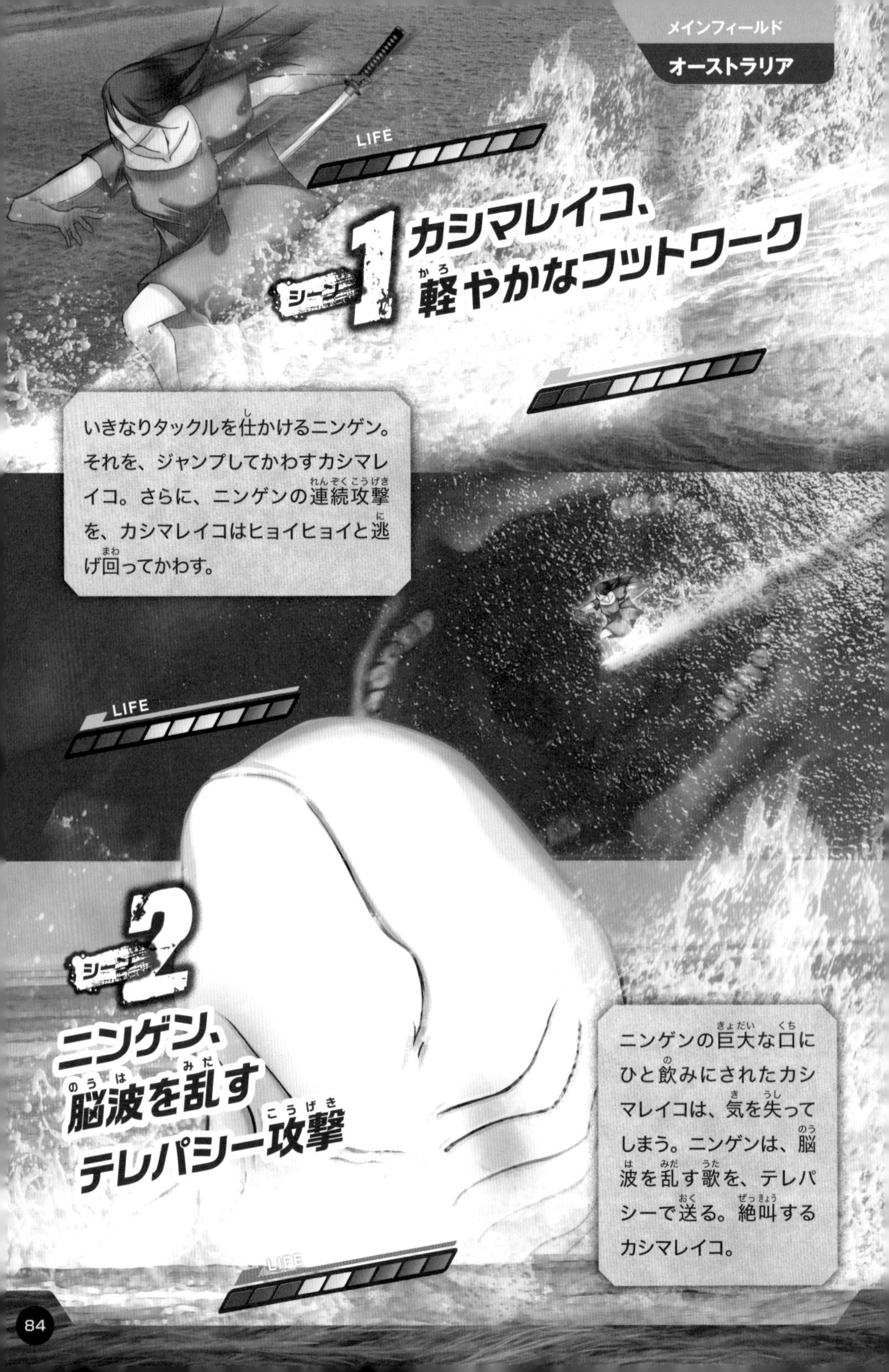

シーン1 カシマレイコ、軽《かろ》やかなフットワーク

いきなりタックルを仕《し》かけるニンゲン。それを、ジャンプしてかわすカシマレイコ。さらに、ニンゲンの連続攻撃《れんぞくこうげき》を、カシマレイコはヒョイヒョイと逃《に》げ回《まわ》ってかわす。

シーン2 ニンゲン、脳波《のうは》を乱《みだ》すテレパシー攻撃《こうげき》

ニンゲンの巨大《きょだい》な口《くち》にひと飲《の》みにされたカシマレイコは、気《き》を失《うし》ってしまう。ニンゲンは、脳《のう》波《は》を乱《みだ》す歌《うた》を、テレパシーで送《おく》る。絶叫《ぜっきょう》するカシマレイコ。

シーン3 カシマレイコに、最強《さいきょう》の武神降臨《ぶしんこうりん》！

そのしゅん間《かん》、カシマレイコに日本最強《にほんさいきょう》の戦《いくさ》の神《かみ》である鹿島神《かしましん》(タケミカヅチノカミ)が降臨《こうりん》する。巨大化《きょだいか》するカシマレイコ。その姿《すがた》は、いつの間《ま》にか鹿島神《かしましん》そのものとなっており、腰《こし》に差《さ》した刀《かたな》でニンゲンを真《ま》っ二《ぷた》つにしてしまった。

妖 **Winner!**

勝者《しょうしゃ》 妖怪軍《ようかいぐん》 カシマレイコ

バトル結果《けっか》

終始《しゅうし》、苦戦《くせん》を強《し》いられたカシマレイコであったが、とつじょ、日本最強《にほんさいきょう》の武神《ぶしん》（戦《いくさ》の神《かみ》）ともいわれる鹿島神《かしましん》が降臨《こうりん》し、大逆転《だいぎゃくてん》の勝利《しょうり》となった。

写真：Peripitus

UMA《ユーマ》（未確認生物《みかくにんせいぶつ》）とは何《なに》か？

ツチノコそっくりな形《かたち》をしているアオジタトカゲ。

神秘《しんぴ》世界《せかい》で最《もっと》もリアリティのある存在《そんざい》

UMA《ユーマ》は簡単《かんたん》に言《い》えば、まだほかくされていない生物《せいぶつ》のことを指《さ》す。地球上《ちきゅうじょう》の生命《せいめい》は、まだまだ未確認《みかくにん》のものが多《おお》く、今後《こんご》も新《あら》たに発見《はっけん》される可能性《かのうせい》が高《たか》い。言《い》ってみれば、神秘的《しんぴてき》な世界《せかい》において最《もっと》もリアリティがあるのが、UMA《ユーマ》といえる。

しかし誤認《ごにん》が多《おお》いのも事実《じじつ》だ。すでに存在《そんざい》する生物《せいぶつ》が、見間《みま》ちがいで未確認《みかくにん》生物《せいぶつ》とされることも多《おお》い。そのため筆《ひっ》者《しゃ》の場合《ばあい》は、UMA《ユーマ》に関《かん》する図鑑《ずかん》を作《つく》るときに、一緒《いっしょ》に誤認《ごにん》を生《う》み出《だ》しそうな生物《せいぶつ》も記録《きろく》している。いるはずのない場所《ばしょ》に現《あらわ》れるテレポートアニマル※、それが野生化《やせいか》し大量発生《たいりょうはっせい》した動物《どうぶつ》、一《いっ》見怪物《けんかいぶつ》にも見《み》える巨大生物《きょだいせいぶつ》などは、特《とく》に要注意《ようちゅうい》だ。

※アメリカ大陸《たいりく》の自然《しぜん》の中《なか》で、おもにオーストラリアに生《せい》息《そく》するカンガルーが発見《はっけん》されるなどのケース。

写真：Oceancetaceen

一度《いちど》は絶滅《ぜつめつ》したと考《かんが》えられていたアマゾンカワイルカ。

ハイブリッド、絶滅種《ぜつめつしゅ》、クローンも…

通常《つうじょう》、未確認生物《みかくにんせいぶつ》というと、新種《しんしゅ》の生物《せいぶつ》が考《かんが》えられるが、それ以外《いがい》のケースもある。まずあり得《え》るのが、ハイブリッド生物《せいぶつ》だ。近《ちか》い種類《しゅるい》の生物《せいぶつ》が交配《こうはい》して子《こ》どもを作《つく》った場合《ばあい》、見《み》なれない生物《せいぶつ》が生《う》まれ、その見《み》た目《め》から未知《みち》の生物《せいぶつ》と誤解《ごかい》されやすい。この場合《ばあい》、ほかくされれば新種《しんしゅ》のハイブリッド生物《せいぶつ》となる。

さらに、絶滅動物《ぜつめつどうぶつ》も未確認生物《みかくにんせいぶつ》にふくまれる場合《ばあい》がある。これは再発見《さいはっけん》されれば現存生物《げんぞんせいぶつ》にもどる。意外《いがい》とこの実例《じつれい》は多《おお》く、アマゾンカワイルカやキノボリカンガルーがその代表例《だいひょうれい》だ。人工的《じんこうてき》に作《つく》られた生物《せいぶつ》も同《おな》じで、その事実《じじつ》が明《あか》るみになれば、クローン生物《せいぶつ》に位置付《いちづ》けられるだろう。さらに未知《みち》の領域《りょういき》のUMA《ユーマ》が発見《はっけん》される可能性《かのうせい》はあり、今後《こんご》も研究《けんきゅう》は続《つづ》いていく。

Battle《バトル》

25 → 32

3回戦《かいせん》

古典《こてん》妖怪《ようかい》の高速《こうそく》空中《くうちゅう》殺法《さっぽう》 VS.ロシア軍《ぐん》の近代《きんだい》戦略《せんりゃく》

DATA

分類《ぶんるい》 頭足類《とうそくるい》
生息《せいそく》 南極《なんきょく》ボストーク湖《こ》
時代《じだい》 21世紀《せいき》
武器《ぶき》 足《あし》を生物《せいぶつ》に擬態《ぎたい》させる

変幻自在《へんげんじざい》のイリュージョニスト
46-B《ビー》

UMA軍《ユーマぐん》

チュパカブラとの戦《せん》とうでかなりのダメージを受《う》けた46-B《ビー》は、連戦《れんせん》のつかれも見《み》え、スタミナ面《めん》に心配《しんぱい》がある。戦術的《せんじゅつてき》には、苦手《にがて》な陸上《りくじょう》での戦《たたか》いはさけたいところだ。相方《あいかた》である46-A《エー》は、体力《たいりょく》も気力《きりょく》も充実《じゅうじつ》しており、こちらの動《うご》きにも注目《ちゅうもく》したい。

体長《たいちょう》 人間《にんげん》と同《おな》じくらいの大《おお》きさ
形態《けいたい》 大天狗《おおてんぐ》、鼻《はな》が長《なが》い▼

体長《たいちょう》 33m《メートル》　体《からだ》のはば 14m《メートル》▲
形態《けいたい》 タコの姿《すがた》

天空《てんくう》の舞《まい》 天狗《てんぐ》

DATA

分類《ぶんるい》 人間型妖怪《にんげんがたようかい》
生息《せいそく》 日本《にほん》各地《かくち》の山岳地帯《さんがくちたい》
時代《じだい》 鎌倉時代末期《かまくらじだいまっき》
武器《ぶき》 天狗《てんぐ》のかくれみの、石《いし》つぶて、天狗《てんぐ》のうちわ

戦力分析《せんりょくぶんせき》

妖怪軍《ようかいぐん》

日《に》本《ほん》で伝承《でんしょう》されている妖怪《ようかい》で、山《やま》の神《かみ》と見《み》なす地《ち》域《いき》もある。性格《せいかく》は真面目《まじめ》で、毎日《まいにち》の修行《しゅぎょう》を欠《か》かさない。下駄《げた》をはいて深《ふか》い山《やま》を走《はし》るのが得意《とくい》で、戦略《せんりゃく》に長《た》けている。空《そら》を飛《と》ぶのも大《だい》の得意《とくい》で、日本《にほん》を出発《しゅっぱつ》し、戦場《せんじょう》となるブラジルまで2日間《かかん》で到着《とうちゃく》している。

ブラジル・アマゾン川河口付近《がわかこうふきん》

シーン1 天狗《てんぐ》、空《そら》から先制攻撃《せんせいこうげき》

アマゾン川河口付近《がわかこうふきん》で、水《みず》につかりながら天狗《てんぐ》を待《ま》つ46-B《ビー》。天狗《てんぐ》は静《しず》かに空中《くうちゅう》に浮《う》いていたが、いきなり無《む》数《すう》の石《いし》つぶてを投《な》げる。前《まえ》の戦《たたか》いでかまれた傷口《きずぐち》に石《いし》が食《く》いこみ、46-B《ビー》はもん絶《ぜつ》する。

シーン2 46-B《ビー》の助太刀《すけだち》、46-A《エー》が出現《しゅつげん》

すると46-A《エー》が姿《すがた》をあらわし、天狗《てんぐ》を脚《あし》ではがいじめにする。ぐいぐいしめつけられ天狗《てんぐ》は苦《くる》しむ。その時《とき》とつ然《ぜん》、アマゾン川《がわ》が逆流《ぎゃくりゅう》を始《はじ》める。「しめた。これを待《ま》っていたのだ」と天狗《てんぐ》。46-B《ビー》と46-A《エー》は、一気《いっき》に陸地《りくち》まで流《なが》されてしまう。天狗《てんぐ》は、そのすきに、かくれみのを使《つか》って姿《すがた》を消《け》す。

姿《すがた》を消《け》した天狗《てんぐ》は神通力《じんつうりき》を使《つか》い、ロシアの原子力潜水艦《げんしりょくせんすいかん》の中《なか》に姿《すがた》を現《あらわ》し、精密機械《せいみつきかい》をこわしまくる。ロシアの原子力潜《げんしりょくせん》水艦《すいかん》が爆発《ばくはつ》し、天狗《てんぐ》は勝利《しょうり》の高笑《たかわら》いをする。

シーン3

天狗《てんぐ》、潜水艦《せんすいかん》をしゅう撃《げき》

バトル結果《けっか》

46-B《ビー》と46-A《エー》をあやつる司令部《しれいぶ》のある原子力《げんしりょく》潜水艦《せんすいかん》をおそった天狗《てんぐ》の作戦勝《さくせんが》ち。後《あと》に残《のこ》された46-B《ビー》と46-A《エー》は、海《うみ》に帰《かえ》っていったようだ。

月《つき》がもたらす未知《みち》のパワー VS.砂漠《さばく》にしかけられた死《し》の電撃《でんげき》

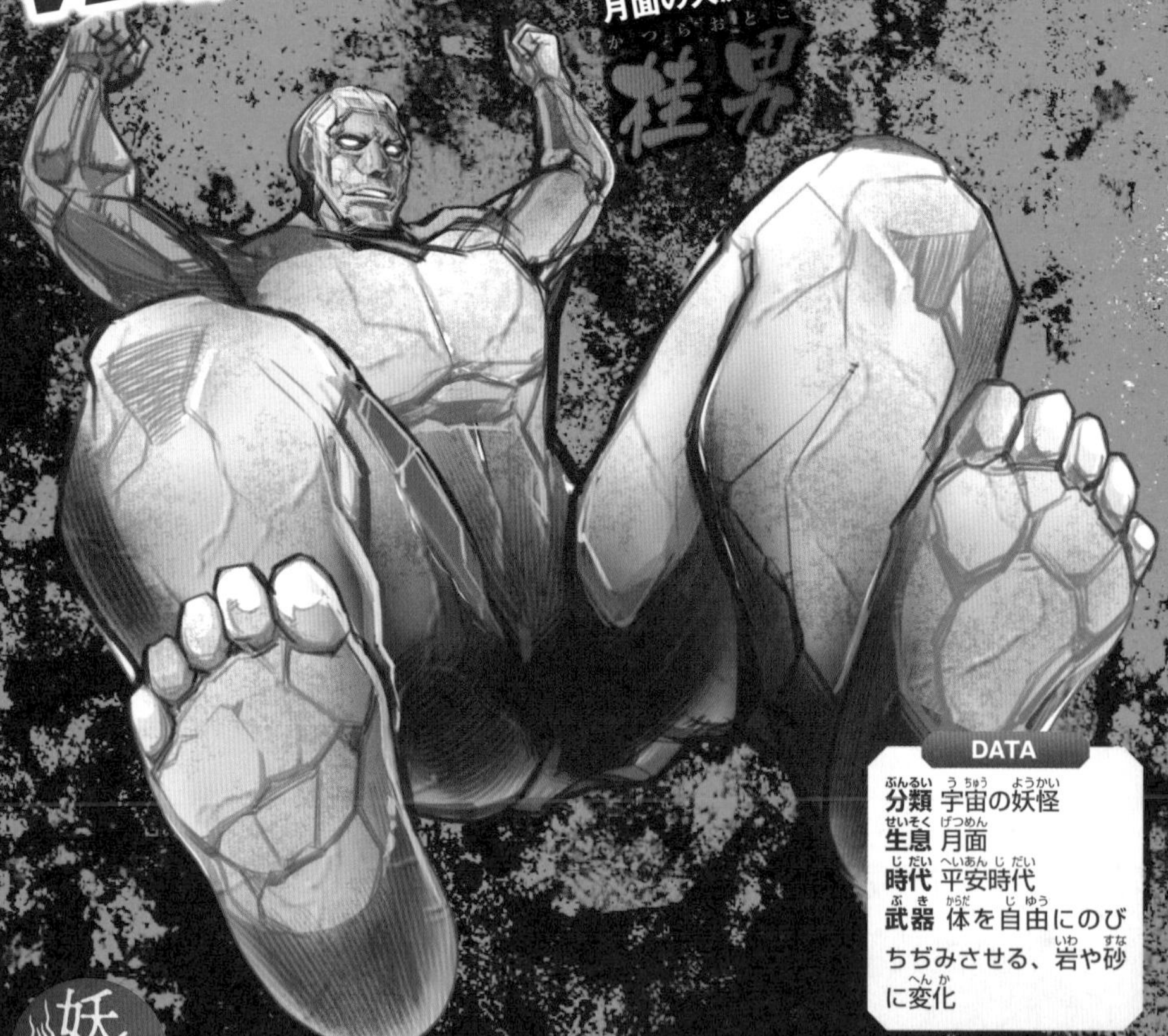

月面《げつめん》の大魔王《だいまおう》
桂男《かつらおとこ》

DATA

分類《ぶんるい》 宇宙《うちゅう》の妖怪《ようかい》
生息《せいそく》 月面《げつめん》
時代《じだい》 平安時代《へいあんじだい》
武器《ぶき》 体《からだ》を自由《じゆう》にのびちぢみさせる、岩《いわ》や砂《すな》に変化《へんか》

妖怪軍《ようかいぐん》

前《ぜん》回《かい》の戦《たたか》いでは、体《からだ》を砂《すな》に変化《へんか》させるという得意《とくい》技《わざ》で瞬間移動《しゅんかんいどう》に成功《せいこう》。相手《あいて》を時空《じくう》のはざまに閉《と》じこめることで勝利《しょうり》した。次《つぎ》なる相手《あいて》は、電撃攻撃《でんげきこうげき》を得意《とくい》とする、謎《なぞ》の巨大生物《きょだいせいぶつ》だ。砂漠《さばく》の強敵《きょうてき》に対《たい》して得《とく》意《い》の変化技《へんかわざ》は通用《つうよう》するのか？　月《つき》は味方《みかた》してくれるのか？

体長《たいちょう》 1.5m《メートル》、9kg《キログラム》
形態《けいたい》 イモムシのような見《み》た目《め》、地中《ちちゅう》を移動《いどう》し神出鬼没《しんしゅつきぼつ》で姿《すがた》を現《あらわ》す▼

▲**身長《しんちょう》** しんしゅく自在《じざい》
形態《けいたい》 全身岩《ぜんしんいわ》のような体《からだ》

エレキモンスター

モンゴリアンデスワーム

DATA

分類《ぶんるい》 巨大《きょだい》なミミズのような
UMA《ユーマ》

生息《せいそく》 モンゴル・ゴビ砂漠《さばく》

時代《じだい》 20世紀《せいき》

武器《ぶき》 するどい歯《は》、電撃攻撃《でんげきこうげき》

UMA軍《ユーマぐん》

モンゴル・ゴビ砂漠《さばく》の地中《ちちゅう》に生息《せいそく》する謎《なぞ》の巨大生《きょだいせい》物《ぶつ》。モンゴルの初代皇帝《しょだいこうてい》チンギス・ハーンの墓《はか》を守《まも》っているともいわれ、現地《げんち》では「オルゴイコルコイ（腸虫《ちょうちゅう》）」と呼《よ》ばれる。性格《せいかく》は凶暴《きょうぼう》で、つきることなく電気攻撃《でんきこうげき》を放《はな》ち、雨《あめ》の日《ひ》はいりょくが2倍《ばい》になる。アメリカ軍《ぐん》の一個中隊《いっこちゅうたい》が全《ぜん》めつさせられるほどだ。

戦力分析《せんりょくぶんせき》

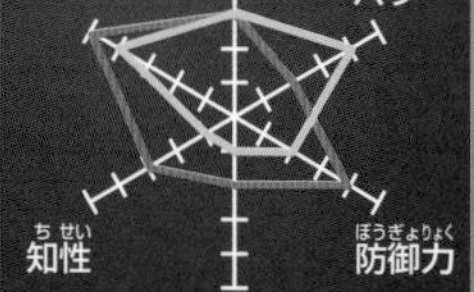

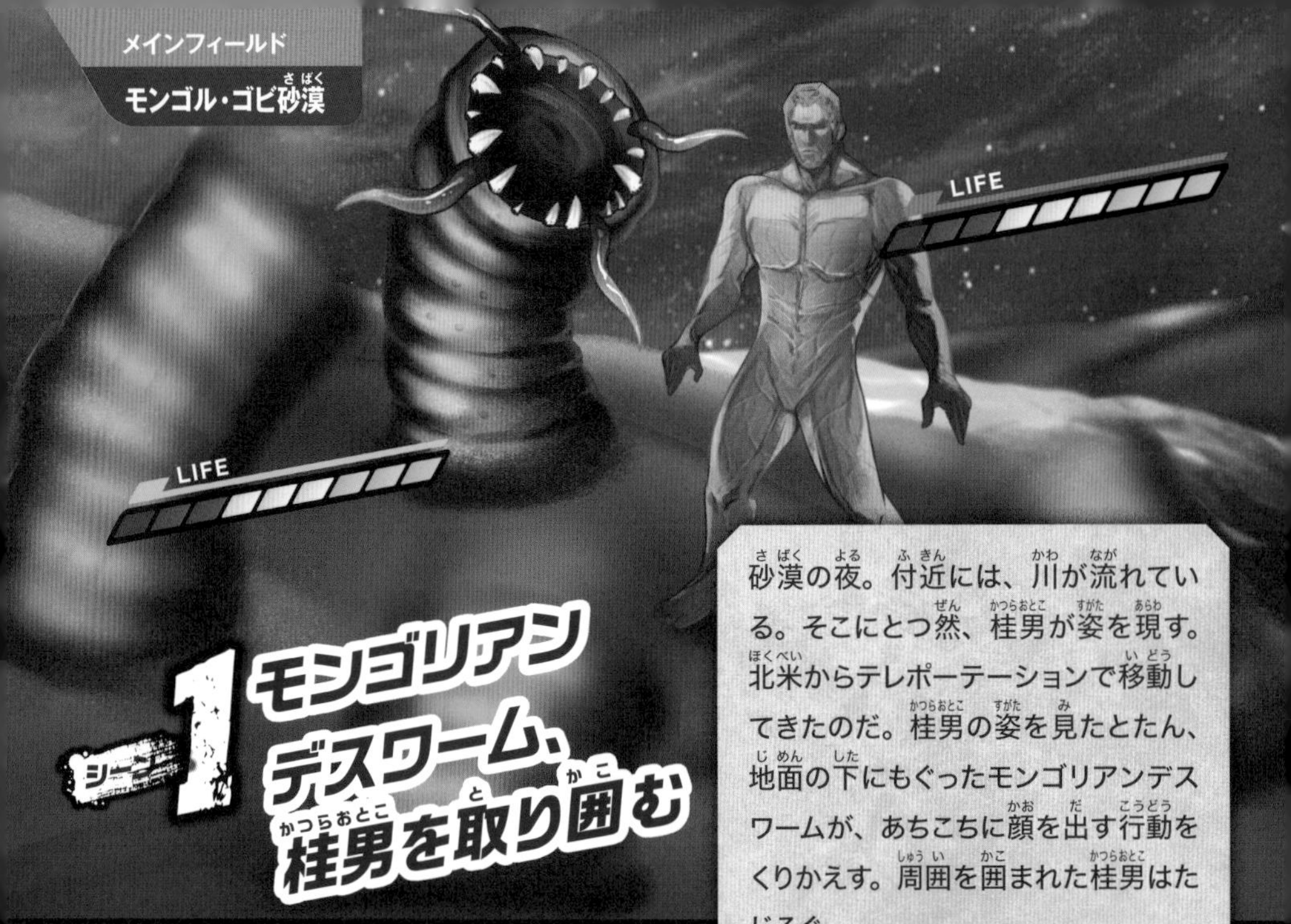

シーン1 モンゴリアンデスワーム、桂男《かつらおとこ》を取《と》り囲《かこ》む

砂漠《さばく》の夜《よる》。付近《ふきん》には、川《かわ》が流《なが》れている。そこにとつ然《ぜん》、桂男《かつらおとこ》が姿《すがた》を現《あらわ》す。北米《ほくべい》からテレポーテーションで移動《いどう》してきたのだ。桂男《かつらおとこ》の姿《すがた》を見《み》たとたん、地面《じめん》の下《した》にもぐったモンゴリアンデスワームが、あちこちに顔《かお》を出《だ》す行動《こうどう》をくりかえす。周囲《しゅうい》を囲《かこ》まれた桂男《かつらおとこ》はたじろぐ。

シーン2 モンゴリアンデスワーム、桂男《かつらおとこ》に電撃攻撃《でんげきこうげき》

桂男《かつらおとこ》は体勢《たいせい》をくずして川《かわ》に落下《らっか》する。すかさず、モンゴリアンデスワームが電撃攻撃《でんげきこうげき》。水《みず》の力《ちから》とあわさり、電撃《でんげき》のいりょくは倍増《ばいぞう》する。電気《でんき》で全身《ぜんしん》をけいれんさせる桂男《かつらおとこ》。

シー3

桂男《かつらおとこ》が、月《つき》のパワーで伸縮攻撃《しんしゅくこうげき》。

ひん死《し》の桂男《かつらおとこ》は、月《つき》にパワーを求《もと》めて右《みぎ》手《て》を差《さ》し出《だ》す。ちょうど雲《くも》が流《なが》れ、満月《まんげつ》が姿《すがた》を現《あらわ》す。桂男《かつらおとこ》の体《からだ》にパワーがみなぎり、伸縮自在《しんしゅくじざい》のパンチやキックで、モンゴリアンデスワームをたおした。

バトル結果《けっか》

モンゴリアンデスワームはワナをはって、桂男《かつらおとこ》を川《かわ》に落《お》とし、電撃攻撃《でんげきこうげき》によって追《お》いつめた。しかし、運《うん》よく月《つき》のパワーを得《え》た桂男《かつらおとこ》が、逆転《ぎゃくてん》に成功《せいこう》した。

Battle 27
第3回戦

力《ちから》で押《お》しまくるパワーファイター vs.人《ひと》の心《こころ》をたぶらかすキツネ

高速《こうそく》の重爆機《じゅうばくき》
牛鬼《うしおに》

DATA

分類《ぶんるい》 水陸両用《すいりくりょうよう》の妖怪《ようかい》
生息《せいそく》 海《うみ》、河川《かせん》、泉《いずみ》
時代《じだい》 平安時代《へいあんじだい》
武器《ぶき》 強大《きょうだい》なパワー

妖
妖怪軍《ようかいぐん》

牛鬼《うしおに》と濡《ぬ》れ女《おんな》は、昔《むかし》からタッグを組《く》んで人間《にんげん》をおそっていた。濡《ぬ》れ女《おんな》がだいている赤《あか》ちゃんを、人間《にんげん》にだくようにお願《ねが》いする。人間《にんげん》がだいてしまうと、赤《あか》ちゃんが重《おも》くなって動《うご》けなくなり、そこに牛鬼《うしおに》が出《で》てきておそいかかる。そんな絶妙《ぜつみょう》なコンビネーションを発揮《はっき》できるかどうかが、勝負《しょうぶ》の分《わ》かれ目《め》となりそうだ。

体長《たいちょう》 人間《にんげん》と同《おな》じくらいのサイズ
形態《けいたい》 キツネの姿《すがた》で、9本《ほん》のしっぽを持《も》つ、普段《ふだん》は人間《にんげん》に化《ば》けている▼

体長《たいちょう》 3.3m《メートル》▲
形態《けいたい》 頭部《とうぶ》はウシ、下半身《かはんしん》はクモに似《に》ている

DATA

分類《ぶんるい》 キツネ妖怪《ようかい》
生息《せいそく》 中国《ちゅうごく》、日本《にほん》
時代《じだい》 紀元前《きげんぜん》から
武器《ぶき》 変化能力《へんげのうりょく》、幻術《げんじゅつ》、空《くう》中《ちゅう》を浮遊《ふゆう》する

魔性《ましょう》の美女《びじょ》

九尾《きゅうび》の狐《きつね》

戦力分析《せんりょくぶんせき》

妖怪軍《ようかいぐん》

元《もと》は中国《ちゅうごく》に伝《つた》わる妖怪《ようかい》で、日本《にほん》でも美女《びじょ》に化《ば》けて権力者《けんりょくしゃ》をたぶらかすなど、国《くに》をほろぼすほどの凶《きょう》悪《あく》な妖怪《ようかい》だ。数万人《すうまんにん》の武士《ぶし》と戦《たたか》い、命《いのち》を落《お》とした後《あと》、呪《のろ》いの力《ちから》で「殺生石《せっしょうせき》」となって毒《どく》をはきつづけ、人間《にんげん》や生《せい》物《ぶつ》、植物《しょくぶつ》に被害《ひがい》をあたえ続《つづ》けた伝説《でんせつ》が残《のこ》る。恐《おそ》るべき妖《よう》力《りょく》、変幻《へんげん》の力《ちから》、戦《たたか》いの先《さき》を読《よ》む頭脳戦《ずのうせん》に長《た》けている。

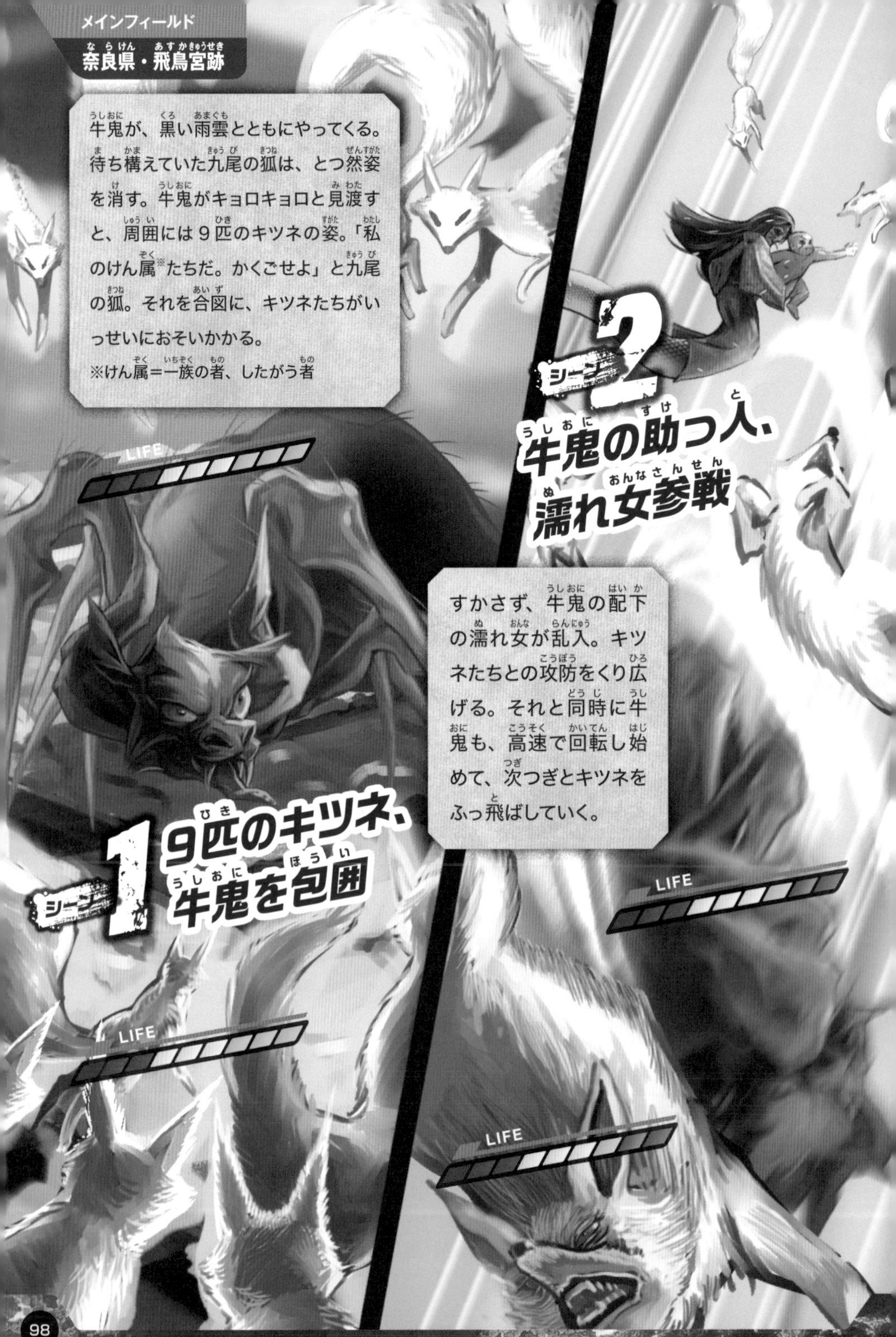

牛鬼《うしおに》が、黒《くろ》い雨雲《あまぐも》とともにやってくる。待《ま》ち構《かま》えていた九尾《きゅうび》の狐《きつね》は、とつ然姿《ぜんすがた》を消《け》す。牛鬼《うしおに》がキョロキョロと見渡《みわた》すと、周囲《しゅうい》には９匹《ひき》のキツネの姿《すがた》。「私《わたし》のけん属《ぞく》※たちだ。かくごせよ」と九尾《きゅうび》の狐《きつね》。それを合図《あいず》に、キツネたちがいっせいにおそいかかる。

※けん属《ぞく》＝一族《いちぞく》の者《もの》、したがう者《もの》

シーン1 9匹《ひき》のキツネ、牛鬼《うしおに》を包囲《ほうい》

シーン2 牛鬼《うしおに》の助《すけ》っ人《と》、濡《ぬ》れ女《おんな》参戦《さんせん》

すかさず、牛鬼《うしおに》の配下《はいか》の濡《ぬ》れ女《おんな》が乱入《らんにゅう》。キツネたちとの攻防《こうぼう》をくり広《ひろ》げる。それと同時《どうじ》に牛《うし》鬼《おに》も、高速《こうそく》で回転《かいてん》し始《はじ》めて、次《つぎ》つぎとキツネをふっ飛《と》ばしていく。

シーン3

牛鬼《うしおに》、パワーで圧《あっ》とうするが…

牛鬼《うしおに》が勝利《しょうり》を確信《かくしん》し、ニヤリと笑《わら》ったしゅん間《かん》、天《てん》から殺生石《せっしょうせき》に化《ば》けた九《きゅう》尾《び》の狐《きつね》が猛《もう》スピードで落下《らっか》してくる。たちまちぺしゃんこにつぶされる牛《うし》鬼《おに》。九尾《きゅうび》の狐《きつね》は勝利《しょうり》のおどりを舞《ま》う。

バトル結果《けっか》

九尾《きゅうび》の狐《きつね》が放《はな》った９匹《ひき》のキツネは、牛鬼《うしおに》の注意《ちゅうい》を引《ひ》き付《つ》けるためのワナだった。相手《あいて》の油断《ゆだん》をさそって殺生石《せっしょうせき》に化《ば》け、一撃《いちげき》で仕留《しと》めた九尾《きゅうび》の狐《きつね》の作戦《さくせん》勝《が》ちといえる。

上空《じょうくう》からおそう決死《けっし》の奇襲攻撃《きしゅうこうげき》 vs.個性《こせい》豊《ゆた》かな獣人《じゅうじん》ファミリー

DATA

分類《ぶんるい》 タヌキ妖怪《ようかい》
生息《せいそく》 徳島県《とくしまけん》小《こ》松島《まつしま》市《し》
時代《じだい》 神話時代《しんわじだい》
武器《ぶき》 刀《かたな》

義理人情《ぎりにんじょう》に厚《あつ》いナイスガイ

金長《きんちょう》タヌキ

妖怪軍《ようかいぐん》

3回戦《かいせん》の舞台《ぶたい》はロッキー山脈《さんみゃく》だ。金長軍《きんちょうぐん》のタヌキたちは、自分《じぶん》のキンタマ袋《ぶくろ》を大《おお》きく広《ひろ》げて、ハンググライダーのように飛行《ひこう》することができる。この方法《ほうほう》で4日間《かかん》かけて、アメリカのロッキー山脈《さんみゃく》にとう着《ちゃく》。歴戦《れきせん》のつかれが見《み》られる金長軍《きんちょうぐん》、特《とく》に大将《たいしょう》の金長《きんちょう》タヌキは前《まえ》の戦《たたか》いの傷《きず》が治《なお》っていない状態《じょうたい》で決戦《けっせん》にのぞむ。

体長《たいちょう》 2m《メートル》、**体重《たいじゅう》** 300kg《キログラム》
足跡《あしあと》 47cm《センチメートル》ほど
形態《けいたい》 全身《ぜんしん》毛《け》むくじゃら▼

▲**体長《たいちょう》** 1m《メートル》くらい
形態《けいたい》 姿《すがた》はタヌキそのもの、人間《にんげん》に優《やさ》しい

筋肉《きんにく》マッチョな獣人《じゅうじん》

ビッグフット

DATA

分類《ぶんるい》 獣人型《じゅうじんがた》UMA《ユーマ》
生息《せいそく》 アメリカ
時代《じだい》 20世紀《せいき》
武器《ぶき》 パワー、強烈《きょうれつ》な体臭《たいしゅう》

戦力分析《せんりょくぶんせき》

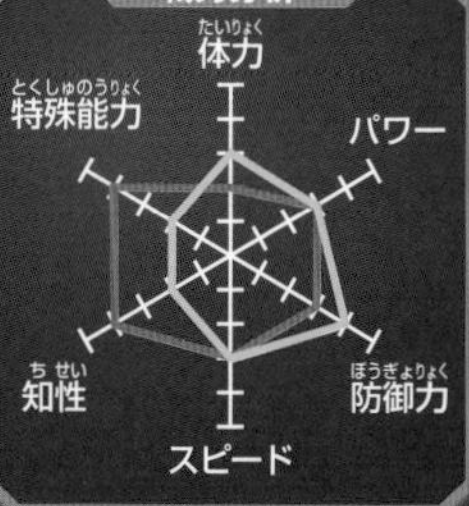

UMA軍《ユーマぐん》

20世紀《せいき》にアメリカでたびたび目撃《もくげき》されている未《み》確認生物《かくにんせいぶつ》だ。本拠地《ほんきょち》ロッキー山脈《さんみゃく》での決戦《けっせん》は、集団戦《しゅうだんせん》のバトルロイヤルで決着《けっちゃく》をつけることになった。ビッグフットファミリーは体調万全《たいちょうばんぜん》で、待《ま》ちながらウエイトトレーニングをするよゆうがある。今回《こんかい》は、親《しん》せきたちにも声《こえ》をかけ、助《すけ》っ人《と》をたのんでいる。

シーン1 金長軍団《きんちょうぐんだん》が、空《そら》からしゅう撃《げき》

のんびりと待《ま》ち構《かま》えるビッグフットファミリー。その上空《じょうくう》から、金長軍団《きんちょうぐんだん》がキンタマ袋《ふくろ》を大《おお》きく広《ひろ》げたハンググライダースタイルで、バラバラと奇《き》しゅう攻《こう》撃《げき》をしかける。ビッグフットファミリーは混乱《こんらん》し、大《おお》きくほえていかくする。

シーン2 ビッグフットファミリーに、強力《きょうりょく》な助《すけ》っ人《と》が！

大混乱《だいこんらん》におちいるビッグフットファミリー。そこにビッグフットの近《きん》りん種《しゅ》で、頭《あたま》が黄色《きいろ》い「イエロートップ」と、毛《け》が白《しろ》い「ホワイトビッグフット」が救援《きゅうえん》にかけつけ、反撃《はんげき》に出《で》る。

シーン3

タヌキ軍《ぐん》VS猿人軍《えんじんぐん》、最終決着《さいしゅうけっちゃく》！

勝者《しょうしゃ》 UMA軍《ユーマぐん》 ビッグフット

金長軍団《きんちょうぐんだん》は、逃《に》げるビッグフットファミリーを追跡《ついせき》する。「トドメだぁ」と金長《きんちょう》タヌキがさけんだしゅん間《かん》、左右《さゆう》のしげみから異臭《いしゅう》が…。ビッグフットの親《しん》せき「スカンクエイプ」の群《む》れである。さらに上空《じょうくう》から空飛《そらと》ぶ「ビッグフットバード」が投石攻撃《とうせきこうげき》をしかける。強《きょう》れつな悪臭《あくしゅう》と、空《そら》からの攻撃《こうげき》に、金長軍団《きんちょうぐんだん》は散《ち》り散《ぢ》りに退却《たいきゃく》する。

バトル結果《けっか》

あまりの臭《くさ》さに戦闘放棄《せんとうほうき》した金長軍団《きんちょうぐんだん》は、キンタマグライダーで四国徳島《しこくとくしま》に逃《に》げていった。すべては、巧妙《こうみょう》にしかけられた、ビッグフットの戦略《せんりゃく》だったのかもしれない。

21世紀《せいき》に目撃《もくげき》された新《しん》・未確認生物《みかくにんせいぶつ》 VS.

DATA

分類《ぶんるい》 人間型《にんげんがた》UMA《ユーマ》
生息《せいそく》 アメリカ・ルイジアナ州《しゅう》モルガン
時代《じだい》 21世紀《せいき》
武器《ぶき》 俊敏《しゅんびん》な身体能力《しんたいのうりょく》、するどいキバとツメ、超再生能力《ちょうさいせいのうりょく》、硬化能力《こうかのうりょく》

屋根《やね》の上《うえ》の貴公子《きこうし》

モルガンビースト

UMA軍《ユーマぐん》

決戦《けっせん》の場所《ばしょ》は、北極《ほっきょく》に決《き》まった。北極探査船《ほっきょくたんさせん》（砕氷船《さいひょうせん》）に潜入《せんにゅう》して、上陸《じょうりく》を試《こころ》みる。モルガンビーストは、しゅん敏《びん》な動《うご》きと、強力《きょうりょく》なツメとキバが持《も》ち味《あじ》。今回《こんかい》も、必殺技《ひっさつわざ》である体内《たいない》にもぐりこんでの攻撃《こうげき》で、強敵《きょうてき》ネッシー撃破《げきは》を目指《めざ》す。

体長《たいちょう》 10～15m《メートル》（写真《しゃしん》からの推測《すいそく》）
形態《けいたい》 プレシオサウルスのような姿《すがた》、寒《さむ》さに弱《よわ》い、陸上《りくじょう》も歩《ある》ける▼

▲**体長《たいちょう》** 人間《にんげん》と同《おな》じくらい
形態《けいたい》 全身《ぜんしん》が白《しろ》い、目《め》が赤《あか》い

最初《さいしょ》の目撃《もくげき》は約《やく》1500年前《ねんまえ》！
元祖《がんそ》・未確認生物《みかくにんせいぶつ》

水中《すいちゅう》の悪魔《あくま》
ネッシー

DATA

分類《ぶんるい》 水棲《すいせい》は虫類《ちゅうるい》
生息《せいそく》 スコットランド・ネス湖《こ》
（地下《ちか》トンネルで海《うみ》にも移動《いどう》？）
時代《じだい》 西暦《せいれき》565年《ねん》
武器《ぶき》 巨大《きょだい》な体《からだ》、パワー

UMA軍《ユーマぐん》

西暦《せいれき》565年《ねん》に、アイルランド出身《しゅっしん》の聖職者《せいしょくしゃ》が、スコットランドのネス湖《こ》で目撃《もくげき》した記録《きろく》が残《のこ》る。1933年《ねん》にはネス湖《こ》で撮影《さつえい》された写真《しゃしん》が話題《わだい》となった。長《なが》い首《くび》を活《い》かした攻撃力《こうげきりょく》と、大《おお》きな体《からだ》をおおう分《ぶ》厚《あつ》い筋肉《きんにく》の防御力《ぼうぎょりょく》は、非常《ひじょう》に脅威《きょうい》だ。

ネッシーはよゆうの笑《え》みを浮《う》かべて氷《ひょう》上《じょう》で待《ま》ち構《かま》える。氷《こおり》をくだきながら進《すす》む砕氷船《さいひょうせん》でとう着《ちゃく》したモルガンビーストは、様子《ようす》をうかがうようにネッシーの周囲《しゅうい》を四《よ》つんばいで回《まわ》り、そのうち高速《こうそく》で動《うご》き始《はじ》める。

シーン1 モルガンビースト、ネッシーの周《まわ》りを高速《こうそく》で移動《いどう》

シーン2 ネッシー、北極《ほっきょく》の海《うみ》に落下《らっか》！

しだいにネッシーの周囲《しゅうい》の氷《こおり》がとけ始《はじ》め、海中《かいちゅう》に落下《らっか》する。「しめた!」と、すかさず海中《かいちゅう》に飛《と》びこむモルガンビースト。ネッシーの体《からだ》の上《うえ》をはって移動《いどう》し、侵入《しんにゅう》できそうなやわらかい部分《ぶぶん》をすみずみまで探《さが》すが、どこにも見当《みあ》たらない…。ネッシー、よゆうの表情《ひょうじょう》で、反撃《はんげき》の体勢《たいせい》をとろうとしている。

とつ然《ぜん》、ネッシーが苦《くる》しみだし、絶《ぜっ》きょうする。どうやら、モルガンビーストはどこからかネッシーの体内《たいない》に侵入《しんにゅう》し、内臓《ないぞう》を食《く》い破《やぶ》ったようだ。北《ほっ》極《きょく》の海《うみ》には、動《うご》かなくなったネッシーが浮《う》かんでいる。

勝者《しょうしゃ》 UMA軍《ユーマぐん》 モルガンビースト

シーン3

モルガンビースト、しゅう念《ねん》で敵《てき》の体内《たいない》に侵入《しんにゅう》！

バトル結果《けっか》

その後《ご》しばらくたって、ネッシーの肛門《こうもん》から、モルガンビーストがひょっこり顔《かお》を出《だ》したという。手《しゅ》段《だん》を選《えら》ばない、モルガンビーストのしゅう念《ねん》の勝利《しょうり》といえる。

しゅん速《そく》の鬼殺《おにごろ》しクイーン VS.おそるべきパワーファイター

倍速《ばいそく》で舞《ま》うバタフライ

アクロバティックサラサラ

DATA

分類《ぶんるい》 道《みち》ばたに出《で》る人間型妖怪《にんげんがたようかい》
生息《せいそく》 現代日本《げんだいにほん》の人《ひと》が行《ゆ》きかう場所《ばしょ》
時代《じだい》 平成末期《へいせいまっき》
武器《ぶき》 高《たか》いビルから飛《と》び降《お》りることが可能《かのう》、身軽《みがる》な機動力《きどうりょく》

妖怪軍《ようかいぐん》

東《とうきょう》京のビル街《がい》で、強《つよ》そうな男《おとこ》をおそって最終調整《さいしゅうちょうせい》を行《おこな》い、コンディションはまずまずのようだ。前回《ぜんかい》に続《つづ》き、ふたたび鬼《おに》との戦《たたか》いだ。典型的《てんけいてき》なパワーファイターである酒呑童子《しゅてんどうじ》を、持《も》ち前《まえ》のしゅん敏《びん》な動《うご》きで、いかに攻略《こうりゃく》するかが勝利《しょうり》のカギとなる。

身長《しんちょう》 数十 m《すうじゅうメートル》
形態《けいたい》 頭《あたま》にツノを持《も》つ、巨体《きょたい》▼

▲**身長《しんちょう》** 人間《にんげん》と同《おな》じくらい（長身《ちょうしん》）
形態《けいたい》 やせ型《がた》で、長《なが》い髪《かみ》、赤《あか》い服《ふく》を着《き》る

元人間《もとにんげん》の怪力鬼《かいりきおに》

酒呑童子《しゅてんどうじ》

DATA

分類《ぶんるい》 人間型妖怪《にんげんがたようかい》
生息《せいそく》 京都《きょうと》の山間部《さんかんぶ》
時代《じだい》 平安時代《へいあんじだい》
武器《ぶき》 ものすごい腕力《わんりょく》、飛行能力《ひこうのうりょく》、変化能力《へんげのうりょく》

妖

妖怪軍《ようかいぐん》

戦力分析《せんりょくぶんせき》

普段《ふだん》は山《やま》にこもり、腹《はら》が減《へ》っては京都《きょうと》の町《まち》で、人間《にんげん》たちをつかまえて食《く》っていた。ものすごい怪力《かいりき》でありながら、美女《びじょ》に化《ば》ける能力《のうりょく》も持《も》つ。もともとは人間《にんげん》で、そのため心優《こころやさ》しい一面《いちめん》も持《も》つ。根城《ねじろ》である京都《きょうと》の大江山《おおえやま》から、決戦地《けっせんち》である富士山頂《ふじさんちょう》を徒歩《とほ》で目指《めざ》す。

シーン1 アクロバティックサラサラ、太刀《たち》で切《き》りかかる

シーン2 酒呑童子《しゅてんどうじ》、太刀《たち》の攻撃《こうげき》をキバで受《う》ける

大《おお》またで富士山《ふじさん》を登《のぼ》ってくる酒呑童子《しゅてんどうじ》。その表情《ひょうじょう》にはよゆうがうかがえる。とつ然《ぜん》、山上《さんじょう》から大《おお》きな岩《いわ》が転《ころ》がり落《お》ちてくる。岩《いわ》は、酒呑童子《しゅてんどうじ》の目《め》の前《まえ》にくると、パックリと2つに割《わ》れる。その中《なか》からアクロバティックサラサラが飛《と》び出《だ》し、手《て》に持《も》った太刀《たち》「童子切《どうじぎり》」で切《き》りかかる。

アクロバティックサラサラの攻撃《こうげき》を、正面《しょうめん》からキバで受《う》けるとめる酒《しゅ》呑童子《てんどうじ》。両者一歩《りょうしゃいっぽ》もゆずらない、激《はげ》しい攻防《こうぼう》が展開《てんかい》される。

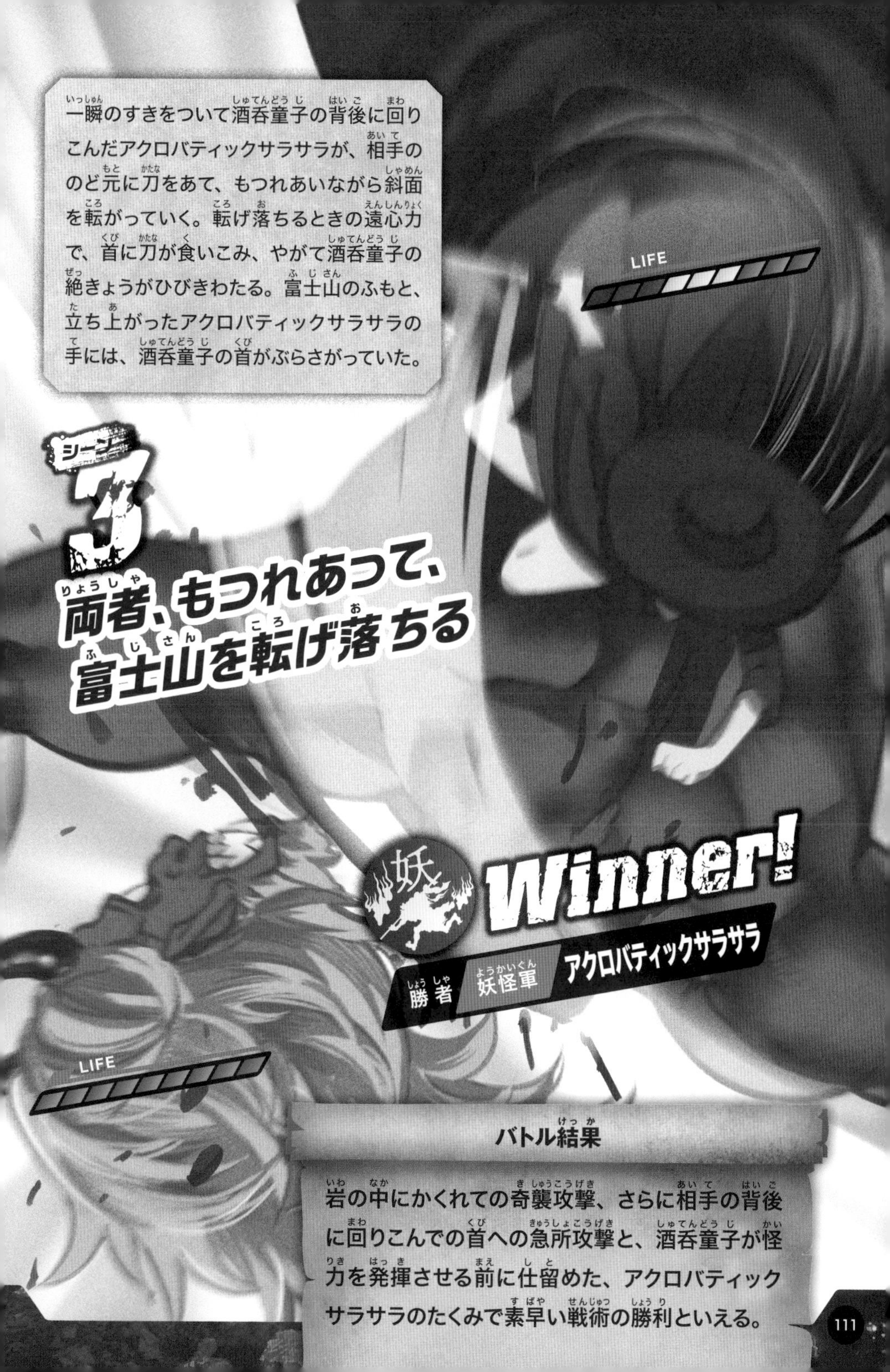

一瞬《いっしゅん》のすきをついて酒呑童子《しゅてんどうじ》の背後《はいご》に回《まわ》りこんだアクロバティックサラサラが、相手《あいて》ののど元《もと》に刀《かたな》をあて、もつれあいながら斜面《しゃめん》を転《ころ》がっていく。転《ころ》げ落《お》ちるときの遠心力《えんしんりょく》で、首《くび》に刀《かたな》が食《く》いこみ、やがて酒呑童子《しゅてんどうじ》の絶《ぜっ》きょうがひびきわたる。富士山《ふじさん》のふもと、立《た》ち上《あ》がったアクロバティックサラサラの手《て》には、酒呑童子《しゅてんどうじ》の首《くび》がぶらさがっていた。

シーン3

両者《りょうしゃ》、もつれあって、富士山《ふじさん》を転《ころ》げ落《お》ちる

勝《しょう》者《しゃ**》** 妖怪軍《ようかいぐん》 アクロバティックサラサラ

バトル結果《けっか》

岩《いわ》の中《なか》にかくれての奇襲攻撃《きしゅうこうげき》、さらに相手《あいて》の背後《はいご》に回《まわ》りこんでの首《くび》への急所攻撃《きゅうしょこうげき》と、酒呑童子《しゅてんどうじ》が怪《かい》力《りき》を発揮《はっき》させる前《まえ》に仕留《しと》めた、アクロバティックサラサラのたくみで素早《すばや》い戦術《せんじゅつ》の勝利《しょうり》といえる。

DATA

分類《ぶんるい》 邪神《じゃしん》
生息《せいそく》 日本《にほん》の闇夜《やみよ》
時代《じだい》 神話時代《しんわじだい》
武器《ぶき》 ツノのつきさし

神話《しんわ》の鋭角王子《えいかくおうじ》
夜刀神《やとのかみ》

妖怪軍《ようかいぐん》

決戦場所《けっせんばしょ》として決《き》まったのは、太平洋《たいへいよう》に浮《う》かぶ硫《い》黄島《おうとう》。何《なに》も邪魔《じゃま》するものがいない場所《ばしょ》で決着《けっちゃく》をつけることになった。夜刀神《やとのかみ》は、前《まえ》の日《ひ》まで伊勢神宮《いせじんぐう》で精神統一《せいしんとういつ》を行《おこな》っており、ツノに気持《きも》ちを集中《しゅうちゅう》させている。夜刀神《やとのかみ》の神通力《じんつうりき》が、どこまで通用《つうよう》するかが勝敗《しょうはい》の分《わ》かれ目《め》だ。

体長《たいちょう》 3m《メートル》（推測《すいそく》）
形態《けいたい》 巨大《きょだい》なカツラのような姿《すがた》▼

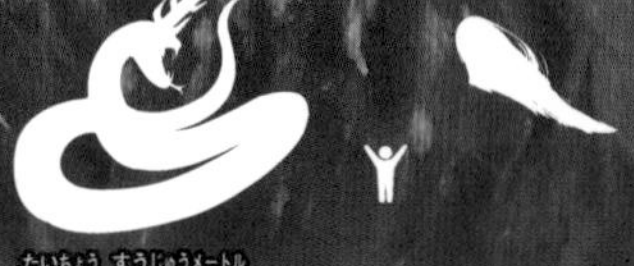

体長《たいちょう》 数十m《すうじゅうメートル》▲
形態《けいたい》 大蛇《だいじゃ》でツノが生《は》えている

ツノにためこむ神通力《じんつうりき》 vs.うす毛《げ》がもたらす怨念《おんねん》

空飛《そらと》ぶカツラ

スカイヘアー

DATA

分類《ぶんるい》 分類不可能《ぶんるいふかのう》
生息《せいそく》 主《おも》に日本《にほん》の空《そら》
時代《じだい》 令和《れいわ》
武器《ぶき》 髪《かお》の毛《け》をのばして相手《あいて》をからめ取《と》る、怨念攻撃《おんねんこうげき》

戦力分析《せんりょくぶんせき》

UMA軍《ユーマぐん》

うす毛《げ》の人《ひと》たちの怨念《おんねん》が、こり固《かた》まって誕生《たんじょう》した未《み》確認生物《かくにんせいぶつ》といわれている。空中《くうちゅう》をただようばかりで、普段《ふだん》は特《とく》に悪《わる》さはしないが、戦闘《せんとう》モードに入《はい》ったときのスカイヘアーはきょういだ。髪《かみ》の毛《け》のからみつきによるほばくからは、誰《だれ》も逃《のが》れることはできない。

シーン1 スカイヘアー、髪《かみ》の毛《け》をのばしてこう束《そく》する

硫黄島上空《いおうとうじょうくう》まで飛行《ひこう》してきたスカイヘアー。何度《なんど》も行《い》ったり来《き》たりしている。とつじょ、目《め》の前《まえ》の空間《くうかん》がゆがみ、夜刀《やとの》神《かみ》が出現《しゅつげん》。スカイヘアーは、すかさず髪《かみ》の毛《け》をのばして、夜刀神《やとのかみ》をこう束《そく》する。

シーン2 スカイヘアー、怨念《おんねん》を流《なが》しこむ

身動《みうご》きがとれなくなった夜《や》刀神《とのかみ》に、スカイヘアーは髪《かみ》の毛《け》を通《とお》して怨念《おんねん》を流《なが》しこむ。夜刀神《やとのかみ》はもがき苦《くる》しみながらも、なんとかツノに精神《せいしん》を集中《しゅうちゅう》する。すると、にわかに空《そら》がくもり、稲妻《いなずま》が空《そら》をかけめぐる。

シー 3

夜刀神《やとのかみ》、稲妻《いなづま》エネルギーで燃《も》やしつくす

夜刀神《やとのかみ》は、ツノに集《あつ》めた稲妻《いなづま》エネルギーを、スカイヘアーに向《む》けて集中放火《しゅうちゅうほうか》。たちまち、燃《も》え上《あ》がるスカイヘアー。後《あと》には、燃《も》えかすが残《のこ》るのみであった。

バトル結果《けっか》

スカイヘアーは、得意《とくい》の髪《かみ》の毛《け》によるこう束《そく》&怨念《おんねん》の攻撃《こうげき》をしかけて善戦《ぜんせん》したが、夜刀神《やとのかみ》の強力《きょうりょく》な神通力《じんつうりき》で放《はな》った稲妻《いなづま》エネルギーの前《まえ》に、一《いっ》しゅんで消《け》し飛《と》んでしまった。

鹿島神《かしましん》が宿《やど》る新進《しんしん》の現代妖怪《げんだいようかい》VS.日本最古《にほんさいこ》にして最高戦力《さいこうせんりょく》の神獣《しんじゅう》

華麗《かれい》なる女剣士《おんなけんし》

カシマレイコ

DATA

分類《ぶんるい》 道《みち》ばたに出《で》る人間《にんげん》型妖怪《がたようかい》

生息《せいそく》 現在《げんざい》の日本《にほん》

時代《じだい》 昭和《しょうわ》

武器《ぶき》 たゆまない呪《のろ》い

妖怪軍《ようかいぐん》

茨城県《いばらきけん》にある鹿島神宮《かしまじんぐう》で行《おこな》った最終調整《さいしゅうちょうせい》では、鹿《か》島神《しましん》からの声《こえ》を受《う》け、剣術《けんじゅつ》にさらにみがきがかかり、心身《しんしん》ともに万全《ばんぜん》の状態《じょうたい》だ。神話時代《しんわじだい》から伝《つた》わる伝説《でんせつ》の神獣《しんじゅう》ヤマタノオロチに、鹿島神《かしましん》の流《なが》れをくむ女《おんな》妖怪《ようかい》の新星《しんせい》が挑《いど》む。カシマレイコは、戦《たたか》いの前《まえ》に、ヤマタノオロチに、とあるプレゼントを送《おく》ったようである。

体長《たいちょう》 数十 m《すうじゅうメートル》

形態《けいたい》 8本《ほん》の首《くび》を持《も》つ特《とく》しゅな形態《けいたい》▼

▲**身長《しんちょう》** 人間《にんげん》と同《おな》じくらい

形態《けいたい》 やせた体《からだ》、髪《かみ》の毛《け》が長《なが》い

太古《たいこ》の怪獣《かいじゅう》

ヤマタノオロチ

DATA

分類《ぶんるい》 神《かみ》に近《ちか》い存在《そんざい》
生息《せいそく》 山陰地方《さんいんちほう》
時代《じだい》 神話時代《しんわじだい》
武器《ぶき》 するどいキバ、8本《ぼん》の首《くび》、飛行能力《ひこうのうりょく》、火炎放射《かえんほうしゃ》

妖怪軍《ようかいぐん》

戦力分析《せんりょくぶんせき》

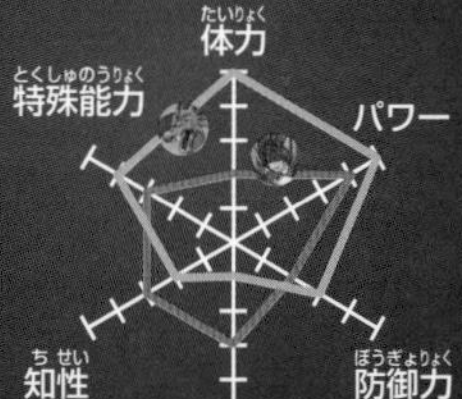

日《に》本《ほん》最古《さいこ》の妖怪《ようかい》にして、最強《さいきょう》の呼《よ》び声《ごえ》が高《たか》い。その圧《あっ》とう的《てき》な戦闘力《せんとうりょく》によって、人《ひと》びとに怖《おそ》れられると同時《どうじ》にうやまわれ、多《おお》くの人間《にんげん》の生《いけ》にえを食《く》ってきた。日本《にほん》の神話《しんわ》では、スサノオノミコトによって強《つよ》い酒《さけ》を飲《の》まされ、たおされた。対戦相手《たいせんあいて》のカシマレイコを若手《わかて》の現代妖怪《げんだいようかい》となめてかかっているようだ。

シーン 1

ヤマタノオロチ、8本《ぽん》の首《くび》で先制攻撃《せんせいこうげき》

ヤマタノオロチが半分酒《はんぶんさけ》によって、ふらふらと上空《じょうくう》を飛行《ひこう》してくる。それを待《ま》ち構《かま》えるカシマレイコ。ヤマタノオロチが、カシマレイコの体《からだ》に8本《ぽん》の首《くび》を巻《ま》きつけてくる。

シーン 2

ヤマタノオロチ、火炎放射《かえんほうしゃ》！

ヤマタノオロチの8つの頭《あたま》が、それぞれ火炎《かえん》を放射《ほうしゃ》。ていこうができないカシマレイコ。しだいに黒《くろ》こげになっていく。

ヤマタノオロチは勝利《しょうり》を確信《かくしん》。そのしゅん間《かん》、ヤマタノオロチのエネルギーを全《すべ》て吸収《きゅうしゅう》したカシマレイコが、一刀《いっとう》のもとヤマタノオロチの肉体《にくたい》を切《き》りさいた。こなごなになるヤマタノオロチ。

バトル結果《けっか》

8つの首《くび》で相手《あいて》をこう束《そく》し、得意《とくい》の火炎放射《かえんほうしゃ》で攻《せ》め立《た》てたヤマタノオロチであったが、最後《さいご》は一《いっ》しゅんのスキをつかれて、逆転《ぎゃくてん》の敗北《はいぼく》をきっした。戦《たたか》いの前《まえ》、何者《なにもの》かから送《おく》られてきた酒《さけ》を飲《の》み、よっていたヤマタノオロチの油断《ゆだん》が敗因《はいいん》といえる。

エキシビション
Exhibition
02

どちらが最恐《さいきょう》か!?
呪《のろ》いの魔獣対決《まじゅうたいけつ》!

世《せ》界《かい》に災《わざわ》いをおよぼす呪《のろ》いを武器《ぶき》とするUMA《ユーマ》と妖怪《ようかい》の対決《たいけつ》だ。強大《きょうだい》な呪《のろ》いと呪《のろ》いがぶつかりあったとき、そこで何《なに》が起《お》こるのか!? 前代未聞《ぜんだいみもん》の対決《たいけつ》が始《はじ》まる。

高速《こうそく》の加速装置《かそくそうち》
モスマン

DATA

分類《ぶんるい》 鳥型《とりがた》のUMA《ユーマ》
生息《せいそく》 アメリカ・バージニア州《しゅう》
時代《じだい》 20世紀《せいき》
武器《ぶき》 その存在《そんざい》が呪《のろ》いで災《わざわ》いをもたらす、するどいツメ

狂乱《きょうらん》の美女獣《びじょじゅう》
かんかんだら

DATA

分類《ぶんるい》 人間《にんげん》とヘビの合体妖怪《がったいようかい》
生息《せいそく》 九州山間部《きゅうしゅうさんかんぶ》
時代《じだい》 平成時代《へいせいじだい》
武器《ぶき》 ヘビの体《からだ》を使《つか》った巻《ま》きこみ攻撃《こうげき》

UMA軍《ユーマぐん》

1960年代《ねんだい》、その姿《すがた》を目《め》にすると災《わざわ》いがもたらされるとうわさされ、その独《どく》特《とく》の不気味《ぶきみ》な姿《すがた》からモスマン（蛾人間《がにんげん》）と名《な》づけられた。最近《さいきん》では、被害《ひがい》が世界的《せかいてき》に広《ひろ》がり、インドネシアで発生《はっせい》した地震《じしん》の前《まえ》にも目撃《もくげき》されている。

身長《しんちょう》 2m《メートル》 ▶
形態《けいたい》 背中《せなか》に羽《はね》を持《も》つ、時速《じそく》160km《キロメートル》で飛行《ひこう》

妖怪軍《ようかいぐん》

江《え》戸時代《どじだい》、人《ひと》をおそう大蛇《だいじゃ》を退治《たいじ》しようとした巫女《みこ》（神《かみ》につかえる女性《じょせい》）が、村人《むらびと》のうらぎりで食《た》べられ、両者《りょうしゃ》が合《がっ》体《たい》した。九州地方《きゅうしゅうちほう》のある場所《ばしょ》に封印《ふういん》され、下半身《かはんしん》を見《み》た者《もの》は、呪《のろ》われるとうわさされる。最近《さいきん》では自衛隊員《じえいたいいん》に目撃《もくげき》されている。

◀ **身長《しんちょう》** 大蛇《だいじゃ》と同《おな》じくらい
形態《けいたい》 上半身《じょうはんしん》が人間《にんげん》で腕《うで》が6本《ぽん》ある、下半身《かはんしん》がヘビ

シーン1 モスマン、空中《くうちゅう》から攻撃《こうげき》

早朝《そうちょう》のグアム島《とう》、モスマンはアメリカ本土《ほんど》から飛《と》び立《た》ち、4日間《かかん》かけて到着《とうちゃく》。波打際《なみうちぎわ》では、海《うみ》からかんかんだらが陸《りく》に上《あ》がってくる。日本《にほん》から5日間《かかん》かけて泳《およ》いできたのだ。モスマンはホバリングしながら、かんかんだらにツメの攻撃《こうげき》をくり返《かえ》す。

シーン2 かんかんだら、蛇体《じゃたい》で巻《ま》きつく

モスマンのツメ攻撃《こうげき》が続《つづ》いていたが、ついに、かんかんだらが下半身《かはんしん》の蛇体《じゃたい》を巻《ま》きつける。モスマンは必死《ひっし》に羽《はね》をばたつかせ、宙《ちゅう》に浮《う》いた状態《じょうたい》のまま、両者《りょうしゃ》は、たがいに呪《のろ》いを送《おく》り合《あ》う。

シーン3

両者《りょうしゃ》、呪《のろ》い合戦《がっせん》の結末《けつまつ》は？

フラフラになりながら、モスマンは飛《と》びつづけるが、方向《ほうこう》を見失《みうしな》っている。海《うみ》につき落《お》とそうという戦略《せんりゃく》だが、かんかんだらは、そうはさせまいと、必死《ひっし》にしがみつく。やがて、両者《りょうしゃ》はおたがいの呪《のろ》いによって力《ちから》つきて落下《らっか》し、世界《せかい》で最《もっと》も深《ふか》いマリアナ海溝《かいこう》に沈《しず》んでいった。

Draw
ひきわけ

バトル結果《けっか》

強力《きょうりょく》な呪《のろ》いと呪《のろ》いがぶつかりあった結《けっ》果《か》、強大《きょうだい》な災《わざわ》いが自《みずか》らにふりかかり、最終的《さいしゅうてき》には、両者力《りょうしゃちから》つきてノックアウトという結果《けっか》になってしまった。

Battle《バトル》

33 → 36

準々決勝《じゅんじゅんけっしょう》

自《じ》ざいに姿《すがた》をくらます空中殺法《くうちゅうさっぽう》vs.月面《げつめん》のパワーファイター

天空《てんくう》の舞《まい》
天狗《てんぐ》

月面《げつめん》の大魔王《だいまおう》
桂男《かつらおとこ》

DATA

分類《ぶんるい》 人間型妖怪《にんげんがたようかい》
生息《せいそく》 日本各地《にほんかくち》の山岳地帯《さんがくちたい》
時代《じだい》 鎌倉時代末期《かまくらじだいまっき》
武器《ぶき》 天狗《てんぐ》のかくれみの、石《いし》つぶて、天狗《てんぐ》のうちわ

DATA

分類《ぶんるい》 宇宙《うちゅう》の妖怪《ようかい》
生息《せいそく》 月面《げつめん》
時代《じだい》 平安時代《へいあんじだい》
武器《ぶき》 体《からだ》を自由《じゆう》にのびちぢみさせる、岩《いわ》や砂《すな》に変化《へんか》

妖怪軍《ようかいぐん》

優《すぐ》れた力《ちから》を持《も》つ男《おとこ》の僧《そう》や修《しゅ》験者《げんじゃ》が死《し》んだ後《あと》に、大天《おおてん》狗《ぐ》になるといわれている。突風《とっぷう》を巻《ま》き起《お》こせるうちわや、姿《すがた》を消《け》せるかくれみのなど、非常《ひじょう》に強力《きょうりょく》な武器《ぶき》をもつ。そのうえ天狗《てんぐ》は、武《ぶ》芸《げい》の達人《たつじん》でもあるといわれる。

戦力分析《せんりょくぶんせき》

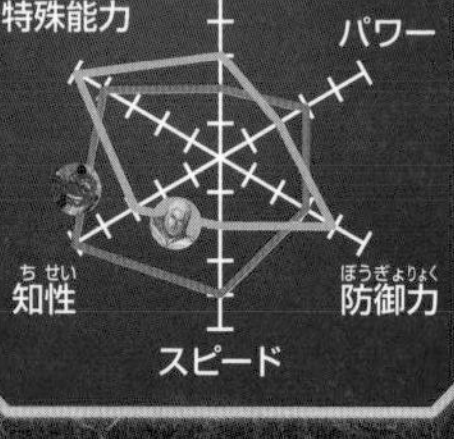

妖怪軍《ようかいぐん》

前《ぜん》回《かい》の戦《たたか》いでは、相手《あいて》におされぎみだったが、ギリギリのところで月《つき》の光《ひかり》を浴《あ》び、パワフルなパンチやキックで逆転勝利《ぎゃくてんしょうり》をおさめた。空中殺法《くうちゅうさっぽう》を得意《とくい》とする天《てん》狗《ぐ》に対《たい》して、パワーファイターの桂男《かつらおとこ》がどこまでがんばれるか？

体長《たいちょう》 人間《にんげん》と同《おな》じくらいの大《おお》きさ▶
形態《けいたい》 大天狗《おおてんぐ》、鼻《はな》が長《なが》い

◀**身長《しんちょう》** しんしゅく自在《じざい》
形態《けいたい》 全身岩《ぜんしんいわ》のような体《からだ》

シーン1 月《つき》から岩石《がんせき》が降《ふ》り注《そそ》ぎ、桂男《かつらおとこ》が登場《とうじょう》

うす明《あ》かりの夕方《ゆうがた》、月《つき》から巨大《きょだい》な岩石《がんせき》が降《ふ》り注《そそ》ぎ、それが合体《がったい》し、桂男《かつらおとこ》の姿《すがた》になっていく。上《じょう》空《くう》から、天狗《てんぐ》はその様子《ようす》を冷静《れいせい》にながめている。

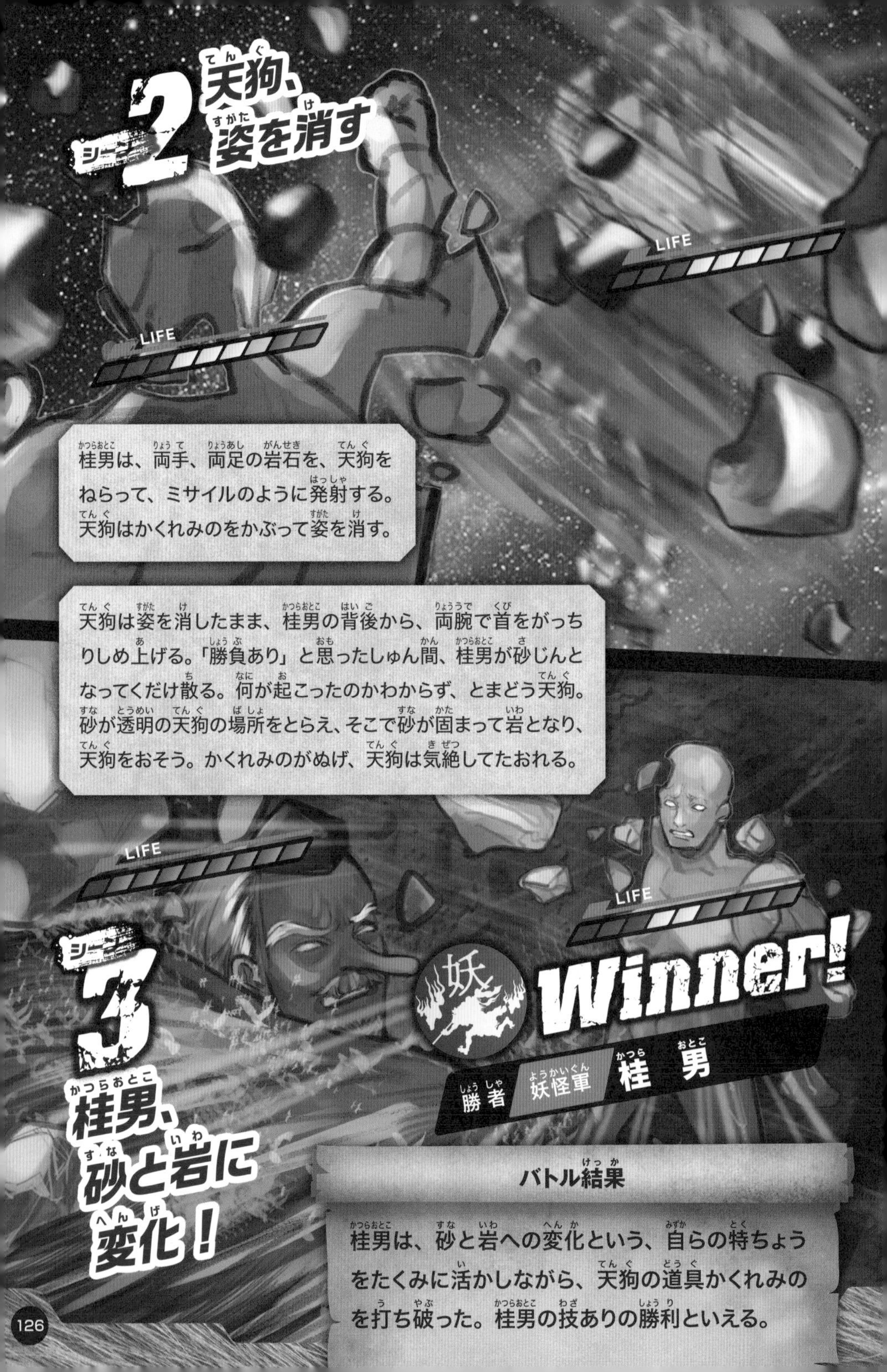

シー2 天狗《てんぐ》、姿《すがた》を消《け》す

桂男《かつらおとこ》は、両手《りょうて》、両足《りょうあし》の岩石《がんせき》を、天狗《てんぐ》をねらって、ミサイルのように発射《はっしゃ》する。天狗《てんぐ》はかくれみのをかぶって姿《すがた》を消《け》す。

天狗《てんぐ》は姿《すがた》を消《け》したまま、桂男《かつらおとこ》の背後《はいご》から、両腕《りょううで》で首《くび》をがっちりしめ上《あ》げる。「勝負《しょうぶ》あり」と思《おも》ったしゅん間《かん》、桂男《かつらおとこ》が砂《さ》じんとなってくだけ散《ち》る。何《なに》が起《お》こったのかわからず、とまどう天狗《てんぐ》。砂《すな》が透明《とうめい》の天狗《てんぐ》の場所《ばしょ》をとらえ、そこで砂《すな》が固《かた》まって岩《いわ》となり、天狗《てんぐ》をおそう。かくれみのがぬげ、天狗《てんぐ》は気絶《きぜつ》してたおれる。

シー3 桂男《かつらおとこ》、砂《すな》と岩《いわ》に変化《へんげ》！

妖 Winner!

勝者《しょうしゃ》 妖怪軍《ようかいぐん》 桂《かつら》 男《おとこ》

バトル結果《けっか》

桂男《かつらおとこ》は、砂《すな》と岩《いわ》への変化《へんか》という、自《みずか》らの特《とく》ちょうをたくみに活《い》かしながら、天狗《てんぐ》の道具《どうぐ》かくれみのを打《う》ち破《やぶ》った。桂男《かつらおとこ》の技《わざ》ありの勝利《しょうり》といえる。

相手《あいて》の弱点《じゃくてん》を知《し》りつくす知力《ちりょく》
VS. 予想《よそう》を上回《うわまわ》る驚異《きょうい》の身体能力《しんたいのうりょく》

DATA

分類《ぶんるい》 キツネ妖怪《ようかい》
生息《せいそく》 中国《ちゅうごく》、日本《にほん》
時代《じだい》 紀元前《きげんぜん》から
武器《ぶき》 変化能力《へんげのうりょく》、幻術《げんじゅつ》、空中《くうちゅう》を浮遊《ふゆう》する

魔性《ましょう》の美女《びじょ》
九尾《きゅうび》の狐《きつね》

筋肉《きんにく》マッチョな獣人《じゅうじん》
ビッグフット

DATA

分類《ぶんるい》 獣人型《じゅうじんがた》UMA《ユーマ》
生息《せいそく》 アメリカ
時代《じだい》 20世紀《せいき》
武器《ぶき》 パワー、強烈《きょうれつ》な体臭《たいしゅう》

妖怪軍《ようかいぐん》

前《ぜん》戦《せん》の地《ち》・奈良県《ならけん》から、オーストラリアまで空《そら》を飛《と》んで移動《いどう》。キツネは、年《とし》をとるにつれ妖力《ようりょく》が増《ま》し、尻尾《しっぽ》がわかれていき、最終形態《さいしゅうけいたい》として9本《ほん》のしっぽを持《も》つ九尾《きゅうび》の狐《きつね》となる。そんな恐《おそ》るべき妖力《ようりょく》で、強敵にいどむ。

戦力分析《せんりょくぶんせき》

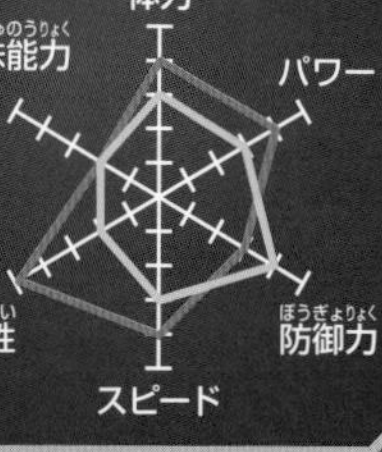

UMA軍《ユーマぐん》

前《ぜん》回《かい》の戦《たたか》いは、親《しん》せきや近《きん》えん種《しゅ》など、ビッグフット軍団《ぐんだん》が大集合《だいしゅうごう》して戦《たたか》い、金長《きんちょう》タヌキ軍《ぐん》団《だん》を見事《みごと》たおした。今回《こんかい》、オーストラリアまでの移動《いどう》は、ビッグフットバードに送《おく》ってもらったが、決《けっ》戦《せん》には単体《たんたい》でいどむ。

人間《にんげん》と同《おな》じくらいのサイズ▶
形態《けいたい》 キツネの姿《すがた》で、9本《ほん》のしっぽを持《も》つ、普段《ふだん》は人間《にんげん》に化《ば》けている

◀**体長《たいちょう》** 2m《メートル》、**体重《たいじゅう》** 300kg《キログラム》
足跡《あしあと》 47cm《センチメートル》ほど？
形態《けいたい》 全身《ぜんしん》毛《け》むくじゃら

シーン1 九尾《きゅうび》の狐《きつね》、火炎《かえん》を放射《ほうしゃ》

「ドン!ドン!ドン!」エアーズロックをふみ鳴《な》らすビッグフット。上空《じょうくう》にせん光《こう》が走《はし》るとともに、九《きゅう》尾《び》の狐《きつね》が姿《すがた》を現《あらわ》す。すかさず九尾《きゅうび》の狐《きつね》はビッグフットめがけて口《くち》から火炎《かえん》を放《はな》つ。ビッグフットはよけ切《き》れず、毛《け》に火《ひ》が燃《も》え移《うつ》り、エアーズロックの上《うえ》に転《ころ》がって火《ひ》を消《け》そうとする。

シーン2 ビッグフット、こん身《しん》のパンチ!?

苦《くる》しむビッグフットを、よゆうの表《ひょう》情《じょう》で見下《みお》ろす九尾《きゅうび》の狐《きつね》。ビッグフットは、急《きゅう》に立《た》ち上《あ》がって、ものすごい跳躍力《ちょうやくりょく》で、九尾《きゅうび》の狐《きつね》になぐりかかる。あせった九尾《きゅうび》の狐《きつね》は、とっさにビッグフットに姿《すがた》を変《か》える。仲《なか》間《ま》想《おも》いのビッグフットは、九尾《きゅうび》の狐《きつね》をなぐれなくなる。

今度《こんど》は岩《いわ》に姿《すがた》を変《か》えて、ビッグフットをおそう九尾《きゅうび》の狐《きつね》。ビッグフットはそれを強《きょう》じんな肉体《にくたい》でがっしりと受《う》け止《と》める。しかし岩《いわ》はどんどん大《おお》きくなっていく。石《いし》の重《おも》さは元《もと》のままなのだが、視覚的《しかくてき》な変化《へんか》にだまされたビッグフットは、集中力《しゅうちゅうりょく》を失《うしな》って、ついに岩《いわ》におしつぶされてしまう。

シー3

九尾《きゅうび》の狐《きつね》、巨大《きょだい》な岩《いわ》に変身《へんしん》

妖

Winner!

勝者《しょうしゃ》 妖怪軍《ようかいぐん》 九尾《きゅうび》の狐《きつね》

バトル結果《けっか》

ビッグフットは、持《も》ち前《まえ》の身体能《しんたいのう》力《りょく》を駆使《くし》して善戦《ぜんせん》した。しかし、かしこい九尾《きゅうび》の狐《きつね》の幻術《げんじゅつ》にだまされ、敗北《はいぼく》することとなった。

意表《いひょう》をつくトリッキー・ファイターVS.チョウのように舞《ま》う、華麗《かれい》な剣士《けんし》

屋根《やね》の上《うえ》の貴公子《きこうし》
モルガンビースト

DATA

分類《ぶんるい》 人間型《にんげんがた》UMA《ユーマ》
生息《せいそく》 アメリカ・ルイジアナ州《しゅう》モルガン
時代《じだい》 21世紀《せいき》
武器《ぶき》 俊敏《しゅんびん》な身体能力《しんたいのうりょく》、するどいキバとツメ、超再《ちょうさい》生能力《せいのうりょく》、硬化能力《こうかのうりょく》

倍速《ばいそく》で舞《ま》うバタフライ
アクロバティックサラサラ

DATA

分類《ぶんるい》 道《みち》ばたに出《で》る人間型妖怪《にんげんがたようかい》
生息《せいそく》 現代日本《げんだいにほん》の人《ひと》が行《ゆ》きかう場所《ばしょ》
時代《じだい》 平成末期《へいせいまっき》
武器《ぶき》 高《たか》いビルから飛《と》び降《お》りることが可能《かのう》。身軽《みがる》な機動力《きどうりょく》。

UMA《ユーマ》軍《ぐん》

これまで、素早《すばや》い動《うご》きの牛打《うしう》ち坊《ぼう》をげき退《たい》し、さらにダイダラボッチ、ネッシーといった強大《きょうだい》な敵《てき》をも打《う》ちたおしてきた。次《つぎ》の決戦《けっせん》の場《ば》は、パプアニューギニアの密林地帯《みつりんちたい》だ。木々《きぎ》の高低《こうてい》差《さ》を上手《うま》く使《つか》うのがポイントとなりそうだ。

戦力分析《せんりょくぶんせき》

妖怪軍《ようかいぐん》

これまでさまざまな技《わざ》で敵《てき》をなぎたおし、トーナメントをかけ上《あが》ってきた。今回《こんかい》の相手《あいて》は、最《もっと》も手《て》の内《うち》が読《よ》めない、不《ぶ》気味《きみ》なUMA《ユーマ》・モルガンビーストだ。相手《あいて》の出方《でかた》をしっかりと見《み》て対応《たいおう》する、びみょうなかけ引《ひ》きが重要《じゅうよう》になる。

体長《たいちょう》 人間《にんげん》と同《おな》じくらい▶
形態《けいたい》 全身《ぜんしん》が白《しろ》い、目《め》が赤《あか》い

◀**身長《しんちょう》** 人間《にんげん》と同《おな》じくらい（長身《ちょうしん》）
形態《けいたい》 やせ型《がた》で、長《なが》い髪《かみ》、赤《あか》い服《ふく》を着《き》る

シーン1 モルガンビースト、樹上《じゅじょう》からのツメ攻撃《こうげき》

密林地帯《みつりんちたい》で仁王立《におうだ》ちするモルガンビースト。そこに、東京《とうきょう》から豪華客船《ごうかきゃくせん》で一《いっ》週間《しゅうかん》かけてやってきた、アクロバティックサラサラが髪《かみ》をなびかせて登場《とうじょう》する。モルガンビーストは、いきなり1本《ぽん》の木《き》にかけのぼり、樹上《じゅじょう》からするどいツメで攻撃《こうげき》をしかける。

シーン2 アクロバティックサラサラ、華麗《かれい》な刀《かたな》さばき

アクロバティックサラサラは、さらに高《たか》い木《き》にかけあがり、二度三度《にどさんど》と刀《かたな》をふって、モルガンビーストの手足《てあし》を切《き》り落《お》とす。モルガンビーストの断末魔《だんまつま》の叫《さけ》びが、あたりにひびきわたる。

手足《てあし》を切《き》り落《お》とされてしまったモルガンビーストは、地面《じめん》に落下《らっか》。アクロバティックサラサラも、トドメを刺《さ》すためにかけ下《お》りていく。そのしゅん間《かん》、バラバラになったはずのモルガンビーストから、再《ふたた》び手足《てあし》が生《は》え、木《き》をけって空中《くうちゅう》で方向転《ほうこうてん》かんし、おそいかかる。アクロバティックサラサラは、ひとのみにされてしまう。

3 モルガンビースト、大《おお》きな口《くち》で反撃《はんげき》

バトル結果《けっか》

トカゲのような再生能力《さいせいのうりょく》、死角《しかく》からの意表《いひょう》をついた攻撃《こうげき》に、さすがのアクロバティックサラサラも対応《たいおう》できなかった。

神《かみ》のご加護《かご》を受《う》ける刀《かたな》のツノ VS.最強《さいきょう》の武神《ぶしん》の力《ちから》を宿《やど》す神刀《しんとう》

華麗《かれい》なる女剣士《おんなけんし》
カシマレイコ

神話《しんわ》の鋭角王子《えいかくおうじ》
夜刀神《やとのかみ》

DATA

分類《ぶんるい》 邪神《じゃしん》
生息《せいそく》 日本《にほん》の闇夜《やみよ》
時代《じだい》 神話時代《しんわじだい》
武器《ぶき》 ツノのつきさし

DATA

分類《ぶんるい》 道《みち》ばたに出《で》る人間《にんげん》型妖怪《がたようかい》
生息《せいそく》 現在《げんざい》の日本《にほん》
時代《じだい》 昭和《しょうわ》
武器《ぶき》 たゆまない呪《のろ》い

妖怪軍《ようかいぐん》

両者《りょうしゃ》ともに神《かみ》のご加護《かご》を受《う》けた者同士《ものどうし》の決戦《けっせん》。それにふさわしい場所《ばしょ》として、島根県《しまねけん》の出雲大社《いずもたいしゃ》が選《えら》ばれた。福岡県《ふくおかけん》の宗像神社《むなかたじんじゃ》で精神統一《せいしんとういつ》をしていた夜刀神《やとのかみ》は、何《なに》やら神《かみ》のおつげを受《う》けたようである。

戦力分析《せんりょくぶんせき》

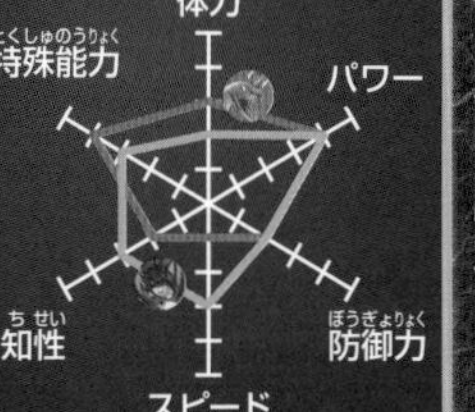

妖怪軍《ようかいぐん》

新進《しんしん》の現代妖怪《げんだいようかい》でありながらも、これまで数《かず》かずの強敵《きょうてき》を打《う》ちたおし、その圧《あっ》とう的《てき》な武力《ぶりょく》を示《しめ》してきた。次《つぎ》の戦《たたか》いに向《む》けて、鹿島神宮《かしまじんぐう》の鹿島神《かしましん》のもと、さらなる武力《ぶりょく》を極《きわ》めるために修行《しゅぎょう》にはげんでいた。

体長《たいちょう》 数十《すうじゅう》m《メートル》 ▶
形態《けいたい》 大蛇《だいじゃ》でツノが生《は》えている

◀**身長《しんちょう》** 人間《にんげん》と同《おな》じくらい
形態《けいたい》 やせた体《からだ》、髪《かみ》の毛《け》が長《なが》い

シーン1 カシマレイコ、刀《かたな》で切《き》りかかる

何時間《なんじかん》もにらみ合《あ》ったまま、動《うご》かない両者《りょうしゃ》。緊張感《きんちょうかん》が周囲《しゅうい》にただよう。ついにカシマレイコから仕《し》かけ、いきなり刀《かたな》で切《き》りかかる。ツノで受《う》け止《と》める夜刀神《やとのかみ》。

シーン2 夜刀神《やとのかみ》、蛇体《じゃたい》でしめあげる

刀《かたな》とツノで、何度《なんど》かうち合《あ》うと、やがて、刀《かたな》は折《お》れ、ツノにヒビが入《はい》る。そのしゅん間《かん》、カシマレイコは呪《のろ》いをこめた肉弾戦《にくだんせん》にもちこもうと、刀《かたな》のさやを捨《す》てて夜刀神《やとのかみ》にしがみつく。しかし夜刀神《やとのかみ》は、それを読《よ》んで、たちまち蛇体《じゃたい》でしめあげ、動《うご》けなくする。

シーン3 夜刀神《やとのかみ》、謎《なぞ》の呪文《じゅもん》を唱《とな》える

Winner!

勝者《しょうしゃ》 妖怪軍《ようかいぐん》 夜刀神《やとのかみ》

ニヤリと笑《わら》う夜刀神《やとのかみ》、「カシマレイコよ。勝者《しょうしゃ》が何故《なぜ》に刀《かたな》のさやを捨《す》てる?」と問《と》う。「えっ?」と言《い》った表情《ひょうじょう》になるカシマレイコ。夜刀神《やとのかみ》がつぶやいた。「**カシマさんのカは仮面《かめん》のカ、カシマさんのシは死人《しにん》のシ、カシマさんのマは魔物《まもの》のマ**」。これを聞《き》いて苦《く》もんの表情《ひょうじょう》を浮《う》かべたカシマレイコは、「どうしてその呪文《じゅもん》を…」と消《き》えていく。

バトル結果《けっか》

両者《りょうしゃ》の武器《ぶき》が破《は》かいされるほどの激闘《げきとう》は、夜刀神《やとのかみ》がカシマレイコ撃退《げきたい》の呪文《じゅもん》を唱《とな》える形《かたち》で幕《まく》を下《お》ろした。その呪文《じゅもん》を知《し》ったのは、宗像神社《むなかたじんじゃ》の境内《けいだい》で遊《あそ》んでいた、子《こ》どもたちのうわさ話《ばなし》からだという。

エキシビション Exhibition 03

最強《さいきょう》の類人猿《るいじんえん》はだれだ!?
夢《ゆめ》の類人猿《るいじんえん》タッグマッチ!

アジア代表《だいひょう》の類人猿《るいじんえん》UMA《ユーマ》と、日本《にほん》の類人猿妖怪《るいじんえんようかい》による、夢《ゆめ》のタッグマッチ。戦《たたか》いの舞台《ぶたい》となるのは中国《ちゅうごく》・万里《ばんり》の長城《ちょうじょう》だ。

UMA《ユーマ》軍《ぐん》

赤《あか》い山《やま》の知能犯《ちのうはん》 野人《やじん》

DATA

分類《ぶんるい》 類人猿《るいじんえん》UMA《ユーマ》
生息《せいそく》 中国《ちゅうごく》の山間部《さんかんぶ》
時代《じだい》 紀元前《きげんぜん》
武器《ぶき》 石斧《いしおの》

性格《せいかく》は慎重《しんちょう》だが、いざとなったら凶暴化《きょうぼうか》する。最近数《さいきんかず》を減《へ》らし、絶《ぜつ》めつが心配《しんぱい》されているらしい。

身長《しんちょう》 人間《にんげん》と同《おな》じくらい
形態《けいたい》 人間《にんげん》に近《ちか》い姿《すがた》、時《とき》に武器《ぶき》を使《つか》う

森《もり》の長老《ちょうろう》 オランペンデク

DATA

分類《ぶんるい》 類人猿《るいじんえん》UMA《ユーマ》
生息《せいそく》 インドネシアの森《もり》
時代《じだい》 19世紀《せいき》
武器《ぶき》 強《きょう》じんなパワー

おく病《びょう》な性格《せいかく》で、人間《にんげん》を見《み》ると逃《に》げ出《だ》してしまうが、いざというときのパワーは強《つよ》い。

身長《しんちょう》 1.5m《メートル》(推定《すいてい》)
形態《けいたい》 全身体毛《ぜんしんたいもう》でおおわれる

妖怪軍《ようかいぐん》

山《やま》の運送屋《うんそうや》さん 異獣《いじゅう》

DATA

分類《ぶんるい》 雪国《ゆきぐに》の妖怪《ようかい》
生息《せいそく》 新潟県《にいがたけん》の山間部《さんかんぶ》
時代《じだい》 江戸時代《えどじだい》
武器《ぶき》 怪力《かいりき》

人間《にんげん》に代《か》わって重《おも》い荷物《にもつ》を持《も》ってくれ、お礼《れい》としておにぎりをあげると、大喜《おおよろこ》びで帰《かえ》っていく優《やさ》しい妖怪《ようかい》。

身長《しんちょう》 2m《メートル》
形態《けいたい》 クマのような巨体《きょたい》

山《やま》のならず者《もの》 サル鬼《おに》

DATA

分類《ぶんるい》 鬼《おに》
生息《せいそく》 北陸地方《ほくりくちほう》の山《やま》
時代《じだい》 江戸時代《えどじだい》
武器《ぶき》 するどいキバ、とがったツメ

子分《こぶん》とともに集団《しゅうだん》で人間《にんげん》の村落《そんらく》をおそう、非常《ひじょう》に好戦的《こうせんてき》な妖怪《ようかい》。しかし、単独《たんどく》での戦《たたか》いとなると、機転《きてん》がきかない。

身長《しんちょう》 人間《にんげん》と同《おな》じくらい
形態《けいたい》 サルのような顔《かお》で、ツノがある

シーン1 4匹《ひき》が、力《ちから》と力《ちから》でぶつかり合《あ》う

万里《ばんり》の長城《ちょうじょう》で待《ま》ち受《う》ける野人《やじん》。その横《よこ》には、マレーシアから、先《さき》ほど到着《とうちゃく》したオランペンデクの姿《すがた》。しばらくして、航空自衛隊《こうくうじえいたい》の輸送機《ゆそうき》が飛来《ひらい》し、パラシュートを着《つ》けた異獣《いじゅう》とサル鬼《おに》が降《お》りてくる。すかさず野人《やじん》とオランペンデクは着地地点《ちゃくちちてん》に突進《とっしん》し、4匹《ひき》はがっぷりと組《く》み合《あ》う。

シーン2 野人《やじん》、高《たか》く跳《と》んでツメで引《ひ》っかく

力比《ちからくら》べが延《えん》えんと続《つづ》く。そのうち、野人《やじん》が、サル鬼《おに》と組《く》み合《あ》っているオランペンデクの肩《かた》に飛《と》び乗《の》り、弾《はず》みをつけて空中《くうちゅう》に高《たか》く舞《ま》う。そのまま異獣《いじゅう》めがけてツメで切《き》りかかる。顔《かお》をひっかかれた異獣《いじゅう》は気《き》を失《うしな》い、たおれる。

シーン3

異獣《いじゅう》、必殺《ひっさつ》のパイルドライバー

休《やす》む間《ま》もなく、野人《やじん》はサル鬼《おに》と組《く》み合《あ》う。「もう一回《いっかい》、ハイジャンプ攻撃《こうげき》をやるぞ」と野人《やじん》がふり向《む》くと、そこにオランペンデクの姿《すがた》はなかった!? あっけにとられる野人《やじん》。その背後《はいご》から、息《いき》を吹《ふ》き替《かえ》えした異獣《いじゅう》がせまり、軽《かる》がると持《も》ち上《あ》げて逆《さか》さまに地面《じめん》にたたきつける。野人《やじん》は脳天《のうてん》を強《つよ》く打《う》ち、のびてしまった。

バトル結果《けっか》

平和主義者《へいわしゅぎしゃ》のオランペンデクは戦《たたか》いを放棄《ほうき》して逃《に》げ出《だ》したようだ。一人《ひとり》取《と》り残《のこ》された野人《やじん》は戦《たたか》う気力《きりょく》を失《うしな》い、なすすべもなくやられてしまった。

妖怪《ようかい》とUMA《ユーマ》のちがいは何《なに》か？

物《もの》が長《なが》い年月《ねんげつ》たって妖怪化《ようかいか》した「つくも神《がみ》」。真珠庵蔵《しんじゅあんぞう》『百鬼夜行絵巻《ひゃっきやぎょうえまき》』より

妖怪《ようかい》は想像上《そうぞうじょう》のもの、UMA《ユーマ》は動物《どうぶつ》の一種《いっしゅ》

妖怪《ようかい》とUMA《ユーマ》(未確認生物《みかくにんせいぶつ》)のちがいは、よく話題《わだい》にあがるテーマだ。簡単《かんたん》に言《い》えば、妖怪《ようかい》は人智《じんち》のおよばない超能力《ちょうのうりょく》を持《も》っていたり、人間《にんげん》をその不思議《ふしぎ》な能力《のうりょく》でたぶらかしたりする、想像《そうぞう》を形《かたち》にしたものである。

一方《いっぽう》UMA《ユーマ》は、基本的《きほんてき》には動物《どうぶつ》であり、ほかくされたならば、生物図鑑《せいぶつずかん》に収録《しゅうろく》されるものである。つまり、UMA《ユーマ》は生《せい》物学《ぶつがく》の延長線上《えんちょうせんじょう》に位置《いち》するものである。

写真：Gian Bernal

フィリピンのUMA《ユーマ》「マナナンガル」（P58参照《さんしょう》）は、空飛《そらと》ぶ上半身《じょうはんしん》という、妖怪的《ようかいてき》な要素《ようそ》もあわせ持《も》つ。

妖怪《ようかい》とUMA《ユーマ》の境界線《きょうかいせん》があいまいなケースも

ただし、上《うえ》でのべた妖怪《ようかい》とUMA《ユーマ》の分類《ぶんるい》は先進《せんしん》国《こく》において通用《つうよう》するものである。開発途上国《かいはつとじょうこく》では通用《つうよう》しないことが多《おお》く、妖怪《ようかい》とUMA《ユーマ》の境界《きょうかい》線《せん》があいまいな場合《ばあい》が多《おお》いのだ。

妖怪《ようかい》は怪《あや》しげな妖術《ようじゅつ》を駆使《くし》するが、UMA《ユーマ》の場《ば》合《あい》もまれに怪《あや》しい伝説《でんせつ》がついて回《まわ》ることが多《おお》く、「このUMA《ユーマ》を見《み》たものは呪《のろ》われる」とか、「この未確認生物《みかくにんせいぶつ》を食《た》べたものは確実《かくじつ》に死《し》ぬ」といった非科学的《ひかがくてき》な話《はなし》がついてくる。いずれ、文《ぶん》化水準《かすいじゅん》が上《あ》がるにつれ、このようなあいまいな部分《ぶぶん》はなくなっていくかもしれない。

先進国《せんしんこく》アメリカで目撃《もくげき》された「モスマン」（P120参《さん》照《しょう》）のように、実際《じっさい》に起《お》きた橋《はし》の崩落事件《ほうらくじけん》と関連《かんれん》させて、呪《のろ》い説《せつ》が浮上《ふじょう》したケースもある。

写真：Tim Bertelink

Battle《バトル》

37 → 38

準決勝《じゅんけっしょう》

月《つき》に祝福《しゅくふく》された岩石《がんせき》 VS.史上最恐《しじょうさいきょう》の作戦《さくせん》

DATA

分類《ぶんるい》 宇宙《うちゅう》の妖怪《ようかい》
生息《せいそく》 月面《げつめん》
時代《じだい》 平安時代《へいあんじだい》
武器《ぶき》 体《からだ》を自由《じゆう》にのびちぢみさせる、岩《いわ》や砂《すな》に変化《へんか》

DATA

分類《ぶんるい》 キツネ妖怪《ようかい》
生息《せいそく》 中国《ちゅうごく》、日本《にほん》
時代《じだい》 紀元前《きげんぜん》から
武器《ぶき》 変化能力《へんげのうりょく》、幻術《げんじゅつ》、空中《くうちゅう》を浮遊《ふゆう》する

妖怪軍《ようかいぐん》

前回《ぜんかい》のバトルでは、体《からだ》を岩《いわ》から砂《すな》へ、砂《すな》から岩《いわ》へと変化《へんか》させ、最後《さいご》は自分《じぶん》の体《からだ》に、強敵《きょうてき》の天狗《てんぐ》をはさみこんで押《お》しつぶす荒技《あらわざ》で勝利《しょうり》をおさめた。次《つぎ》なる相手《あいて》は、恐《おそ》るべき妖術《ようじゅつ》と知力《ちりょく》をそなえる九尾《きゅうび》の狐《きつね》だ。自分《じぶん》の持《も》てる力《ちから》を最大限《さいだいげん》に活《い》かして戦《たたか》う。

身長《しんちょう》 しんしゅく自在《じざい》▶
形態《けいたい》 全身岩《ぜんしんいわ》のような体《からだ》

戦力分析《せんりょくぶんせき》

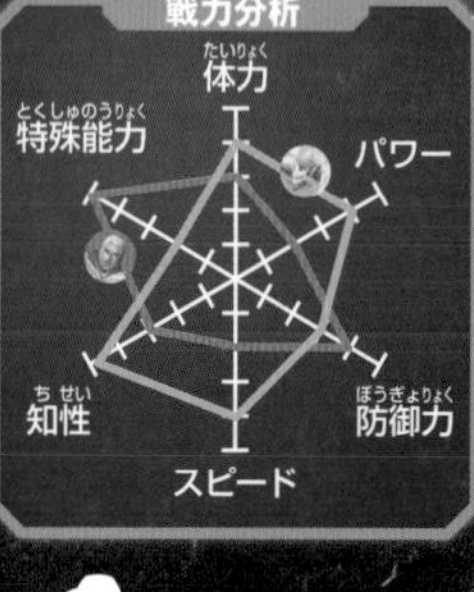

妖怪軍《ようかいぐん》

日本三大妖怪《にほんさんだいようかい》のひとつに数《かぞ》えられる強大《きょうだい》な妖力《ようりょく》を持《も》つ。中国《ちゅうごく》やインドで国《くに》をほろぼし、日本《にほん》をも混乱《こんらん》におとしめた策士《さくし》だ。今回《こんかい》のバトルも、桂男《かつらおとこ》の弱点《じゃくてん》をたくみにつく攻撃《こうげき》をたくらんでいるにちがいない。

◀**体長《たいちょう》** 人間《にんげん》と同《おな》じくらいのサイズ
形態《けいたい》 キツネの姿《すがた》で、9本《ほん》のしっぽを持《も》つ、普段《ふだん》は人間《にんげん》に化《ば》けている

メインフィールド
種子島《たねがしま》宇宙《うちゅう》センター
（人工衛星搭載《じんこうえいせいとうさい》ロケット発射場前《はっしゃじょうまえ》）

シーン1 九尾《きゅうび》の狐《きつね》、美女《びじょ》に化《ば》けて油断《ゆだん》させる！

美女《びじょ》に化《ば》けた九尾《きゅうび》の狐《きつね》に、桂男《かつらおとこ》は高笑《たかわら》いで近《ちか》づいてくる。しかし、いつの間《ま》にか足元《あしもと》が深《ふか》い泥沼《どろぬま》に変《か》わり、動《うご》けないことに気《き》づく。その桂男《かつらおとこ》の周《まわ》りを、九尾《きゅうび》の狐《きつね》のけん属《ぞく》である9匹《ひき》のキツネが取《と》り囲《かこ》み、火炎《かえん》を吹《ふ》きかける。桂男《かつらおとこ》、危《あや》うし。

シーン2 9匹《ひき》のキツネ、殺生石《せっしょうせき》に変身《へんしん》！

炎《ほのお》に焼《や》かれる桂男《かつらおとこ》を、9匹《ひき》のキツネは殺生石《せっしょうせき》に変化《へんか》して、おしつぶそうとおそいかかる。上空《じょうくう》の九尾《きゅうび》の狐《きつね》も突進《とっしん》し、攻撃《こうげき》の構《かま》えだ。そのしゅん間《かん》、桂男《かつらおとこ》は砂《すな》に姿《すがた》を変《か》えて攻撃《こうげき》をかわす。

シーン3 桂男《かつらおとこ》、まとめて全員《ぜんいん》岩《いわ》で固《かた》める

砂《すな》となった桂男《かつらおとこ》は、今《こん》度《ど》は岩《いわ》の体《からだ》にもどろうとする。砂《すな》の中《なか》にいた、9匹《ひき》のキツネと、ボスの九尾《きゅうび》の狐《きつね》は、その合《がっ》体《たい》に巻《ま》きこまれて、岩《いわ》で押《お》しつぶされる。

バトル結果《けっか》

戦《たたか》いの直後《ちょくご》、人工衛星搭載《じんこうえいせいとうさい》ロケットが発射《はっしゃ》された。人工衛星《じんこうえいせい》には、気絶《きぜつ》した九尾《きゅうび》の狐《きつね》が貼《は》りつけにされており、宇宙空間《うちゅうくうかん》を永遠《えいえん》にさまようことになった。

鉄壁《てっぺき》のウロコのヨロイ VS.覚《かく》せいするもうひとつの刃《やいば》

屋根《やね》の上《うえ》の貴公子《きこうし》

モルガンビースト

DATA

分類《ぶんるい》 人間型《にんげんがた》UMA《ユーマ》
生息《せいそく》 アメリカ・ルイジアナ州《しゅう》モルガン
時代《じだい》 21世紀《せいき》
武器《ぶき》 俊敏《しゅんびん》な身体能力《しんたいのうりょく》、するどいキバとツメ、超再生能力《ちょうさいせいのうりょく》、硬化能力《こうかのうりょく》

神話《しんわ》の鋭角王子《えいかくおうじ》

夜刀神《やとのかみ》

DATA

分類《ぶんるい》 邪神《じゃしん》
生息《せいそく》 日本《にほん》の闇夜《やみよ》
時代《じだい》 神話時代《しんわじだい》
武器《ぶき》 ツノのつきさし

UMA軍《ユーマぐん》

決戦《けっせん》の地《ち》は、サイパン島《とう》の浜辺《はまべ》。しゅん敏《びん》な身体能力《しんたいのうりょく》で、素早《すばや》い攻撃《こうげき》をくり出《だ》すモルガンビーストだが、砂地《すなち》での戦《たたか》いは足《あし》を取《と》られて不利《ふり》だろう。強敵《きょうてき》、夜刀神《やとのかみ》をたおすためには、知恵《ちえ》をしぼり、新《あら》たな秘策《ひさく》が必要《ひつよう》だ。

体長《たいちょう》 人間《にんげん》と同《おな》じくらい▶
形態《けいたい》 全身《ぜんしん》が白《しろ》い、目《め》が赤《あか》い

戦力分析《せんりょくぶんせき》

妖怪軍《ようかいぐん》

前回《ぜんかい》の戦《たたか》いから1カ月経《かげつた》つが、武器《ぶき》であるツノの傷《きず》はまだ完全《かんぜん》には治《なお》っていない。しかし、敵《てき》の弱点《じゃくてん》は研究済《けんきゅうず》みであり、さらに硬《かた》いウロコにおおわれた体《からだ》は、どんな攻撃《こうげき》をもはねのけるため、モルガンビーストなど恐《おそ》るるに足《た》らない。

◀体長《たいちょう》 数十《すうじゅう》m《メートル》
形態《けいたい》 大蛇《だいじゃ》でツノが生《は》えている

シーン1 夜刀神《やとのかみ》、敵《てき》の潜入《せんにゅう》をはねのける

モルガンビーストは、砂地《すなち》に足《あし》を取《と》られながらも、素早《すばや》く動《うご》き回《まわ》って、夜刀《やとの》神《かみ》の背後《はいご》からおそいかかる。どうやら、お尻《しり》から夜刀神《やとのかみ》の体内《たいない》に入《はい》ろうと試《こころ》みているようだ。しかし、硬《かた》いウロコと蛇《じゃ》体《たい》のうねる動《うご》きにはねのけられる。

シーン2 夜刀神《やとのかみ》、ツノで放《ほう》り投《な》げる

夜刀神《やとのかみ》のウロコの硬《かた》いディフェンスにもめげず、相手《あいて》にアタックをし続《つづ》けるモルガンビースト。だが時間《じかん》が経《た》つにつれ、さすがに、足元《あしもと》がふらふらになってくる。すかさず、夜刀神《やとのかみ》がツノで引《ひ》っかけて、モルガンビーストを高《たか》く放《ほう》り投《な》げる。

シーン3 モルガンビースト、硬質化《こうしつか》させて反《はん》げき

落下《らっか》してくるモルガンビーストを、ツノで串刺《くしざ》しにしようと待《ま》ち構《かま》える夜刀神《やとのかみ》。だがそのとき、モルガンビーストの片手《かたて》が、夜刀神《やとのかみ》のツノにそっくりな形《かたち》となって硬質化《こうしつか》する。そのうでの刀《かたな》が、夜刀神《やとのかみ》のツノをへし折《お》り、さらに目玉《めだま》を串刺《くしざ》しにした。

Winner!

勝者《しょうしゃ》 UMA軍《ユーマぐん》 モルガンビースト

バトル結果《けっか》

絶体絶命《ぜったいぜつめい》のピンチの中《なか》で、モルガンビーストは新《あら》たな能力《のうりょく》を覚《かく》せいさせ、強力《きょうりょく》なディフェンス力《りょく》をほこる夜刀神《やとのかみ》を見事撃破《みごとげきは》することに成功《せいこう》した。

妖怪《ようかい》がUMA《ユーマ》へと進化《しんか》する？

妖怪《ようかい》とUMA《ユーマ》は時代《じだい》でチェンジすることも

「妖怪《ようかい》からUMA《ユーマ》への進化《しんか》」という例外的《れいがいてき》なケースもある。そもそも妖怪《ようかい》とUMA《ユーマ》は別種《べっしゅ》として述《の》べてきたが、この両者《りょうしゃ》はかなり関係《かんけい》が深《ふか》く、時代《じだい》によって妖怪《ようかい》からUMA《ユーマ》へと変化《へんか》することがある。それによって、時代《じだい》に合《あ》わせてマイナーチェンジをくり返《かえ》し、新鮮度《しんせんど》を常《つね》に保《たも》っているのだ。

妖怪《ようかい》

龍《りゅう》(竜神《りゅうじん》)

進化《しんか》!?

UMA《ユーマ》

イッシー

イッシーの池田湖《いけだこ》には、竜神伝説《りゅうじんでんせつ》があった

具体的《ぐたいてき》な例《れい》を述《の》べていこう。例《たと》えば、「イッシー」で有名《ゆうめい》な鹿児島県《かごしまけん》の池田《いけだ》湖《こ》は、江戸時代《えどじだい》においては常《つね》に竜神《りゅうじん》(P55参照《さんしょう》)の存在《そんざい》がうわさされていた。さらに時代《じだい》は進《すす》み、「大蟹《おおかに》(巨大《きょだい》生物《せいぶつ》)」が出現《しゅつげん》して、巨大《きょだい》な魚《さかな》を真《ま》っ二《ぶた》つにしたという伝説《でんせつ》も残《のこ》っている。ところが、昭和時代以降《しょうわじだいいこう》は「イッシー」の目撃談《もくげきだん》しか報告《ほうこく》されることはなくなった。未確認生物《みかくにんせいぶつ》の方《ほう》が、リアリティがあると判断《はんだん》されたのであろう。まさに、目撃談《もくげきだん》が時代《じだい》に流《なが》されていくことで、妖怪《ようかい》がUMA《ユーマ》へと変《か》わっていく典型的《てんけいてき》なケースといえるだろう。

池田湖《いけだこ》にあるイッシー像《ぞう》。

鈴木牧之《すずきぼくし》『北越雪譜《ほくえつせっぷ》』に描《えが》かれる異獣《いじゅう》。

妖怪《ようかい》 異獣《いじゅう》

進化《しんか》!?

UMA《ユーマ》 ビッグフット

妖怪《ようかい》の基本設定《きほんせってい》を、UMA《ユーマ》が引《ひ》きつぐことも

同様《どうよう》のことが山間部《さんかんぶ》でも起《お》こっている。かつて日本《にほん》において山《やま》の妖怪《ようかい》といえば「異獣《いじゅう》」(P136参照《さんしょう》)や「黒子《くろこ》」を連想《れんそう》した。だが、昭和以降《しょうわいこう》は、山《やま》で目撃《もくげき》されるのは「ヒバゴン」などに代表《だいひょう》される未確認生物《みかくにんせいぶつ》に移行《いこう》していった。「ヒバゴン」的存在《てきそんざい》の方《ほう》が、妖怪《ようかい》よりも、実際《じっさい》にいると信《しん》じられるリアリティがあったからである。しかしながら、妖怪《ようかい》から未確認生物《みかくにんせいぶつ》に変《か》わった後《あと》も、妖怪《ようかい》が持《も》っていた特性《とくせい》をそのままそっくり引《ひ》きついでいることもあるのだ。異獣《いじゅう》は人間《にんげん》の山仕事《やましごと》の荷物《にもつ》を持《も》ってくれる妖怪《ようかい》だが、現代《げんだい》においても、山《やま》の中《なか》で目撃《もくげき》される「ビッグフット」(P101参照《さんしょう》)は、時《とき》どき人間《にんげん》の仕事《しごと》を手伝《てつだ》ってくれるケースがあるようだ。妖怪《ようかい》が持《も》つ基本設定《きほんせってい》が変《か》わることなく、UMA《ユーマ》にも受《う》けつがれているケースがあるということだ。

世界的《せかいてき》に有名《ゆうめい》なUMA《ユーマ》に、そっくりな妖怪《ようかい》も

現代《げんだい》、南米《なんべい》などで目撃《もくげき》される、牛馬《ぎゅうば》の血《ち》を吸《す》う「チュパカブラ」（P11 参照《さんしょう》）は、世界的《せかいてき》にも知名度《ちめいど》の高《たか》いUMA《ユーマ》だ。実《じつ》は、このUMA《ユーマ》にそっくりの特性《とくせい》を持《も》った妖怪《ようかい》がいる。それは、江戸時代《えどじだい》、四国《しこく》の徳島《とくしま》で「牛《うし》打《う》ち坊《ぼう》」（P37 参照《さんしょう》）として語《かた》られた妖怪《ようかい》だ。この両者《りょうしゃ》に共通《きょうつう》するのは、牛馬《ぎゅうば》にひそかに近《ちか》づき血《ち》を吸《す》うということである。

最近《さいきん》アメリカに出没《しゅつぼつ》している未確認生物《みかくにんせいぶつ》「モルガンビースト」（P37 参照《さんしょう》）に酷似《こくじ》した妖怪《ようかい》も日本《にほん》に存在《そんざい》する。それは江戸時代《えどじだい》に京都《きょうと》に現《あらわ》れた「尻目《しりめ》」という妖怪《ようかい》である。「モルガンビースト」のお尻《しり》がどうなっているのか今《いま》の時点《じてん》では不明《ふめい》だが、裸《はだか》のおじさんのように見《み》える姿《すがた》は酷似《こくじ》している。

このように妖怪《ようかい》は、未確認生物《みかくにんせいぶつ》へと進化《しんか》をとげているケースがある。ひょっとしたら、最新鋭《さいしんえい》の未確認生物《みかくにんせいぶつ》も、かつては妖怪《ようかい》だったのかもしれない。

妖怪《ようかい》

UMA《ユーマ》

牛《うし》打《う》ち坊《ぼう》

黒《くろ》いタヌキのような姿《すがた》の吸血性《きゅうけつせい》の妖怪《ようかい》と伝《つた》わる。

進化《しんか》!?

チュパカブラ

するどいキバと、長《なが》い舌《した》で、牛馬《ぎゅうば》の血《ち》を吸《す》っていた。

尻目《しりめ》

お尻《しり》に目《め》がついている謎《なぞ》の妖怪《ようかい》。与謝蕪村絵巻《よさぶそんえまき》の「尻目《しりめ》」。

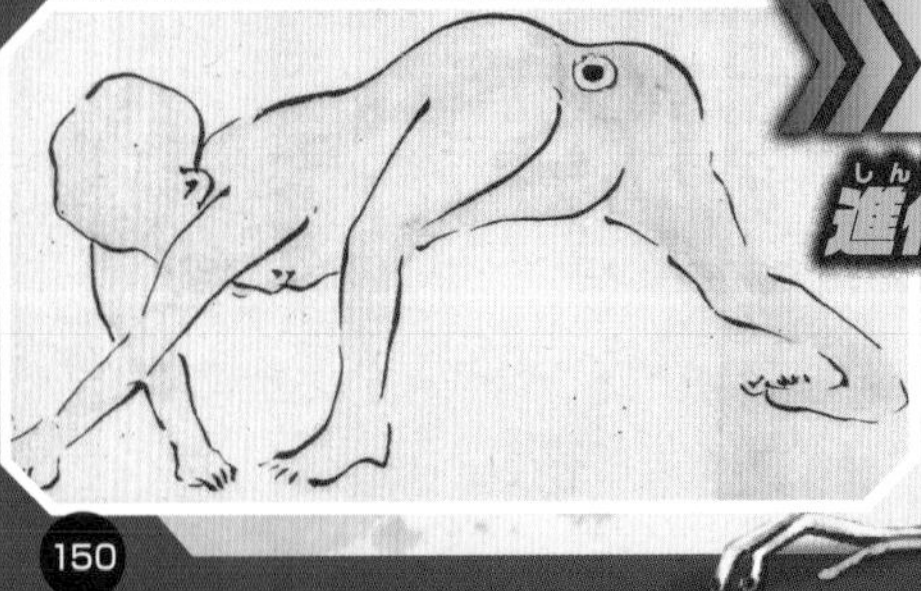

進化《しんか》!?

モルガンビースト

アメリカのルイジアナ州《しゅう》・モルガンで目撃《もくげき》された、謎《なぞ》の白《しろ》い生物《せいぶつ》。レイク(RAKE)とも呼《よ》ばれる。

Battle《バトル》

39

決勝《けっしょう》

Battle 39 決勝

しんしゅく自在《じざい》の岩《いわ》と砂《すな》の身体《からだ》vs.すべてを切《き》りさくツメ

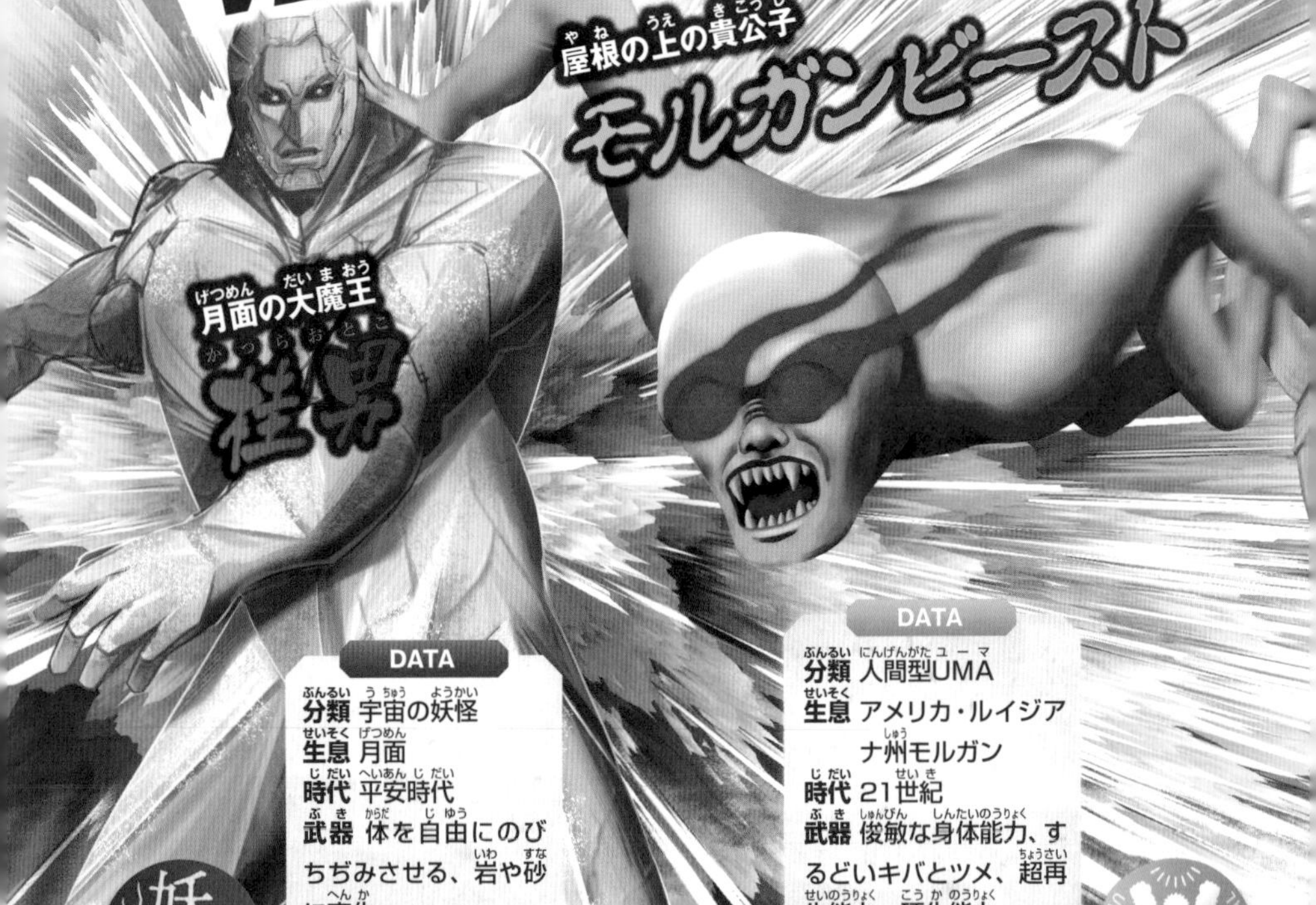

DATA

分類《ぶんるい》 宇宙《うちゅう》の妖怪《ようかい》
生息《せいそく》 月面《げつめん》
時代《じだい》 平安時代《へいあんじだい》
武器《ぶき》 体《からだ》を自由《じゆう》にのびちぢみさせる、岩《いわ》や砂《すな》に変化《へんか》

DATA

分類《ぶんるい》 人間型《にんげんがた》UMA《ユーマ》
生息《せいそく》 アメリカ・ルイジアナ州《しゅう》モルガン
時代《じだい》 21世紀《せいき》
武器《ぶき》 俊敏《しゅんびん》な身体能力《しんたいのうりょく》、するどいキバとツメ、超再《ちょうさい》生能力《せいのうりょく》、硬化能力《こうかのうりょく》

妖怪軍《ようかいぐん》

体《からだ》の大《おお》きさを変《か》えられ、岩《いわ》や砂《すな》に変化《へんか》できる桂男《かつらおとこ》に、今《いま》のところ死角《しかく》は見《み》つからない。決勝戦《けっしょうせん》の会場《かいじょう》は、屋根《やね》のある球《きゅう》場《じょう》・東京《とうきょう》ドーム。エネルギーの源《みなもと》である月《つき》の光《ひかり》をあびれない状《じょう》況《きょう》で、どのような戦法《せんぽう》で戦《たたか》うか？

戦力分析《せんりょくぶんせき》

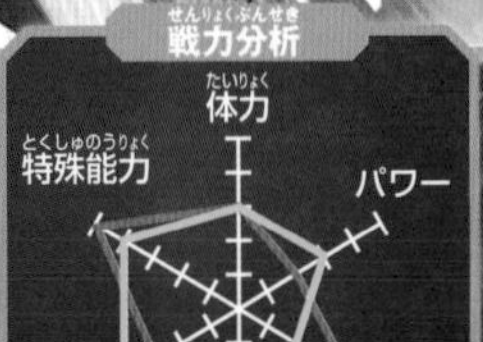

UMA軍《ユーマぐん》

きょくげん状態《じょうたい》の戦《たたか》いの中《なか》、準々決勝《じゅんじゅんけっしょう》では切《き》られた体《からだ》を復活《ふっかつ》させる「再生能力《さいせいのうりょく》」を発揮《はっき》し、準決勝《じゅんけっしょう》では体《からだ》の一部《いちぶ》を硬《かた》くする「硬化能力《こうかのうりょく》」を駆使《くし》して勝《か》ち進《すす》んできた。桂男《かつらおとこ》の弱点《じゃくてん》を見《み》つけられるかが勝利《しょうり》へのカギとなる。

身長《しんちょう》 しんしゅく自在《じざい》▶
形態《けいたい》 全身岩《ぜんしんいわ》のような体《からだ》

◀**体長《たいちょう》** 人間《にんげん》と同《おな》じくらい
形態《けいたい》 全身《ぜんしん》が白《しろ》い、目《め》が赤《あか》い

シーン1 桂男《かつらおとこ》、先制攻撃《せんせいこうげき》

東京《とうきょう》ドームで仁王立《におうだ》ちになって待《ま》ち構《かま》えるモルガンビースト。そこへ室内専用《しつないせんよう》バルーンが、いくつも飛《と》んでくる。モルガンビーストは、ツメを使《つか》って、次《つぎ》つぎと風船《ふうせん》を割《わ》っていくが、数《かず》が多《おお》すぎる。背後《はいご》の風船《ふうせん》が割《わ》れ、そこから桂男《かつらおとこ》がとび出《だ》し、先制攻撃《せんせいこうげき》の岩石《がんせき》ロケットキックを発射《はっしゃ》、モルガンビーストはまともに攻撃《こうげき》をくらう。

シーン2 モルガンビースト、体内《たいない》で暴《あば》れる

桂男《かつらおとこ》は巨大化《きょだいか》して、30m《メートル》ほどの大《おお》きさになっている。体勢《たいせい》を立《た》て直《なお》したモルガンビーストは、桂《かつら》男《おとこ》の全身《ぜんしん》をはい回《まわ》り、体《からだ》の柔《やわ》らかい部分《ぶぶん》から侵入《しんにゅう》し、体内《たいない》で暴《あば》れては外《そと》に飛《と》び出《だ》すという攻撃《こうげき》を何《なん》度《ど》もくり返《かえ》す。たまらず桂男《かつらおとこ》が絶叫《ぜっきょう》する。屋根《やね》のあるドーム球場《きゅうじょう》のため月《つき》のパワーを直接得《ちょくせつえ》られない桂男《かつらおとこ》は、本領《ほんりょう》を発揮《はっき》できないようだ。

シーン3 桂男《かつらおとこ》、超巨大化《ちょうきょだいか》！

桂男《かつらおとこ》は、苦《くる》しみながらも集中《しゅうちゅう》し、さらに巨大化《きょだいか》していき、70m《メートル》を超《こ》える巨《きょ》人《じん》となってドームをつきやぶる。こうこうと輝《かがや》く月《つき》の光《ひかり》が、桂男《かつらおとこ》にふりそそぎ、エネルギーがチャージされていく。

シーン4 桂男《かつらおとこ》、足《あし》を攻《せ》める

桂男《かつらおとこ》は砂《すな》になって姿《すがた》を消《け》したかと思《おも》うと、再《ふたた》びモルガンビーストの背後《はいご》に現《あらわ》れ、足《あし》をつかんで、寝技《ねわざ》にもちこみ、関節《かんせつ》をズタズタにする。絶叫《ぜっきょう》するモルガンビースト、片足《かたあし》を負傷《ふしょう》し、持《も》ち前《まえ》の機動力《きどうりょく》は活《い》かせない。

シーン5 モルガンビースト、絶体絶命《ぜったいぜつめい》

歩《ある》くことすらままならず、息《いき》をするのも精《せい》いっぱいのモルガンビースト。絶体絶《ぜったいぜつ》命《めい》のピンチだ。

シーン6 桂男《かつらおとこ》、全力《ぜんりょく》の体当《たいあ》たり攻撃《こうげき》

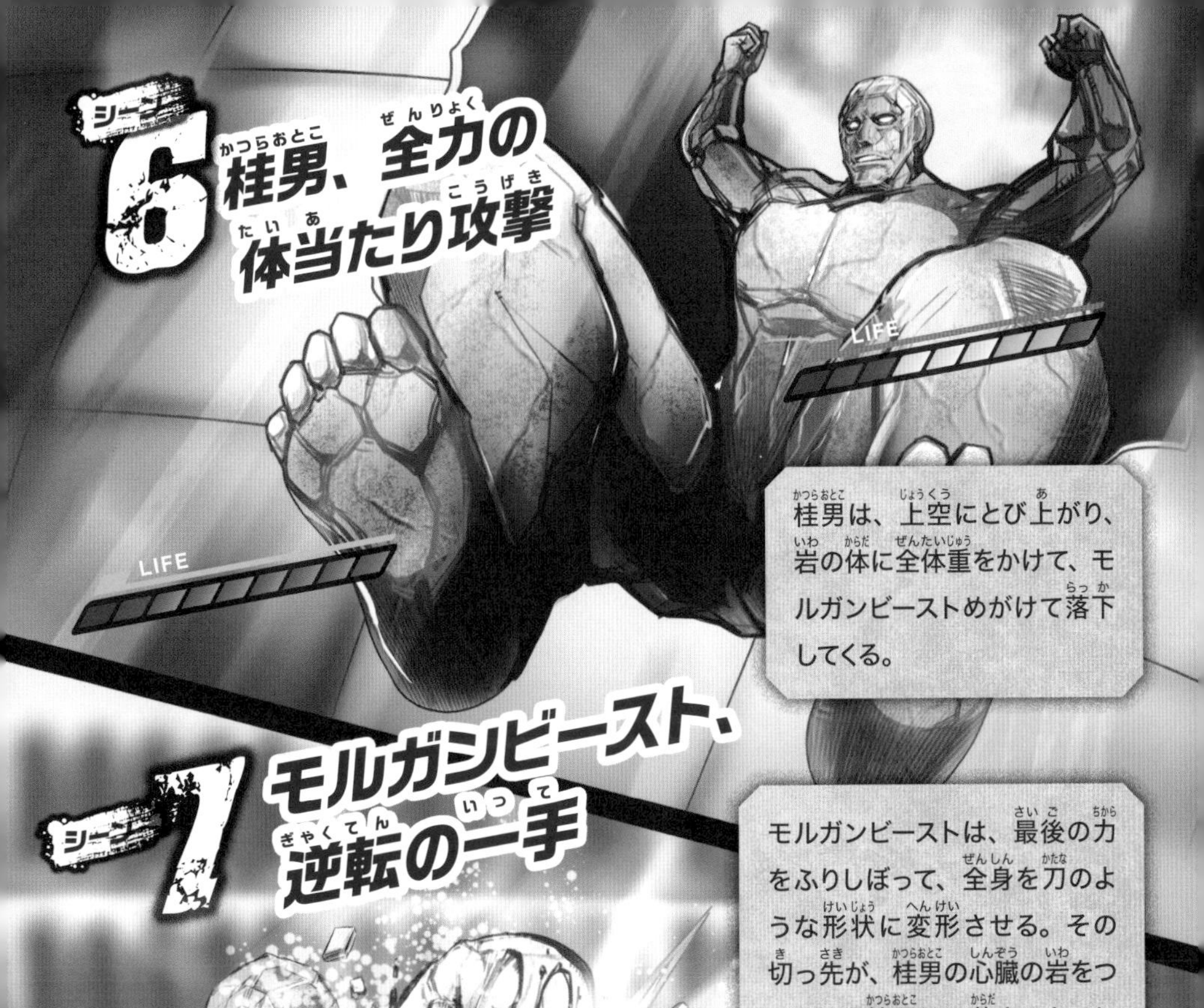

桂男《かつらおとこ》は、上空《じょうくう》にとび上《あ》がり、岩《いわ》の体《からだ》に全体重《ぜんたいじゅう》をかけて、モルガンビーストめがけて落下《らっか》してくる。

シーン7 モルガンビースト、逆転《ぎゃくてん》の一手《いって》

モルガンビーストは、最後《さいご》の力《ちから》をふりしぼって、全身《ぜんしん》を刀《かたな》のような形状《けいじょう》に変形《へんけい》させる。その切《き》っ先《さき》が、桂男《かつらおとこ》の心臓《しんぞう》の岩《いわ》をつらぬく。桂男《かつらおとこ》は、体《からだ》をひとつに保《たも》つことができなくなり、砂《すな》けむりのように消《しょう》めつする。

Winner!

勝者《しょうしゃ》 UMA軍《ユーマぐん》 モルガンビースト

バトル結果《けっか》

桂男《かつらおとこ》の心臓《しんぞう》は数《すう》センチほどの岩《いわ》で、この1カ所《かしょ》だけが弱点《じゃくてん》だった。それを戦《たたか》いの中《なか》で感覚的《かんかくてき》にさとったモルガンビーストは、最後《さいご》の一《いち》か八《ばち》かのかけに出《で》て見事勝利《みごとしょうり》をつかんだ。

闘《たたか》いを終《お》えて、バトルをふり返《かえ》る

バトル結果発表《けっかはっぴょう》

何《なん》でもありのトーナメント方式《ほうしき》による妖怪軍《ようかいぐん》vs. UMA《ユーマ》（未確認生物《みかくにんせいぶつ》）軍《ぐん》のバトルは、UMA軍《ユーマぐん》のモルガンビーストの優勝《ゆうしょう》に終《お》わった。バトル全体《ぜんたい》をふり返《かえ》ってみたい。

優勝《ゆうしょう》　モルガンビースト
UMA軍《ユーマぐん》

準優勝《じゅんゆうしょう》　桂男《かつらおとこ》
妖怪軍《ようかいぐん》

3位《い》　九尾《きゅうび》の狐《きつね》
妖怪軍《ようかいぐん》

3位《い》　夜刀神《やとのかみ》
妖怪軍《ようかいぐん》

モルガンビーストが孤軍奮闘《こぐんふんとう》し UMA軍団《ユーマぐんだん》が優勝《ゆうしょう》をつかむ！

優勝《ゆうしょう》したモルガンビーストは、近年《きんねん》アメリカで目撃《もくげき》されている未確認生物《みかくにんせいぶつ》で、最近《さいきん》ではレイク（RAKE）とも呼《よ》ばれるが、能力《のうりょく》や性質《せいしつ》は全《まった》くわからない。筆者《ひっしゃ》は戸惑《とまど》いながらも筆《ふで》を進《すす》めたが、本《ほん》の中《なか》で、特殊《とくしゅ》な進化《しんか》をとげた。

当初《とうしょ》は素早《すばや》い動《うご》きやツメを使《つか》った攻撃《こうげき》をする程度《ていど》であったものの、そのうち再生能力《さいせいのうりょく》、変化能力《へんかのうりょく》を発揮《はっき》し、数多《かずおお》くいる強豪《きょうごう》たちを打《う》ち破《やぶ》り、今大会《こんたいかい》のシンデレラボーイとなったのである。

準優勝《じゅんゆうしょう》をとげた桂男《かつらおとこ》もノーマークであった。当初《とうしょ》は、単《たん》なる人数合《にんずうあ》わせといった妖怪《ようかい》であったが、その前評判《まえひょうばん》をくつがえしてメキメキと実力《じつりょく》をつけていった。自分《じぶん》のバックボーンである月《つき》を有効《ゆうこう》に使《つか》って戦《たたか》いを進《すす》めたのが良《よ》い方向《ほうこう》へ転《ころ》んだのであろうか。